Gerhard Krumschnabel

Die Erfindung der Schwerkraft

Roman

Bibliografische Information der Deutschen
Nationalbibliothek:
Die Deutsche Nationalbibliothek verzeichnet diese
Publikation in der Deutschen Nationalbibliografie;
detaillierte bibliografische Daten sind im Internet über
http://dnb.dnb.de abrufbar.

© 2023 Gerhard Krumschnabel

Herstellung und Verlag: BoD – Books on Demand,
Norderstedt

ISBN: 978-3-7568-2754-1

Gerhard Krumschnabel

Die Erfindung der Schwerkraft

oder

Gabriel und die Unordnung der Dinge

You Can't Get What You Want (Till You Know What You Want).

J. Jackson

PROLOG

Im Jahre 1687 hat Sir Isaac Newton – ein Sir nicht seiner unzweifelhaften Verdienste um die Wissenschaft wegen, sondern um bei anstehenden Wahlen attraktiver für die Wählerschaft zu wirken - die Schwerkraft erfunden und seine Erfindung der Welt im Werk *Philosophiae Naturalis Principia Mathematica* vorgestellt. Ab diesem historisch so bedeutsamen Zeitpunkt, oder vielmehr mit der anschließenden raschen Verbreitung der Gravitation in der damals bekannten Welt, schienen die Dinge auf der Erde endlich ihren festen Platz und ihre vorhersehbare Bestimmung gefunden zu haben. Von nun an ruhte ein Stein, solange er unberührt blieb, endlich fest auf dem anderen, fielen Äpfel zuverlässig von der Krone des Apfelbaumes auf die Wiese darunter, und bewegte sich eine aus einer Kanone geschossene Kugel endlich verlässlich auf einer vorherberechenbaren, durch eine Parabelfunktion beschreibbaren Flugbahn. Kurz, die Erde hatte ihre Erscheinungsform gefunden, so wie wir sie heute noch kennen, und eine bessere Erfindung hat die Schwerkraft als wesentliches Ordnungsprinzip des irdischen Lebens seither verdrängen können.

Beredtes Zeugnis für die Bedeutung dieser Erfindung liefern diverse historische Bilder, welche die chaotischen Zustände in den Epochen vor ihrer Einführung dokumentieren, naturgemäß keine Fotographien, sondern mit gekonntem Pinselstrich gemalte Dokumente der Unzuverlässigkeit. Man betrachte etwa die aus der heutigen Sicht als solche erscheinenden Verwirrungen in vielen Gemälden des so begabten Niederländers Bosch

(Menschen, die sich auf fliegenden Fischen fortbewegen!), die architektonischen Verwerfungen in den Kunstwerken seines Landsmanns Bruegel (Der große Turmbau zu Babel), oder aber die perspektivischen Verzerrungen eines William Hogarth, ein Durcheinander deutlicher als bei letzterem scheint schwerlich denkbar.

Ein noch heute weithin sichtbares Mahnmal dieser ungeordneten Zustände, das sich in diesem Falle gar diesseits der Leinwände manifestierte, ist der berühmte schiefe Turm von Pisa, erbaut zwischen dem 12. und 14. Jahrhundert, als das Lot als Maß der Orientierung in der Baukunst ganz augenscheinlich noch keine Gültigkeit besaß und selbst ein Turm mit so deutlicher Schieflage den nach heutigen Maßstäben augenscheinlich ungenügend ausgeprägten zeitgenössischen Ansprüchen an die Ordnung der Dinge noch zu entsprechen schien. Bei Kindern ist ja, meist bis ins 10. Lebensjahr, dieser archaische Zustand auch heute noch deutlich erkennbar, man betrachte nur ihre „naturalistischen" Darstellungen ihrer Umwelt mit den fliegenden Kühen, schwebenden Gebäuden und die bei so vielen menschlichen Abbildern zu Berge stehenden Haare, um einen Eindruck davon zu gewinnen, wie es in den Prä-Newtonschen Zeiten wohl überall ausgesehen haben mag.

Es sei noch angemerkt, dass es noch immer vorgebliche „Vertreter der Wissenschaften" gibt, die behaupten Newton hätte die Schwerkraft nicht erfunden, sondern lediglich entdeckt, sie sei schon immer da gewesen, eine Naturkraft, die den Dingen seit Anbeginn der Zeiten innewohne. Allein, angesichts der absurden Folgen dieser Behauptung, welche es mit gleicher Gültigkeit zuließe, von einer Entdeckung des Himmels zu sprechen - von wem, von Hari Mulisch? Und erst so rezent? Was war dort oben vor Erscheinen des berühmten Buchs? -, oder von der Farbe Gelb - in welcher Farbe leuchteten Sonnenblumen in der Zeit vor ihrer Erfindung? -, scheint sich diese Mutmaßung ohne Zweifel selbst zu richten.

An diese Tatsachen sei in diesem kurzen Exkurs erinnert zum besseren Verständnis der im Folgenden geschilderten Ereignisse, die geeignet sein mögen zu verdeutlichen, wie wichtig eine ordnende Kraft im Leben eines jeden Menschen sein kann und welch unbefriedigende Ergebnisse es zu zeitigen vermag, wenn, ganz im Gegensatz dazu, Unordnung und Unentschlossenheit regieren. Man könnte daraus folgern: Der Mensch braucht Ordnung, der Mensch braucht klare Verhältnisse. Sonst droht aus einem Oben ein Unten zu werden, aus einem Ja ein Nein, und aus einem möglichen Leben in Erfüllung und Liebe ein Absturz ins Chaos und der Untergang.

Oder aber, und es fällt schwer sich in dieser Hinsicht letztgültig festzulegen, es ist eben gerade die Unordnung der Dinge, die unser Leben zu dem macht, was es ist und ihm den Reiz des Unvorhersehbaren und Besonderen verleiht. Es bleibt dem Leser dies zu entscheiden, uns hingegen bleibt nur die Tatsachen zu schildern, wie sie sich nach bestem Wissen und Gewissen zugetragen haben mögen.

BEGINN

- Krieg, Hass? Lächerlich. Der wahre große Zerstörer dieser Welt ist die Liebe.

- Die Liebe? Nein, du bist zynisch, du verdrehst die Dinge. Die Liebe ist unsere einzige Hoffnung in dieser kranken Welt. Das Einzige, was uns noch retten kann.

- Nein, *du* verklärst die Dinge. Wenn uns alles egal wäre, die Mitmenschen, die Dinge, die Nationen, wir könnten friedlich zusammenleben, ohne Verzweiflung, ohne Begehren.

- Aber ohne die Liebe gäbe es nichts, wofür es sich lohnt zu leben.

- Und ohne die Liebe gäbe es nichts, wofür es sich lohnt zu sterben.

WALTER, DER LÜGNER

Walter war ein Lügner. Nicht ein Lügner aus der Not des Augenblicks („Ich habe die rote Ampel wirklich nicht gesehen, Herr Polizist!"), auch keiner aus Trägheit („Ich habe deine Rufe nicht gehört, sonst hätte ich dir doch geholfen!"). Nein, er war ein Lügner aus innerer Notwendigkeit, aus dem unstillbaren Drang, die Welt nicht als grau und langweilig zu akzeptieren, sondern ihr durch seine Lügen bunte Farbtupfer angedeihen zu lassen, ihr durch seine Lügen ein wenig Dramatik zu verleihen, und, auch dies war ein ganz wesentlicher Motor seines Tuns, um in dieser Welt durch seine Lügen einen Platz näher an der Sonne einzunehmen und sich aus der grauen Schattenwelt seiner Mitmenschen ein wenig emporzuheben ans Licht des Besonderen. Mit anderen Worten, Walter log, um das Leben spannender zu machen und cooler zu sein.

„Es war unglaublich, ich saß da mit meiner Gitarre auf der Treppe vor dem Gasthaus meines Onkels und schrieb an einem neuen Song" – Walter hatte keinen Onkel, der ein Gasthaus besaß oder leitete oder sonst was, sein Onkel war Finanzbeamter – „und da ist ein Rolls Royce vorgefahren und der parkte direkt vor dem Haus. Und als sich nach einer Weile die hintere Türe öffnete stieg... George Harrison aus! ‚What did you play there?', hat er mich gefragt, denn ich hatte natürlich aufgehört zu spielen, als ich ihn aussteigen sah. ‚That sounded great. Play it again!' Es war einfach der Wahnsinn, das könnt ihr euch ja vorstellen! Ich war zwar irrsinnig nervös, aber ich habe ihm so gut es ging den Refrain des neuen Songs vorgespielt und er fand ihn gut.

Sch-, sch-, schließlich hat ihm sein Bodyguard sogar seine Gitarre aus dem Kofferraum des Royce geholt", - des Royce, das sollte besonders cool klingen, als wäre Walter bereits ganz ein Teil von George Harrisons Welt, einer von den Beautiful People, auch wenn sein einsetzendes Stottern bereits verriet, dass er an die Grenzen seiner eigenen Lüge zu stoßen begann, „und dann hat er ein paar Riffs dazu gespielt und ein kurzes Solo, ganz in seinem typischen Stil, diese weinerliche Leadgitarre, wie im Solo bei ‚Something', es hat phantastisch geklungen."

Spätestens jetzt war uns, seinen Freunden und Mitspielern unserer ersten Band, klar geworden, dass Walter wieder einmal spintisierte, zeigen musste, dass ganz besondere Dinge nicht nur anderen, sondern auch ihm passierten.

„Nach ein paar Minuten stand er wieder auf von der Treppe und sagte, er müsse leider jetzt hinein, drinnen würde jemand auf ihn warten. Weil ich neugierig war, erzählte er nach einigem Zögern, dass er im Gasthaus Eric Clapton treffen würde, um ein neues Projekt zu besprechen, das noch geheim war."

Damals wäre uns so eine geheime Zusammenkunft noch möglich und plausibel erschienen, zwei Weltstars konnten sich in unserer Vorstellung unmöglich einfach so, im nicht Geheimen treffen, sie wären von ihren Fans und Reportern überrannt worden, und dass auch der Inhalt des Projekts ein geheimer war, erschien uns ebenso eher normal, selbst wenn wir nicht hätten sagen können, warum.

Diese völlig absurde Story war eine typische Lügengeschichte von Walter, eine Geschichte, die so fantastisch und unglaublich war, dass sich schon niemand mehr die Mühe machte Walter offen zu widersprechen und sie als Lüge zu bezeichnen. Zu oft hatten wir erlebt, wie Walter unnachgiebig auf der Wahrheit seiner Hirngespinste bestand und wie allzu nachdrücklicher Zweifel daran lediglich die Stimmung in der Band vermieste und letztlich die Probe scheitern ließ, weil niemand mehr Lust hatte auf ein konstruktives und harmonisches Zusammenspiel.

Provoziert hatte den Lügenanfall unser Schlagzeuger Edwin, in dessen Gartenhütte auf dem Anwesen seiner Eltern sich unser Proberaum befand, oder besser gesagt, dessen Gartenhaus unser Proberaum war. Das Haus bestand nämlich nur aus einem Raum, und der war so klein, dass wir uns beinahe stapeln mussten, um mit unseren Instrumenten und den Verstärkern und Lausprechern Platz zu finden, allein das Schlagzeug nahm schon den halben Raum in Beschlag. Edwin hatte zur Probe eine alte, ziemlich ramponiert aussehende E-Gitarre mitgebracht und als wir erstaunt – er war ja Schlagzeuger und nicht Gitarrist – nachfragten, was es damit auf sich habe, erzählte er, dass diese Gitarre einmal John Lennon gehört hatte und, dass sie vor Kurzem sein Onkel – er hatte mehrere davon und, dass sie wohlhabend oder gar reich waren, schien nicht weiter ungewöhnlich – ersteigert hatte. Als diesem Onkel jemand erzählt hatte, dass sein Neffe, also Edwin, so wie wir alle damals, ein riesengroßer Fan der Beatles war, hatte er ihm die Gitarre nun für eine Weile „zur Ansicht" geliehen. Und selbstverständlich, auch dies konnten wir mit Leichtigkeit als eine Wahrheit akzeptieren, wollte Edwin das gute Stück nicht allein im dunklen Kämmerchen bestaunen, sondern er musste es uns, seinen Bandkollegen und Freunden, vorführen, wissend und seinem großzügigen Charakter entsprechend, dass er uns damit Augenblicke allerhöchsten Glücks bescheren würde. Schließlich ergriff sofort jeder von uns die Gelegenheit zumindest kurz einmal auf jener Gitarre zu klimpern, die möglicherweise (so ganz und gar konnten wir diesem kleinen Wunder nicht trauen) einst in den Händen John Lennons gelegen hatte. Auch Walter musste darauf spielen, und er schien tatsächlich von uns vieren derjenige, der sich am allermeisten darüber freute. Die Nachwirkungen dieser Freude bescherte uns die Episode mit George Harrison, eine von vielen unglaublichen Stories, die Walter uns im Laufe unserer gemeinsamen Kindheit und Jugend auftischte und die erste, die mir nunmehr einfiel, als ich erfahren hatte, dass Walter gestorben war.

Die Erkenntnis, dass es sich tatsächlich um *den* Walter meiner Kindheit und Jugend handelte, löste Erschrecken und anfangs auch Ungläubigkeit in mir aus. Ein Anflug von Trauer, eher getragen von Sentimentalität, Wehmut und Nostalgie als vom Gefühl des Verlusts, mischte sich erst später dazu, als der erste Schock überstanden war und ich die Tatsache als solche realisiert hatte. Ich hatte Walter seit wohl 20 Jahren nicht mehr gesehen, kaum je mehr an ihn gedacht, und er spielte in meinem Leben auch keinerlei Rolle mehr. Lediglich bei einem der inzwischen seltenen Treffen mit meinem Freund Hannes, dem Leader und Frontman unserer damaligen Band, kamen wir einmal auf Walter zu sprechen und fragten uns, was wohl aus ihm geworden sei. Bloß, dass er in einem Kaff namens F. im benachbarten Bundesland gelandet war, hatte Hannes irgendwo gehört, was unser gemeinsamer Freund dort machte und mit wem, wusste auch er nicht. Trotzdem, Walter war nur ein Jahr älter als ich, was viel zu jung ist zum Sterben, wie mir schien, das fand ich äußerst beunruhigend. Andererseits, auf die Art wie er starb, auf dem Weg, den das Schicksal für ihn vorgesehen hatte, diese Welt zu verlassen, kann beinahe jeder zu jederzeit sterben, das Alter hatte hier keine Rolle gespielt. Und dennoch, ich fühlte mich noch so jung, und trotzdem schien mir als würden sich die Todesfälle in meinem Umfeld langsam häufen. Solange es einen nicht selbst erwischte, würde Morrissey in gewisser Weise also wohl recht haben damit, wenn er sang „My life´s an endless succession of people saying goodbye."

Wie ich später beim Begräbnis, das ich vor allem aus sentimentalen Gründen besuchte, im Gespräch mit seinen Geschwistern erfuhr, und wie es diese wiederum als die wahrscheinlichste Variante, wie sich alles abgespielt haben mochte, von der Polizei mitgeteilt bekommen hatten, war Walter, nach einer Firmenfeier leicht betrunken und jedenfalls übermüdet, beim Nachhauseweg am Steuer seines Wagens eingeschlafen, durchbrach mit dem Auto einen Gartenzaun und landete schließlich damit in einem Swimmingpool. Vielleicht um sich im Fahrtwind wachzuhalten oder aber um sich nötigenfalls zum Sich-Übergeben rasch aus dem Fenster lehnen zu können, waren die Scheiben der Vordertüren heruntergelassen, was sich letztlich als fatal erwies, weil sich so das Auto binnen Sekunden mit Wasser füllen konnte. Ob er kurz noch aufwachte und beim Sturz wieder bewusstlos wurde, weil er sich – nicht (mehr?) angeschnallt - den Kopf angeschlagen hatte, war nicht zu rekonstruieren, Tatsache war allerdings, dass er letztlich ertrank, eingeschlossen in seinem Auto, am Grunde eines ein Meter fünfzig tiefen Pools.

So ähnlich - „Mann ertrank im Auto im Swimmingpool" – lautete auch die Pressemeldung, durch die ich auf dieses Ereignis gestoßen war. Der Vorfall klang zwar als solches noch nicht sonderlich spektakulär, aber ich beschloss nach Details zu suchen, der Unfall wäre möglicherweise durchaus geeignet für meine Zwecke. Als ich dann online fand, dass es sich beim Unfallopfer um den 46-jährigen Walter W. aus F. handelte, wurde ich stutzig, diese Kombination von Namen, Ort und Alter schien mir irgendwie bekannt und zu unwahrscheinlich für einen bloßen Zufall. Schließlich suchte ich nach seinem vollen Namen und wurde fündig, vom Bildschirm lachte mir das wohl merklich älter gewordene, aber immer noch vertraut wirkende Gesicht von Walter aus seiner Todesanzeige entgegen. Für meine Arbeit war er damit gleichsam ein zweites Mal gestorben, denn auf keinen Fall wollte ich über den Unfall eines Freundes, und sei die Freundschaft noch so sehr erkaltet und zur bloßen Erinnerung verkommen, in der Rubrik „Kuriose Ereignisse und Todesfälle aus aller Welt" berichten, jene zwar manchmal durchaus auch sensationslüsterne, aber bislang niveaumäßig dennoch nicht völlig ins bodenlose gesunkene Unterhaltungsseite einer lokalen Zeitung, deren Ausgestaltung mein keineswegs luxuriöses Leben mitfinanzierte.

PAPIERMÄNNER (UND -FRAUEN)

„Ghosting nennt man das, was du mir angetan hast, weißt du das?" fragte Gabriel, schlug sein rechtes über das linke Bein und lehnte sich mit einem fragenden Blick in seinem Stuhl zurück.

„Ja, davon habe ich schon einmal gehört," antwortete Regina mit leiser Stimme, „aber was es ganz genau ist, das weiß ich nicht, ich habe keine Ahnung von solchen Dingen. Ich bin wohl schon zu alt für solchen neumodischen Kram."

„Für die Worte vielleicht, das mag sein, für die Taten ganz augenscheinlich nicht."

Gabriel schüttelte den Kopf, neigte sich leicht vor und legte die Hände auf den Tisch, die Handflächen nach oben, als wollte er etwas in Empfang nehmen. Er fuhr fort: „Dabei haben wir uns so gut verstanden, ich hatte wirklich das Gefühl, dass wir uns näher kommen würden, dass es nicht mehr allzu lange dauern würde, bis wir uns endlich einmal treffen könnten. Und dann plötzlich, ganz ohne Ankündigung, ganz ohne einen Grund anzugeben, hast du nicht mehr geantwortet, warst du von einem Tag auf den anderen weg und hast keines meiner Mails mehr beantwortet. *Das* nennt man Ghosting", Gabriel nickte sich selbst zustimmend, „dass man einfach aus dem Leben von jemand anderem verschwindet, ohne Erklärung warum und weshalb, und vor allem ohne, dass der andere eine Möglichkeit hätte, noch Kontakt aufzunehmen."

„Aber genau deshalb sind wir jetzt hier", unterbrach ihn Regina, „genau aus diesem Grund habe ich dich um dieses Treffen gebeten. Ich hoffe nämlich,

ich kann dir verständlich machen, warum das passiert ist, ich hoffe, ich kann dich dazu bringen mich zu verstehen und mir zu vergeben".

Regina nestelte nervös am Reisverschluss ihres Sweaters.

„Es war wirklich so, ich war noch nicht bereit dich zu treffen damals, und im Grunde wäre das auch jetzt noch so, aber ich war mir sicher, dass ich es dir in einer geschriebenen Nachricht jetzt nicht mehr so vermitteln hätte können, dass du es akzeptieren würdest. Und ich wollte dir auch zeigen, dass ich es ernst meine, dass ich nicht einfach wieder verschwinden werde. Wenn du möchtest, erfährst du hier und jetzt meinen Nachnamen, meine Adresse, meine Telefonnummer, was immer du brauchst, um dir sicher zu sein. Aber höre mir bitte einfach zu und entscheide dann, ob du mich immer noch kennen lernen willst. Ich würde das liebend gerne tun. Denn genau wie du, hatte ich das Gefühl, dass wir gut zusammenpassen, dass du jemand sein könntest, mit dem ich zusammen sein will. Ich wollte mir nur noch etwas mehr Zeit geben, noch etwas geduldig sein und nichts überstürzen."

Gabriel und Regina hatten sich über eine Dating-Plattform kennengelernt, wobei kennengelernt übertrieben oder irgendwie falsch ausgedrückt scheint, sie hatten sich virtuell kennengelernt, sich gegenseitig Nachrichten geschrieben, einer dem anderen die Ansichten über Gott und die Welt dargelegt und dabei hatten sie zunehmend mehr Gemeinsamkeiten gefunden. Ihr Austausch hatte schon einen neckischen Ton angenommen, beide freuten sich täglich darauf dem anderen zu schreiben und vom anderen zu lesen. Und langsam wurde Gabriel schon etwas ungeduldig, hatte wiederholt ein echtes Treffen vorgeschlagen, von Angesicht zu Angesicht, wurde aber nicht fordernd dabei, um Regina ja nicht zu vergrämen, gar zu vertreiben. Aber dennoch, eines Tages, ohne irgendeine Vorwarnung, ohne das geringste Zeichen einer sich anbahnenden Verstimmung, blieb plötzlich Reginas Antwort aus, ein neuerliches Schreiben am nächsten Tag blieb ebenso ohne Echo, und nachdem sie auch auf eine dritte Nachricht Tage später nicht antwortete, begann Gabriel zu akzeptieren, dass Regina ein Geist geworden war, dass er seine Hoffnung in ihr eine neue, zukünftige Partnerin gefunden zu haben, begraben musste.

Und plötzlich, Monate später, in Gabriels Leben hatte sich vieles ereignet und er hatte die Suche nach einer Partnerin auf der Plattform erfolglos abgebrochen, keine der Frauen, mit denen er sich nach Reginas Verschwinden noch austauschte oder oft sogar traf, konnte seiner virtuellen Auerwählten das Wasser reichen, da meldet sie sich wieder, hatte sie seine E-Mail-Adresse ermittelt und sich ihm zu erkennen gegeben als Regina Smetana. Ja tatsächlich, Smetana, wie der tschechische Komponist der „Moldau", was Gabriel überaus passend erschien, war doch eines der vielen Themen, zu denen sie sich ausgetauscht hatten, klassische Musik gewesen.

Zuerst hatte Gabriel gezögert, hatte sich doch in seinem anderen Leben, dem echten diesseits der Matrix, wie er es selbst bezeichnete, etwas ergeben, gerade dann als er aufgehört hatte zu suchen, eine Beziehung, bei der es eine bloß virtuelle Annäherung gar nie gegeben hatte, bei der auch im physischen Kennenlernen einige Stufen übersprungen worden waren, direkt ins Bett hinein, das er mit dieser so ganz und gar nicht virtuellen Bekanntschaft bereits zweimal geteilt hatte.

Aber trotzdem, als Regina ihm ein zweites Mal geschrieben hatte und diesmal gleich ein Treffen vorschlug, konkret einen Treffpunkt und eine Uhrzeit nannte, da siegte seine Neugier, und vielleicht, das musste er sich trotz allem eingestehen, keimte auch erneut Hoffnung in ihm auf, Hoffnung darauf, dass es doch noch klappen könnte, und er sagte dem Treffen zu.

WALTER, DER DIEB

Und ehe ich vergesse es zu erwähnen, weil es zu allem anderen so gut passt und das Bild, das ich von Walter stets erinnern werde, sich erst mit diesem Aspekt vollends abrundet: Walter war nicht bloß ein Lügner, er war auch ein Dieb. Aber ebenso wie seine Lügen nicht etwa einem verdorbenen Charakter entsprangen, sondern vielmehr einem Bedürfnis nach Anerkennung, war auch das Stehlen nicht einer kriminellen Veranlagung meines Freundes geschuldet, sondern Walters Familie war einfach etwas ärmer als die meine oder auch als die unserer meisten Freunde. Und so ergab es sich, dass immer wieder einmal nach dem gemeinsamen Schlagen wilder Schlachten zwischen Cowboys und Indianern oder zwischen Nord- und Südstaaten-Soldaten auf den weiten Ebenen des Fußbodens meines Zimmers und den gefahrvollen Anhöhen meines Bettes und meines Schreibtisches die eine oder andere Spielfigur fehlte, die dann später, bei den selteneren Gelegenheiten, bei denen wir in Walters Wohnung zusammenkamen, dort unerwartet wieder auftauchte. Im Lügen geübt und phantasiebegabt, wie Walter es war, erklärte er die Herkunft der Figuren stets mit den unwahrscheinlichsten und absurdesten Geschichten, reduzierte er die Gleichheit „seiner" Figuren mit meinen vermissten zur bloßen oberflächlichen Ähnlichkeit und tat gar bestimmte unleugbare, wiedererkennbare Eigenheiten wie die an charakteristischer Stelle abgeblätterte Farbe oder einzigartige Kratzer als Zufall oder schlichten Irrtum ab. Aber weder ich noch sonst jemand, der einmal betroffen war von Walters „Sammeleifer", konnte ihm ernsthaft böse sein, dazu war Walter viel zu bescheiden und, man muss das anerkennen, klug in seinen Untaten. Denn nie klaute er ein Prunkstück oder sonst eine Figur, an der das Herz des Bestohlenen allzu sehr gehangen hätte, immer beschied er sich mit dem Mittelmaß, war er zufrieden mit einer halbwegs tauglichen Beute, deren Verlust den Bestohlenen nicht allzu sehr bekümmern mochte.

Ein Diebstahl, wahrscheinlich ein ohnehin bloß erfundener, noch dazu der eines wohl ebenso erfundenen Objekts, war es auch, der mir diesen Job beschert hatte, diese seltsamen aber doch unzweifelhaft perfekt in unsere eigenartige Zeit passende Art des Broterwerbs.

FREIER FALL

„Er war am Anfang echt nett und charmant, so wie du. Ich meine, nicht genau wie du, aber eben auf seine eigene Art, auch sehr nett."

Regina atmete tief durch, schien sich zu sammeln, nach den rechten Worten zu suchen.

„Wir haben uns über ganz andere Dinge geschrieben, nicht über Bücher oder Musik, aber über Haustiere zum Beispiel, das war zwischen uns beiden ja kein Thema wegen deiner Katzenallergie. Er hingegen hatte selbst eine Katze, obwohl ich mir da inzwischen nicht mehr so sicher bin, vielleicht war das nur eine Erfindung von ihm, um mehr mit mir gemeinsam zu haben. Und ein Monty Python Fan war er auch, so wie du und ich, aber auch da habe ich jetzt meine Zweifel. Jedenfalls wollte er mich auch immer treffen, viel dringlicher als du, aber ich konnte ihm das stets ausreden, auch wenn es ein bisschen lästig war. Du warst da viel geduldiger, ich weiß das jetzt zu schätzen."

Gabriel hörte interessiert zu, nickte kurz, warf aber ein: „Naja, ob ich es noch sehr lange ausgehalten hätte, weiß ich nicht, ich wollte ja keine Brieffreundin, sondern eine Partnerin aus Fleisch und Blut. Aber ich denke, ich hätte dich schon noch sanft überredet, es ging mir ja nicht darum gleich Sex zu haben, sondern endlich ein reales Gegenüber. Ich wollte dich reden hören, lächeln sehen, einfach mit einem Menschen kommunizieren, nicht mit einem Bildschirm."

„Ich denke schon auch, dass ich irgendwann bereit gewesen wäre, noch nicht sofort, aber bald. Aber lass mich weiter erzählen", unterbrach Regina Gabriels

Einwurf. „Als er dann trotzdem allzu sehr drängte, da unterbrach ich den Kontakt, schrieb auf seine Nachricht zwei Tage lang nicht zurück. In derselben Zeit hatten wir beide, du und ich, es sehr lustig online und ich war mir schon ziemlich sicher, dass du in Frage kämst für mich, mit ihm hatte ich da eigentlich schon abgeschlossen."

Reginas Blick wanderte durchs Lokal, ihr Gesichtsausdruck verriet, dass ihr die Erinnerung unangenehm war.

„Dann hat er mir gleich mehrmals hintereinander geschrieben, drei Nachrichten an einem Tag, zuerst mit der flehentlichen Bitte, dann immer dinglicher fordernd, dass ich endlich antworten möge. Schließlich gab ich nach und schrieb ihm, dass ich sein Drängen nicht mochte, dass es mir unangenehm war. Da wechselte er wieder den Ton und fragte noch einmal ganz freundlich, ob nicht doch ein Treffen möglich wäre. Und weil ich mir das Problem für den Moment beiseiteschieben wollte, erfand ich eine Ausrede, schrieb, dass ich diesen Monat Nachdienste hätte und wenig Zeit untertags, er müsse sich weiter gedulden. Und ab da wurde es plötzlich ganz seltsam.

Er schrieb: du hast doch um 16 Uhr Dienstschluss, da ginge sich ein Kaffee perfekt aus, bevor du nach Hause fährst!

Ich fragte zurück: Was? Woher weißt du das, wie kommst du zu der Information?

Er: Das hast du mal erwähnt in einer deiner Nachrichten.

Ich durchsuchte unsere Nachrichten, fand aber nichts dazu, fragte nach: Stalkst du mich, weißt du wer ich bin?

Er antwortete: Nein, ehrlich, das hast du mir geschrieben...

Damit war für mich dieser Kontakt erledigt, ich beschloss nicht mehr zu schreiben, ihn aus meiner Kontaktliste zu löschen, das war mir richtig unheimlich geworden. Blöderweise schriebst aber du mir genau ab diesem Zeitpunkt auch nicht mehr, ich war mit einem Schlag von meiner virtuellen Polygamie in ein ungewolltes Jungferndasein zurückgeworfen, der eine entpuppte sich als verrückt, der andere war plötzlich verschollen."

„Aber wie kann das sein", fragte Gabriel nun, „ich habe dir doch mehrmals geschrieben und du hast mir nicht geantwortet, nicht umgekehrt!"

DER DIEBSTAHL

Um verständlich zu machen, wie mir die traurige Geschichte von Walter letztlich zu meinem Job verhalf, muss ich ein wenig ausholen, von einer bereits früh entwickelten und noch immer bestehenden Leidenschaft berichten. Schon seit ich denken kann, hege ich nämlich ein ausgeprägtes Interesse an naturkundlichen Dingen, wenn vielleicht auch nicht in dem Ausmaß wie es die Biografien manch berühmter Entdecker und Erfinder so blühend schildern. Weder riss ich als Kind einer Fliege die Flügel aus um ihr Verhalten am Boden zu studieren, noch steckte ich einem Frosch eine Zigarette in den Mund, um zu beobachten, ob er sich dann tatsächlich aufbläht und letztlich explodiert, wie einige meiner Freunde gehört oder irgendwo gelesen hatten. Zugegeben, ich kann mich noch dunkel daran erinnern, dass wir mit einer Lupe bewehrt Ameisennester ausräucherten, aber das war weniger biologischem Interesse geschuldet als kindlichem Sadismus beziehungsweise dem Ausleben vorpubertärer Allmachtsfantasien, die zum Glück nicht von Dauer waren. Ich war auch nicht am Innenleben komplizierter mechanischer oder elektronischer Geräte interessiert, zumindest nicht so dringend, dass ich alles unbedingt zerlegen musste, um es danach nie mehr wieder zusammensetzen zu können. Aber die Erkundung und Eroberung der Welt, das beflügelte schon früh meine Fantasie, der Vorstoß der Entdecker in unbekannte Gefilde, ihre Reisen ins Ungewisse, die Gefahren und Abenteuer, die damit verbunden waren. Dabei verschlag ich ernsthafte, naturwissenschaftlich fundierte Bücher mit gleicher Begeisterung wie vorwiegend fantastische Bücher, Abenteuerbücher, die es mit den Fakten nicht ganz so genau nahmen. Bei Letzteren faszinierten mich vor allem jenen Geschichten, die das Ende der Welt zum Thema hatten, den unendlichen Abgrund, der sich am Rande der Erde auftun würde. Für die großen Entdecker, so wollten diese Geschichten ihre Leser glauben machen, lauerte dort die Gefahr über den Weltenrand zu segeln, auch nur in seine Nähe zu kommen wäre gefährlich, weil sich dort, am Ende der Welt, das Wasser der Meere in unbekannte Tiefen ergießen und alles, was dem Rand zu nahe käme, mit dem Sog eines überdimensionierten, gigantischen Wasserfalls, ins Verderben ziehen würde. Dabei wussten ja nicht erst Kolumbus und seine Entdeckerkollegen, sondern schon die ganze mittelalterliche Welt von der Kugelform der Erde. Und ja, die großen Schiffsreisen jener Zeiten waren gefährlich, man war abhängig von Wind und Wetter, selbst harmlose Erkrankungen konnten den Tod bedeuten, und sogar der Skorbut blieb bis ins 19. Jahrhundert eine Bedrohung für die Seemänner dieser Welt. Aber über den Weltenrand zu stürzen, dieser Gefahr wähnten sich die Seeleute damals nicht mehr ausgesetzt. Über die Erdkugel wusste man bereits seit dem Altertum Bescheid, schon Platon hatte 400 Jahre vor Beginn unserer Zeitrechnung über die Kugelgestalt der Erde spekuliert, Ptolemäus keine 300 Jahre später bereits den ersten Globus konstruiert. Und um noch einmal auf Kolumbus zurückzukommen, vor gar nicht langer Zeit erst wurde die Vermutung geäußert, dass die Entdeckung Amerikas auf die falsche Berechnung des Umfangs der ihm bekannten Erdkugel zurückgeht, auf den Unterschied zwischen italienischer und arabischer Meile, welchen der Italiener vergaß zu berücksichtigen. Hätte Kolumbus nämlich dem Erdumfang richtig berechnet, so wird spekuliert, und gewusst wie groß die Kugel tatsächlich ist, er wäre wohl gar nicht erst losgesegelt, weil ihm das viel zu weit gewesen wäre.

Für uns „aufgeklärte", moderne Menschen scheint, bei allem Wahnsinn, der auch in diesen Zeiten noch allgegenwärtig ist, zumindest die äußere Form der Erde seit langer Zeit kein Streitpunkt mehr. Zwar wundert sich jedes neugierige Kind in einer bestimmten Entwicklungsphase immer wieder von Neuem, warum „die Menschen da unten" denn nicht einfach von der Erde fallen oder wenigstens, wenn sie schon den ganzen Tag auf dem Kopf stehen müssen, nicht unter ordentlichen Kopfschmerzen leiden. Aber trotzdem, im Großen und Ganzen hat sich unter den Erwachsenen die Vorstellung von der Erde als einer Kugel weitgehend durchgesetzt.

In den letzten Jahren, allerdings, stimmt sogar das nicht mehr wirklich, und eine scheinbar wachsende Anzahl an Menschen, die sich selbst stolz als Flat-Earther oder Flacherdler bezeichnen, zieht die Kugelform der Erde wieder ernsthaft in Zweifel, vertritt mit Vehemenz die Überzeugung, dass die Erde letztlich doch eine Scheibe ist, und dass wir Andersgläubigen einer weltweiten Verschwörung auf den Leim gegangen sind, ohne dass je deutlich würde, wozu diese Verschwörung dienen sollte und wer einen Nutzen davon hätte.

Ich hatte diesen Irrsinn in den letzten Jahren mit Amüsement und zugegeben auch einer gewissen Irritation verfolgt, diverse „Videobeweise" angeschaut, die die „Kugellüge" zu widerlegen glaubten und mit Erstaunen zur Kenntnis genommen, wie groß diese Gruppe der Flacherdler geworden war, oder zumindest wie lautstark sie sich im digitalen Raum zu äußern vermag, es ist ja schwer zwischen Zahl und Penetranz zu unterscheiden im Internet.

Zu einem nicht unbeträchtlichen Teil war mein Interesse für diesen Unfug dem Wirken meines Freundes Herder geschuldet, einem gestrauchelten Genie, glänzenden Fotographen, Philosophen und Trinker. Wann immer wir spät abends oder nachts aufeinander trafen, zumeist zufällig als Treibende zwischen den Bars dieser Stadt, hatten wir es uns zur Angewohnheit gemacht, philosophische Konzepte, technische Entwicklungen und nicht zuletzt abstruseste Weltverschwörungstheorien zu diskutieren, wobei jene von der Scheibenerde und ihren wahnwitzigen Verfechtern einen besonderen Platz eingenommen hatte.

Warum Herder gerade die Flacherde so sehr beschäftigte, weiß ich selbst heute noch nicht, ich nahm an, dass ihm manchmal einfach langweilig war, weil er keinem geregelten Job nachging, seinem Beruf und seiner Berufung als Fotograph nur nach Lust und Laune nachging. Ab und zu jedenfalls, das hatte er mir selbst eröffnet, überkam Herder der unstillbare Zwang den „Beweisen" der Flacherdler etwas entgegenzusetzen, ihre zuweilen verwirrend komplexen Argumente auseinanderzuklauben und sich und der ganzen Welt deutlich zu machen, welchen Unsinn sie von sich gaben. Zumeist begnügte er sich damit auf den sozialen Plattformen, wo die Flat-Earther ihre kruden Gedanken abgesondert hatten, seine eigenen Kommentare anzufügen und in wunderschön formulierten, logisch strukturierten und ellenlangen Sätzen ihre Beweisführung nach Strich und Faden auseinanderzunehmen. Und wenn die Flacherdler mit besonders großem Aufwand gar einen Film fabriziert hatten, mit komplexen Grafiken und scheinbar wissenschaftlich-fundierten Animationen aufgepeppt, dann zahlte er manches Mal gar mit gleicher Münze zurück, scheute weder Aufwand noch Mühe, um ebenso elaborierte Filme zu gestalten, in denen er die Fehlschlüsse seiner Kontrahenten gnadenlos offenlegte und die absurden Folgen, wären die Flacherdler-Theorien wahr, bis in die letzte haarsträubende Konsequenz ins Lächerliche zog.

Durch Herders wiederholt im Rausch vorgetragene Belehrungen vorgebildet und damit gegenüber den allerdümmsten „wissenschaftlichen" Argumenten zur Scheibenform der Erde gefeit, blieb ich über lange Jahre interessiert an diesem Thema. Ich las sogar aus eigenem Antrieb Berichte über die Verrückten, wie etwa über die Pläne der „Flat Earth Society" für eine Antarktis-Expedition, in der sie hoffte auf jene große Mauer aus Eis zu stoßen, die den Weltenrand bilden und die Meere aufstauen soll. Oder ich schaute mir ein 15-minütiges Video an, in dem ein mit einem Laserlicht ausgerüsteter Verrückter, den Laser auf eine Kamera am Ausgangspunkt gerichtet, einen schnurgeraden Kanal entlangruderte, und zeigen wollte, dass er eben nicht der Krümmung der Erdkugel folgend aus dem Gesichtsfeld verschwinden würde. Ein Beweis, der schließlich daran scheiterte, dass ihm auf halber Strecke die Batterien zum Betrieb des Lasers ausgingen und im Rückblick betrachtet wohl eine der sinnlosesten Viertelstunden meines bisherigen Lebens.

Und so kam es auch, dass ich eines Tages stutzte als ich in einer Online-Zeitschrift über den Diebstahl eines sensationellen Schriftstücks aus den vatikanischen Bibliotheken las. Dort, wo schon seit Jahrhunderten die unwahrscheinlichsten und geheimsten Berichte über biblische und post-biblische Wunder und diverse Ungeheuerlichkeiten hoher kirchlicher und weltlicher Würdenträger vor den Augen der Welt verborgen und zugleich in Sicherheit verwahrt sein sollen, war diesem Bericht zufolge ein wertvolles Manuskript gestohlen worden. Das Besondere daran war, dass es ein Manuskript von Charles Darwin gewesen sei, in dem dieser – ausgerechnet der Weltenbummler Darwin! – seinen Glauben an die flache Form der Erde dargelegt hätte. Es sei nur eine kurze Abhandlung, kaum 15 Seiten lang, aber inhaltlich umso gewichtiger, als der berühmte Forscher darin die Irrtümer bezüglich des Kugel-Modells der Erde verdeutlicht hätte und die Argumente zur Untermauerung der flachen Form der Erde in klaren und schwer widerlegbaren Schlussfolgerungen ausgebreitet habe. Zudem, und das schien mir besonders interessant und zugleich obskur, hätte er darin auch einige interessante Spekulationen angestellt, und zwar Spekulationen darüber, wie sich diese Scheibenform der Erde auf das Aussehen einer speziellen „Weltrandfauna" ausgewirkt haben sollte, auf die Form jener Tiere also, die sich als Bewohner an diesen extremen und noch seiner Entdeckung harrenden Lebensraum angepasst hätten. In Anlehnung an das Beispiel der später nach ihm benannten Darwin-Finken, deren Schnäbel er als so überraschend vielfältig an ihre ganz spezielle Ernährung angepasst charakterisiert hatte, soll Darwin in seiner kurzen Abhandlung besonders schwimmkräftige, der ungeheuren sich ins Ungewisse ergießenden Strömung widerstehende Fische mit zusätzlichen Greiforganen vorhergesagt haben. Diese Greifer würden ihnen ein unangestrengtes Ausruhen erlauben zwischen den umso kräftezehrenderen und anspruchsvolleren Ausflügen in die Strömung auf der Jagd nach Beute. Andere Spezies dieser Gewässer würden hingegen sesshaft sein, ähnlich den Korallen der Meeresgründe, bewehrt mit riesenhaften Reusen-Apparaten, mit deren Hilfe sie Kleinstlebewesen aus der Strömung filtern würden. Und über dem Meer, so hätte der große Forscher in seiner Abhandlung weiters gemutmaßt, gäbe es dort auch noch spezielle Vögel, riesengroße mit gewaltigen Flügeln, welche sie auch jenseits des Erdenrandes im verdünnten Äther noch tragen würden. Schließlich hielt er auch noch die Existenz von Wühlmäusen ähnelnden Tieren für möglich, welche als einzige Lebewesen auf kleinen Inseln am Rande der Welt, an Stellen, wo der Erdenrand besonders dünn ausgeprägt wäre, auch die Unterseite der Scheibe kennen und sich möglicherweise sogar von einer an dieser „Unterfläche" gedeihenden Flora ernähren könnten.

Diese Wesen erinnerten mich unweigerlich an die Nasobeme, jene mystischen, sich auf ihren Nasen fortbewegenden Tiere, über deren vermeintliche Existenz ich viele Jahre vorher in einem seriösen wissenschaftlichen Buch gestolpert war. Neugierig geworden durch eine Zeichnung, die das eigenwillige Aussehen eines Vertreters dieser „Nasenschreitlinge" darstellte, hatte ich den Eintrag zur Gänze gelesen, und unter anderem vom pfeifenden Geräusch erfahren, das manche Vertreter bei der Fortbewegung hören lassen und das ihnen die aktive Jagd vergällt und sie zum Auflauern ihrer Beute zwingt, oder von den großen Ohren eines anderen Vertreters, welche ihn zum Flug befähigen würden. Zum Ende des Artikels hin wird über das Verschwinden dieser putzigen Tiere durch das Versinken ihrer letzten Zufluchtsinsel in Folge eines Atombombenversuchs im Jahre 1957 berichtet und davon, dass ihr Entdecker – und damit wohl auch Erfinder – der seiner Nachwelt vor allem durch seine humoristischen Gedichte in Erinnerung gebliebene Christian Morgenstern ist.

Die Nasobeme waren somit unzweifelhaft ein absichtlicher Scherz, der, wie nachfolgende Monografien über diese Tierordnung belegen, ein Eigenleben gewann, aber ob dies auch für Darwins Weltrandtiere zutraf und sie, beziehungsweise zumindest ihr Entwurf durch Darwin, überhaupt existierte, ob es dieses ominöse Manuskript tatsächlich gab, interessierte mich nun und ich beschloss dem nachzugehen.

KERNSCHMELZE

Wie Regina später herausfand, musste der Verrückte sie gar nicht direkt beobachten, er hatte es geschafft ihren Computer zu kapern, dort in ihren privaten Dienstplan zu schauen und zu verfolgen, was sie auch sonst noch am Computer trieb, inklusive ihrer Online-Konversationen mit Gabriel. Mit einem der Mails am Beginn ihrer Online-Bekanntschaft, als die Welt noch in Ordnung schien, hatte er ihr einen Link mitgeschickt, den sie anklickte. Es schien harmlos, ein Link zu einem Monty Pythons Sketch – aus einer kurzen Erwähnung Reginas hatte er ihre Begeisterung für die Komikertruppe erraten - und mit dem einen Klick hatte Regina sich ihm ausgeliefert, war alles, was sie am Computer so trieb und alles was sie an Nachrichten bekam für ihn zugänglich geworden.

„Und als ich ein paar Tage später aus dem Krankenhaus kam, so um kurz nach Vier, da sah ich ihn auf der anderen Straßenseite stehen, ich wusste ja, wie er aussieht, er hatte mir schon beim zweiten Mail seine Fotos freigeschalten."

Regina arbeitete als Krankenschwester in der Intensivmedizin, was in ihrer Konversation mit Gabriel zu so manch makabrem Wortwechsel geführt hatte.

„Zum Glück schaute er gerade in eine andere Richtung, weil ein Rettungswagen mit Blaulicht um die Ecke gebogen kam, und ich ging wieder schnell ins Haus zurück. An diesem Tag verließ ich das Krankenhaus dann auf der anderen Seite über einen Nebenausgang, aber am nächsten Tag stand er schon wieder da und diesmal sah er mich."

Mit klopfendem Herzen, so berichtete Regina weiter, wäre sie dann direkt auf ihn zugegangen, wollte ihm deutlich zu verstehen geben, dass er verschwinden möge, dass sie an ihm, dem Stalker, kein Interesse mehr hätte.

„Aber nein, hör mir zu, du musst mich das erklären lassen!" antwortete er. „Ich denke das bist du mir schuldig."

Er erklärte, wie er diese besondere Verbindung zwischen ihnen gespürt hätte, sich nach und nach immer mehr in sie verliebt hätte, und da müsse doch bei ihr auch etwas sein, das könne sie doch nicht einfach leugnen, sie müsse ihm einfach eine Chance geben.

„Es war richtig gruselig, ich war froh, dass wir an einem belebten Platz standen, im Sonnenlicht, ich hätte sonst richtig Angst bekommen."

Regina redete eindringlich auf Gabriel ein, schien sich von der Dramatik ihrer Erinnerung mitreißen zu lassen.

„Ich habe ihm das auch gesagt, du machst mir Angst, lass mich in Ruhe, habe ich gesagt, komm nicht mehr hierher, das hat überhaupt keinen Sinn! Ich ließ ihn da stehen und ging zur Busstation. Danach stand er trotzdem noch mehrmals dort, aber ich ignorierte ihn nur mehr, dachte, dass er irgendwann ja einmal genug haben müsste."

„Das ist ja der Wahnsinn!" warf Gabriel ein, „ein richtiger Stalker, das muss wirklich entsetzlich gewesen sein." Gabriel schien schockiert und gefesselt zugleich.

„Ja, aber das war ja noch nicht alles, es war damit noch gar nicht vorbei. Irgendwann stand er nämlich nicht mehr dort vor der Klinik, eines Tages stand er direkt vor meinem Haus, wartete dort auf mich mit Blumen in der Hand! Ich ging an ihm vorbei ins Haus, ich zitterte am ganzen Leib, kann ich dir sagen, und drinnen rief ich sofort die Polizei."

Dann ging es schnell, erzählte Regina, diese Stalking-Geschichten waren inzwischen zu einer Epidemie geworden und die Polizisten wussten sofort was zu tun war. Nach kurzer Zeit schon kam ein Streifenwagen, ein Polizeibeamter stieg aus und ließ den immer noch mit dem Blumenstraß vor dem Haus wartenden Verrückten sich ausweisen und als Regina das nächste Mal aus dem Fenster blickte, war er schon weg und nicht lange danach meldete sich ein junger Kriminalbeamter bei ihr. Nachdem Regina dem Beamten ihre Geschichte und den ganzen Hergang berichtet hatte, empfahl dieser ihr einen Spezialisten, der sich ihren Computer anschauen sollte.

„Der entdeckte dann sofort diese Spyware. Er meinte, dass der andere im Grunde meinen ganzen Computer in der Hand hatte, nicht nur verfolgen konnte, was ich machte, sondern auch selbst Dinge ändern. Deshalb kamen auch deine Nachrichten nicht mehr durch zu mir und deshalb konnte auch ich dir nicht mehr schreiben, er hatte das alles blockiert."

Regina sah Gabriel mit großen Augen an, die Verzweiflung in ihrem Gesicht wich nur ganz langsam einem zögerlichen Lächeln.

„Der Spezialist konnte mir dann alles wieder herstellen, ich fand deine Mails, aber als ich antworten wollte, warst du von der Plattform verschwunden. Ich hätte heulen können, das kannst du mir glauben. Ich war dann wie in einer Schockstarre, der Typ wurde angezeigt und ihm jede Annäherung an mich verboten. Ich war nicht sicher, dass er sich daran halten würde und die ersten Wochen blickte ich mich oft um, ob ich ihn irgendwo entdecken würde. Weißt du, man kommt ja nicht gleich ins Gefängnis für Stalking, soviel ich weiß, wurde er bloß abgemahnt, weil es das erste Mal war und so weiter. Ich war überhaupt nicht mehr involviert in das Ganze und war eigentlich froh, aber der Polizist meinte später, dass er vielleicht wirklich eine Strafe bekommen hätte, wenn ich als Zeugin ausgesagt und von der Spyware berichtet hätte. Das war der Polizei damals ja gar nicht bekannt, aber es hat mich auch keiner gefragt."

Regina lehnte sich jetzt in ihrem Stuhl zurück, atmete tief durch und schloss ihren Bericht ab:

„Seit damals habe ich immer wieder an dich gedacht, aber erst Monate später kam mir der Gedanke, dass ich unsere Nachrichten durchschauen könnte und sehen, ob ich herausfinde, wer du bist und wie ich dich erreichen kann, ich meine, im wirklichen Leben. Und dann war es eigentlich überraschend einfach, was denkst du wie viele Wissenschaftsschreiber es gibt in deiner Stadt?"

BOSNISCHE RIESENSUPPE

Dieser Bericht über Darwins Manuskript, der mir zwar unglaubwürdig schien, aber trotzdem keine Ruhe ließ, war in der Online-Ausgabe einer einigermaßen seriösen Zeitschrift aus der Region erschienen, weshalb ich tatsächlich im Impressum die Anschrift des Redakteurs finden konnte, etwas, wie mich meine Arbeit seither lehrte, nicht Selbstverständliches. Viele andere Medien, die über ähnlich seltsame Dinge schreiben, zeigen wenig Interesse daran kontaktiert zu werden. Aber ehe ich die angegebene Adresse anschrieb, suchte ich nach weiteren Berichten im Netz dazu, fand aber zu meinem Erstaunen gar nichts, wenn ich nach der Verbindung von Darwin und der flachen Erde suchte.

Meine Mail an die Zeitschrift fiel daher kurz aus, ich rechnete kaum mit einer hilfreichen Antwort, schrieb lediglich, dass ich als ein in naturwissenschaftlichen Dingen interessierter Mensch neugierig geworden wäre und erfahren wollte, auf welcher Quelle ihr Bericht beruhen würde. Umso größer war meine Überraschung, als ich schon binnen zwei Stunden eine Antwort erhielt mit einem Link auf eine ziemlich obskure Website, wo der gesuchte Sachverhalt in reißerischem Englisch wiedergegeben war. Als Quelle wurde dort wiederum auf einen Bericht mit italienischem Titel verwiesen, erschienen in einer Wochenzeitung des Vatikans, die ich aber nirgends finden konnte. Der interessantere Teil der Antwort aber bestand in einer Gegenfrage des Redakteurs, der durch die Signatur meiner Mailnachricht auf meine Profession – Freelance Writer –

aufmerksam geworden, sich erkundigte, ob mich derlei kuriose Dinge generell interessierten und ob, falls dem so wäre, ich bereit wäre für ihn zu arbeiten. Bei Interesse möge ich ihn unter einer angegebenen Telefonnummer kontaktieren, er würde sich freuen von mir zu hören. So unerwartet dieses Angebot gekommen war, so verlockend klang es zugleich, denn meine Geschäfte liefen schleppend, das Ersparte wurde stetig weniger, und ein irgendwie regelmäßigeres Einkommen schien überaus erstrebenswert. Ich ließ ein paar Stunden verstreichen um nicht allzu interessiert oder gar bedürftig zu wirken, dann rief ich den Redakteur an und er lud mich zu einer Besprechung der Angelegenheit für den nächsten Vormittag in sein Büro.

„Schau her, ich hoffe wir können uns duzen, ich bin Bernhard, der Job ist nicht wirklich schwer, man muss recherchieren und ein bisschen schreiben können. Aber die Leute lieben das und mir fehlt die Zeit dazu. Du suchst im Internet, es muss gar nicht neu sein, Hauptsache irgendwie schräg, spektakulär, Mord und Totschlag zieht immer, irgendwas, das man nicht jeden Tag liest."

Der Redakteur drehte den Bildschirm ein wenig zur Seite, damit ich sehen konnte was dort gezeigt war und wies auf eine Überschrift: Heißluftballon stürzt in schwerem Gelände ab – 2 Tote, 2 Schwerverletzte, schwierige Bergung.

„Sowas kommt nicht oft vor, ist aber auch nicht der Renner. Ballonfahren interessiert die meisten nicht, aber wenn es Tote gibt, dann gewinnt es etwas."

Ich deutete ein Nicken an, musste die Information erst verdauen. Bernhard verlor nicht viel

Zeit mit Formalitäten, hatte mir flüchtig die Hand geschüttelt, mir einen Stuhl vor seinen Schreibtisch hingeschoben und gleich mit der Jobbeschreibung begonnen.

„Ich weiß, das klingt zynisch, aber für diese Sparte darf man nicht zartbesaitet sein und nicht allzu mitfühlend. Die Leute sterben auf die seltsamsten Arten, darüber darf man nicht immer nachdenken. Und du kannst ja auch andere Dinge suchen, schräge Ereignisse, Überfälle, seltsame Tiere, Weltrekorde. Die größte Suppe der Welt, 4000 Kilogramm dampfende Brühe, das war in Bosnien, das scheint eine Spezialität dort, das fanden die Leser toll, das gab viele Klicks. Oder die Geburt von Fünflingen in Wien vor ein paar Jahren, das war natürlich sowieso überall, aber das habe ich dann ausgebaut, über die Dionne-Fünflinge geschrieben. Das waren seinerzeit noch natürlich gezeugte Kinder, kamen vor über 80 Jahren in einer kanadischen Holzhütte zur Welt, ohne Wasser und Strom. Ich schrieb da sogar ein bisschen etwas Gesellschaftskritisches hinein, von wegen moderne Reproduktionsmedizin, der riesige Aufwand und die ganze Technik, wo es eh genug Kinder gäbe, anderswo. Aber das war ehrlich gesagt eine Ausnahme, da hatte ich Zeit und es hat mich interessiert, weil mein Bruder und meine Schwägerin es auch künstlich versucht haben, hat dann leider gar nicht geklappt."

Bernhard unterbrach den Redeschwall nur kurz, nippte an einer dreckigen Tasse mit wohl kaltem Kaffee, verzog angewidert sein Gesicht und fuhr fort damit zu beschreiben worum es ginge bei dem Job. Der Aufwand hänge von meiner Fähigkeit ab im Web etwas zu finden, das Schreiben würde er mir sowieso zutrauen, er hätte die Textproben auf meiner Website überflogen. Wie viel zu verdienen war, läge vor allem an mir, der Platz auf der Website wäre praktisch unbegrenzt.

„Aber ich würde nicht alles auf einmal verbraten, es gibt immer wieder Zeiten wo scheinbar gar nichts passiert, da ist es gut, wenn man dann etwas in Reserve hat. Und Aktualität ist kein Anspruch, es muss nur neu sein für die Leser, wenn du also was findest auf fremdsprachigen Seiten, nimm es, schreibe es ein bisschen um, erfind bloß nicht alles, das merkt man sonst. Also kein Pferderennen auf dem Mond, kein Mann mit Augen auf der Stirn und auch kein Perpetuum mobile, das ist zu unglaubwürdig oder zu abgelutscht. Dieses Darwin-Ding war eigentlich auch eher zu speziell, außer dir haben sich nur ein paar Verrückte gemeldet, die selbst glauben, dass die Erde eine Scheibe ist. Menschen gibt´s...“

Wir waren uns rasch einig, ich sollte einfach suchen, schreiben und ihm schicken was mir eingefallen war, er würde die Texte am Anfang noch ein wenig überarbeiten, falls nötig, aber ich würde rasch verstehen, worauf es ihm ankäme. Außerdem würde ich später dann eine E-Mail-Adresse des Mediums erhalten, und die Rückmeldungen wären der beste Fingerzeig, was funktioniert und was ich künftig vermeiden sollte.

Er hatte Recht, binnen kurzer Zeit hatte ich den Dreh heraus, schrieb drei bis vier Artikel pro Woche, bekam gar nicht übel bezahlt („Die Leute lieben deinen Scheiß!“) und musste mich einstweilen nicht mehr davor fürchten auf der Straße zu landen. Tod und Elend anderer Menschen, Darwin und eine große ex-jugoslawische Suppe hatten mir Glück gebracht.

THE DAY AFTER

Da saßen sie nun, Gabriel und Regina, und für beide war dieses erste Mal ganz anders verlaufen als sie es je geplant oder vorausgeahnt hatten.

„Es tut mir leid, dass ich anfangs so frostig zurückgeschrieben habe, so einen distanzierten Ton angeschlagen habe, aber das konnte ich ja nicht ahnen," versuchte Gabriel die Geschichte zu einem Abschluss zu bringen. „Ich bin froh, dass das nicht alles kaputt gemacht hat, und dass du dir die Mühe gemacht hast mich ausfindig zu machen."

Regina schien erleichtert, aber noch immer verriet ihre Haltung große innere Anspannung, nicht die freudige Spannung eines ersten Treffens, sondern eher die ängstliche Erwartung einer ungewissen Gefahr.

„Ja, jetzt kennst du die Geschichte und wirst verstehen, dass nicht nur du Unerfreuliches erlebt hast. Du warst für mich auch verloren und was ich zwischenzeitlich dafür eingetauscht habe, das wünscht sich wahrhaftig niemand. Wenn du einverstanden bist, möchte ich, dass wir das hinter uns lassen, gar nicht mehr davon sprechen. Es würde dir und mir nicht helfen, und ich denke wir haben genügend andere Dinge, die uns beschäftigen werden."

Gabriel stimmte dem zu und sie kamen darin überein, dieses bittere Kapitel ihrer letztlich gerade nicht gemeinsamen Vergangenheit auszublenden, soweit das möglich war. Sie versuchten an alten Themen anzuknüpfen, einige der offenen Fragen ihres früheren Gedankenaustauschs wieder aufzunehmen, doch es blieb alles ein wenig verkrampft, die Lockerheit wirkte aufgesetzt und keiner von beiden schien glücklich darüber, wie sich die Dinge entwickelten.

Nach einer Weile entstand eine Gesprächspause, und beide verharrten stumm und unbeweglich, gleichsam die nächste Bewegung des Gegenübers abwartend, in gespannter Stille.

„Wir können nicht einfach zurück, dorthin wo wir aufgehört haben, Gabriel," brachte Regina das Problem schließlich zur Sprache, „so tun als hätten wir uns jetzt getroffen, weil die Zeit reif dafür war. Du merkst das ja auch, wie ich sehe."

„Du hast recht", erwiderte Gabriel, „wenigstens jetzt gleich wird uns das nicht mehr gelingen. Aber zurück an den Bildschirm können wir auch nicht. Ich denke, wir sollten es für heute gut sein lassen und uns nächste Woche wieder sehen. Heute kriegen wir die Geschichte nicht mehr aus unseren Köpfen. Jetzt haben wir uns gesehen und ich für meinen Teil möchte dich gerne wieder sehen, ob das umgekehrt auch so ist, kannst du dir ja in Ruhe überlegen. Vielleicht gefällt dir ja meine Stimme nicht oder du kannst mich nicht riechen, wer weiß."

Gabriel lehnte sich in seinem Sessel zurück, breitete seine Arme aus und hob fragend seine Augenbrauen, zugleich die Empfänglichkeit für jedwede Antwort bedeutend und seine Ungewissheit wie diese lauten würde.

„Einverstanden, das klingt vernünftig" antwortete Regina. „Und ja, ich will dich auch wiedersehen, ich kann dich *gut* riechen. Über deine Stimme habe ich nicht nachgedacht, aber du klingst weder wie Tom Waits noch wie der Typ mit der nervigen Kastratenstimme aus der Glückspielwerbung, ich weiß nicht, wie der heißt. Und wenn ich mich recht erinnere, dann kannst du ja sogar singen, mir vielleicht ja einmal ein Ständchen halten, wo soll da das Problem sein?"

Beide mussten lachen, die Bemerkung war die erste Andeutung des neckischen Tons, der ehemals ihr schriftliches Hin-und-Her bestimmt hatte. Gabriel machte seinerseits einen Scherz, bestand darauf ihr Getränk zu bezahlen ("Du darfst dann zahlen, wenn es sich für mich lohnt, zum Beispiel wenn wir essen waren") und als sie sich vor dem Lokal mit flüchtigen, beinahe nur angedeuteten Wangenküssen verabschiedeten, waren beide schon fröhlicher gestimmt und optimistischer, dass das nächste Treffen eher einem Rendezvous gleichen könnte und weniger einer Beichte.

MIT DOPPELTER ZUNGE

Das Leben ist kompliziert, welch triviale Weisheit, die dessen ungeachtet für nicht wenige von uns in dieser oder einer ähnlichen Formulierung als Grundlage vieler Lebenslügen und so manch fortwährenden Selbstbetrugs dient, oft als Rechtfertigung dafür, dass wir nicht tun, was wir eigentlich gerne täten, nicht geworden sind, was wir gerne geworden wären, und auch dafür, dass wir immer wieder schlecht sind, obwohl wir doch eigentlich tief im Innersten nichts anderes sein wollen als gut. Von den Bäumen herabgestiegen, hat sich der Mensch auf die Hinterbeine gestellt und in Kleingruppen aus überwiegend miteinander verwandten Wesen sein Fortkommen organisiert. Dabei hat es sich unzweifelhaft als Vorteil für die Gruppe erwiesen, wenn der Einzelne nicht ständig fürchten musste im Schlaf vom Höhlennachbarn erschlagen oder wenn das Futter knapp wurde von den Klippen gestoßen oder gar geschlachtet und gefressen zu werden. Gut zu sein und darauf vertrauen zu können, dass es auch die anderen waren, war ein Vorteil für alle, und nur die gelegentliche kleine Niederträchtigkeit war akzeptabel, wurde als „allzu menschlich" toleriert und gegebenenfalls höchstens symbolisch bestraft.

Wären im berühmten, in den Anden bruchgelandeten Flugzeug einander völlig fremde Menschen gesessen, lediglich verbunden durch den Wunsch von Montevideo nach Santiago de Chile zu kommen, und nicht die befreundeten Spieler und Angehörigen einer Rugby-Mannschaft, die Überlebenden des Absturzes hätten möglicherweise viel eher damit begonnen die Toten zu verspeisen, und es wären am Ende schließlich noch mehr Überlebende gerettet worden. Man versetze sich nur selbst in ihre Lage, oder, um es für uns Nicht-Rugbyspieler plausibler zu machen, man stelle sich vor, mit einer Hochzeitsgesellschaft abzustürzen, mit Verwandten und Bekannten, und dann dem großen Hungern ausgesetzt zu sein und schließlich der Frage die Leichen der anderen zu essen oder selbst zu sterben. Der Hungertod erschiene wohl so manchem das wahrscheinlichste Los, oder auch das gnädigere, weil kaum jemand es über sein Herz brächte, die Toten zu verspeisen. Oder wer - Freiwillige vor! - denkt ernsthaft sie oder er könnte seinen lieben Onkel Willi oder seine gebrechliche Murli-Oma essen, selbst wenn man sie eigentlich nur sehr selten zu Gesicht bekommen hat, allenfalls bei Familienfeiern, Hochzeiten und Begräbnissen. Oder wer möchte Cousine Laura den Arm oder das Bein abtrennen zur Vorbereitung der Mahlzeit, jener ersten großen Liebe der eigenen Kindheit, die immer so bezaubernd lächelte und die zu heiraten man sich so fest vorgenommen hatte, wenn man erst einmal erwachsen geworden wäre. Wer bringt es über sein Herz den übergewichtigen Schwiegervater zu zerteilen, der immer so schwer atmete und so einen eigentümlichen Geruch verströmte, sich aber schon bei der Verlobungsfeier als so unerwartet spendabel und noch dazu witzig erwies. Oder die schrille Tante Hermine, die bei Hochzeiten immer als erste betrunken war und anfänglich immer lauter und lustiger wurde, um dann später meist des Trosts zu bedürfen, weil alle Männer Schweine wären und für sie ohnehin nie der richtige kommen würde.

Im Grunde ist der Mensch ja gut, wie ein populäres Buch mit vielen Worten und Beispielen belegt, und üblicherweise geht es ja nicht um Leben und Tod oder darum jemanden zu verspeisen oder andernfalls zu sterben. Meist handelt es sich lediglich darum den eigenen Vorteil nicht hemmungslos über den von anderen zu stellen, nicht rücksichtslos gierig zu sein, sich nicht vorzudrängeln, oder einfach um den Anspruch, halbwegs ehrlich zu sein und sein Gegenüber nicht mutwillig zu täuschen. Oder auch darum jemandem nicht allzu leichtfertig das Herz zu brechen. Und dennoch versagen wir so oft dabei....

Dies alles fiel mir ein, weil ich einen Bericht zum Thema Kannibalismus verfasst hatte, nicht speziell zu dem Ereignis in den Anden, sondern eher allgemein, zum Mythos um die Menschenfresserei. Neben der Erkenntnis, dass Verwandte eher verschont werden, was auch bei „Naturkannibalen" die Regel scheint, verblüffte mich auch der Befund, dass sich Kannibalen während ihres grausigen Mahls oft erbrechen, der inneren Abscheu vor der eigenen Tat ihren Tribut zollen müssen. Und nicht nur deshalb, sondern auch des relativ geringen Nährwerts eines menschlichen Körpers wegen, würde sich Kannibalismus als Ernährungsgrundlage nicht lohnen, wie ein mit dem Spaß-Nobelpreis ausgezeichneter Forscher in seiner Studie mit wissenschaftlicher Ernsthaftigkeit belegte.

Ganz so schicksalhaft war die Situation keineswegs bei meinem Freund Gabriel, es ging weder um Leben und Tod noch um Menschenfleisch, aber eine gewisse Dramatik lässt sich seinen Erlebnissen mit Frauen dennoch nicht absprechen. Ich hatte ihn kennengelernt als schon erfahrenen, älteren Kollegen, einem Schreiber wissenschaftlicher Texte, dessen Expertise ich einmal erbat als ich selbst einen teils wissenschaftlichen Text verfassen sollte, es ging dabei um einen Giftunfall. Ich fand sein Profil auf einem sozialen Netzwerk mit geschäftlichem Anstrich, aus dem hervorging, dass er ehemals Chemiker war, und das schien mir überaus nützlich für meine Recherche. Ich schrieb ihn an, er schickte umstandslos die gesuchte Information, und in der Folge hatten wir einen regen Austausch, der eines Abends in einem gemeinsamen Kennenlern-Bier mündete. Dieses uferte bald in eine die ganze Nacht dauernde Sauftour aus, in der wir unsere Geschichten zum Besten gaben, unseren Werdegang und wohl vieles anderes mehr, an das wir uns beim nächsten Treffen aber in allzu vielen Details kaum mehr erinnern konnten.

Zu jenen Dingen, die der Alkohol nicht restlos aus meinen Hirnwindungen zu spülen vermocht hatte, gehörte, dass Gabriel eine langjährige Beziehung hinter sich hatte, die nicht sehr lange nachdem sie ein gemeinsames Kind hervorgebracht hatte, auseinander ging. Das passiere gar nicht selten, wie mir Gabriel erklärte, entweder brachte der Stress mit einem Kind unschöne, neue Seiten im Partner hervor, die der unbeschwerten Zweisamkeit zuvor noch verborgen geblieben waren, oder das Kind war sowieso nur ein Versuch, eine im Scheitern begriffene Beziehung noch irgendwie zu retten, und das musste ja eigentlich schief gehen. Ob das eine oder das andere auch bei Gabriel zutraf, weiß ich nicht, vielleicht war es auch ganz etwas anderes, jedenfalls hatte er nach der Trennung eine Weile den Blues, igelte sich ein und suchte kaum mehr den Kontakt zu seinen Freunden. Aber zugleich schien er diese Zeit gut genutzt zu haben, er machte sich nämlich selbstständig als Wissenschaftsschreiber und hatte halbwegs Erfolg damit, wie er mir erzählte. Und außerdem, irgendwie nebenbei, als das Geschäft am Beginn noch schleppend verlief, schrieb er auch noch ein Buch in dieser Zeit, erfüllte sich damit einen alten Traum, und fand sogar einen Verlag dafür. „Ich hatte einfach zu viel Freizeit," meinte er selbstironisch, „und das mit den Online-Frauen war irgendwie zu einem Ende gelangt." Kurioserweise hatte er sich nämlich außerdem auch noch auf einer Dating-Plattform registriert. „Ganz seriös, es ging da um Beziehungen, nicht um Sex!" wie er mir erklärte. Und er hatte sich eine Weile äußerst wohlgefühlt auf dieser Plattform, traf einige Frauen auch im echten Leben und glaubte dann sogar seine Traumfrau endlich gefunden zu haben. Aber als das doch nichts wurde und auch andere Kontakte zu nichts führten, gab er frustriert auf. „Dafür ging es dann mit dem Buch gut voran und das hat mich ja schließlich zu Monika geführt."

Monika war eine Kollegin seiner neuen, zweiten Profession, eine schon einigermaßen etablierte Schriftstellerin, die er auf der Lesereise zur Bewerbung seines Buchs kennengelernt hatte. Manchmal scheinen die damit verbundenen Leseabende etwas auszuarten, wie mir Gabriel erklärte, denn innerhalb gar nicht langer Zeit war er am Ende solcher Veranstaltungen mit Monika zweimal im Bett gelandet. Dem vorangegangen war jeweils, dass sie sich äußerst angeregt über Literatur unterhalten hatten, Gabriel aber im Rummel der ganzen Aufregung, die er im Gegensatz zu ihr nicht gewohnt war, immer viel zu schnell getrunken hatte. Trotzdem, so viel war ihm klar geworden, sie schienen einen guten

Draht zueinander zu haben und er wollte nicht ausschließen, dass da mehr daraus werden könnte. Sie müssten es wohl nur einmal schaffen sich auch nüchtern zu begegnen, dann wüsste man mehr, wie Gabriel meinte. Zum momentanen Zeitpunkt war das noch nicht geklärt, aber um die Sache noch zu verkomplizieren, hatte sich plötzlich auch seine einst verlorengegangene Traumfrau wieder bei ihm gemeldet. Gabriel hatte sich also wie es scheint in sehr kurzer Zeit vom einst elenden Verlassenen zum Businessman, Buchautor und umschwärmten Liebhaber gewandelt, was für eine Karriere. Gabriel ist übrigens nicht nur zehn Jahre älter als ich, er hat auch Schlupflieder, eine Knollennase und leicht vorstehende Zähne. Wenn sich tatsächlich zwei Frauen auf einmal für ihn interessierten, dann konnte das unmöglich an seinem Äußeren liegen, er musste im Umgang mit Frauen ein unheimlicher Charmeur sein.

Es wurde Zeit, mir ein Update zu seinen Geschichten anzuhören, dachte ich. Außerdem war Gabriel ein naturwissenschaftlicher Freak. Er war zwar Chemiker, wirkte aber so als wüsste er überall ein bisschen Bescheid. Zudem hatte er erzählt, dass er als Jugendlicher die Biografien vieler Wissenschaftler verschlungen hatte, vielleicht war die von Darwin zufällig auch eine davon.

DILEMMATA (DIE SELTEN GEBRAUCHTE MEHRZAHLFORM EINES WORTES, DIE ZUSEHENDS VERSCHELLT)

Gabriels jüngerer Kollege hatte angerufen, es wäre wieder an der Zeit für einen Drink und eine Besprechung von diesem und jenem und des Lebens im Allgemeinen. Als Treffpunkt hatten sie „The Zone" vereinbart, eines der vielen, gesichtslosen jüngeren Lokale der Stadt, das sich nur durch den besseren Soundtrack von den anderen abhob, mit dem es die Trinkerei seiner Kundschaft zu untermalen pflegte. Abgesehen davon war das einzig Bemerkenswerte an dieser Bar die stets gegenwärtige Chef-Kellnerin, eine Enddreißigerin, die behauptete seinerzeit mit je sechs Fingern an jeder Hand geboren worden zu sein, was sie mit ihren kleinen unförmigen Narben an den entsprechenden Stellen beweisen könne. Als sie das zum ersten Mal erzählte, war Gabriel sein Volkschulfreund Samuel in den Sinn gekommen, dem Ähnliches mit jeweils sechs Zehen statt Fingern widerfahren war. Bei ihm waren die Narben im Vergleich wesentlich größer gewesen, aber vielleicht, überlegte Gabriel, lag das ja daran, dass deren Entfernung damals noch nicht so lange zurück gelegen hatte.

Der Zufall im Laufe seines Lebens gleich zwei Menschen kennen zu lernen, denen die Natur einen Finger oder eine Zehe extra beschert hatte, hatte Gabriel neugierig gemacht und ihn recherchieren lassen. Zu seiner Verblüffung war das Phänomen gar nicht so selten, würde in Europa jedes 3000. Kind betreffen, in

Afrika gar jedes 300. Aus diesem Grund beschloss er der Kellnerin zu glauben und ertappte sich fortan immer wieder dabei, anderen Menschen auf diese eine Stelle zu schauen, auf die Handkante, dort wo der kleine Finger dem Handballen entspringt, auf der Suche nach einem verräterischen Zeichen ihrer einstigen Vielfingerigkeit.

Die beiden hatten ihr Treffen früh angesetzt in der Hoffnung, dass sie bei Tageslicht nicht so rasch in den Trink-Modus umschalten würden, wie es bei einem späteren Zusammenkommen in einer vollen Bar mit vielen Betrunkenen gleichsam als in früheren Zeiten antrainierter Reflex passieren konnte. Zudem hatte sich jeder von ihnen vorerst nur ein kleines Bier bestellt, wobei bezüglich der Nützlichkeit dieser Maßnahme keine Einigkeit herrschte.

„Man bremst sich automatisch ein, wenn man dann recht schnell schon das dritte Getränk bestellt, zumindest bei mir funktioniert das", meine Gabriel und prostete seinem Freund zu.

„Dafür ist das Bier aber immer schön kühl und süffig, bei mir hilft das daher letztlich gar nichts. Aber immerhin können wir uns das jetzt leisten, früher war ein großes Bier ja auch eine Frage der Sparsamkeit!" antwortete dieser und ließ sein Glas klangvoll auf das von Gabriel treffen.

Die Bierstrategie erwies sich binnen kürzester Zeit als gescheitert und auf den momentanen beruflichen Erfolg des jeweils anderen stießen sie nach dem Austausch einiger neuer Anekdoten aus dem Leben als Schreiber schon mit großen Biergläsern an. Unweigerlich führte sie das zu Gabriels „Frauengeschichten", wie sein Freund sie nannte und

Gabriel ließ erkennen, dass das Gefühl, nicht gänzlich redlich zu sein gegenüber den beiden Frauen, schwer auf seinem Gewissen lastete. Gleichzeitig konnte mit den Gewissensbissen aber die Aufregung und die Angstlust, die er angesichts seiner Situation empfand, nicht aufgewogen werden.

„Das Schlimmste ist, dass ich Angst habe mich falsch zu entscheiden. Die Eine zu wählen und dann draufzukommen, dass vielleicht doch die Andere die Richtige gewesen wäre. Dabei weiß ich ja gar nicht, ob ich überhaupt wählen kann, aber es ist zumindest verlockend es zu denken."

Gabriel nahm einen großen Zug Bier aus seinem Glas, stellte es ab und fuhr fort: „Es ist ein bisschen wie mit meinem Intelligenztest, weißt du? Ich habe in meinem ganzen Leben erst einmal einen IQ-Test gemacht und das war beim Bundesheer beziehungsweise bei der Musterung. Das Blöde ist, sie haben uns damals das Ergebnis nicht mitgeteilt, lediglich gesagt, dass alles in Ordnung wäre. Aber was soll das schon bedeuten, intelligent genug für das Bundesheer zu sein?"

Beide lachten kurz auf, im Hintergrund besangen The Verve die „Bittersweet Symphony", welche das Leben darstellt.

„Ja diese Prüfung hätte sogar ich geschafft!", warf sein Freund ein, „aber ich bin beim Zivildienst gelandet und die Rettungsstation war auch kein Ableger von diesem Verein mit den IQ-Überfliegern, ich glaube Mensa heißt er, das kann ich dir sagen."

„Man muss ja nicht gleich zu Mensa gehören, den Anspruch habe ich gar nicht", gab Gabriel zurück. „Aber ich wüsste trotzdem gerne, wie hoch mein IQ wirklich ist. Aber das Problem ist: Ich vermute zwar, dass mein IQ wenigstens leicht über dem Durchschnitt liegt, aber was soll ich machen, wenn dem nicht so ist?"

Wieder nahm er einen Schluck Bier, beeilte sich aber fortzusetzen: „Ich glaube ja nicht, dass ich Einstein bin, darum geht es gar nicht. Aber trotzdem, meine Zeit an der Uni, da war ich umgeben von gebildeten und vermeintlich hochintelligenten Menschen, und dennoch hatte ich oft das Gefühl, dass viele davon Idioten waren. Und auch im normalen Leben, im Alltag oder im Fernsehen, was man da so erlebt und zu sehen bekommt, das trägt auch nicht gerade dazu bei, dass man besonders bescheiden wird in dieser Hinsicht."

„Jaja, du bist ja sicher klug. Wenn du willst, bekommst du das schriftlich von mir. Aber das mit deinen Frauen ist doch ganz etwas anderes. Dumm oder klug, das ist man einfach, daran kannst du selbst nichts ändern. Aber wenn du dich für die falsche Frau entscheidest, dann ist das Leben ja nicht zu Ende, dann triffst du eben beim nächsten Mal die Richtige. Wenigstens *das* hast du selbst in der Hand."

„Nein, dafür bin ich nicht mehr jung genug! Das geht in meinem Alter nicht mehr so leicht. Was glaubst du, warum ich auf dieser Plattform gelandet bin? Wo sonst soll ich alter Mann noch eine Frau kennenlernen? Und jetzt habe ich gleich zwei auf einmal, zwei wunderbare Wesen, die mich vielleicht erhören, wenn ich Glück habe. Was mache ich nur, wenn ich es mit beiden verderbe, was soll dann aus mir werden?"

Aus Gabriels Lamento sprach schon deutlich der Alkohol und als sich die Überlegungen zu wiederholen begannen, sich die Diskussion im Kreis drehte und sein

Freund vorschlug nach Hause zu gehen, war er einverstanden.

„Aber eine Frage habe ich noch, bevor wir gehen," sagte Gabriels Freund, „kennst du dich mit Darwin aus? Und hast du von der flachen Erde gehört? Und, am wichtigsten, kann es sein, dass Darwin an die Erde als Scheibe geglaubt hat?"

„Blödsinn," lallte Gabriel, „er ist ja selbst um die Welt gesegelt, da wäre er ja dann heruntergefallen. Nein, Darwin war sicher keine von diesen Flat-Earth Dumpfbacken. Aber ich glaube Trump hat mal was in der Richtung gesagt – Make the Earth Flat Again! – oder so. Wenn du schon einen Prominenten brauchst..."

RUBRIK „ERSCHÜTTERNDE SCHICKSALE"

Die Berichte, die mir die meisten Klicks bescherten, waren solche über kuriose oder auch besonders brutale Todesfälle, die Faszination mit dem Tod scheint eine universelle Konstante, nichts kann tragischer sein, nichts betrifft ausnahmslos jeden einzelnen Leser, und nichts vermag zugleich Sensationslust, Empathie und manchmal auch den Gerechtigkeitssinn – oft treffen besonders grausame Arten des Sterbens ja Verbrecher als Opfer eines ihrer Konkurrenten – in ähnlicher Weise befriedigen.

Die meisten Leserreaktionen, aber, erhielt ich nach einer tragischen Liebesgeschichte, die ich zugegeben zur Hälfte erfunden hatte, auch wenn die Eckdaten im Großen und Ganzen schon stimmten. Aber einige Details, muss ich gestehen, hatte ich nach eigenem Ermessen ergänzt, und letztlich hat vielleicht gerade der triste, wohl kaum an Rosamund Pilcher gemahnende Anstrich, dem ich dem Ganzen damit verlieh, einiges dazu beigetragen, dass sich die Herzen besonders vieler Leser erwärmten. Bernhard, der Redakteur, hat die Story erst im Nachhinein gesehen, sonst wäre sie so wohl nie erschienen.

Kilimandscharo

Jahrelang hatte Anton S. aus Bielefeld gespart, auf seinen Urlaub verzichtet, oder gar in der Zeit, die ihm das Gesetz vorschrieb, Urlaub zu nehmen, durch Schwarzarbeit dazuverdient. Sein Ziel war es, sich irgendwann endlich seinen lebenslangen Traum zu erfüllen, auf den Kilimandscharo zu steigen, den höchsten Berg Afrikas, ein zu der Zeit als seine Träumerei begonnen hatte noch teures, ja beinahe utopische scheinendes Urlaubsvergnügen. „Zu steigen" gemahnt im Grunde zu sehr an „bergsteigen" oder gar an hinaufklettern, das war der Aufstieg auf den knapp 6000 Meter hohen Gipfel aber schon lange nicht mehr. Den Gipfel des höchsten Berges Afrikas zu erreichen, das hieß um mittlerweile kaum mehr Geld als man es für eine gewöhnlichen Urlaub benötigt, das Ticket für eine geführte Tour auf den Gipfel zu erstehen und sich dann über einen Zeitraum von sieben bis vierzehn Tagen auf einem verglichen mit einem Wanderweg nur unwesentlich schwierigeren Pfad auf die Spitze führen zu lassen. Das Abenteuer früherer Zeiten war schon längst kein Teil des Ganzen mehr, es war eine Industrie entstanden, bei der Gruppen, je nach Anbieter gar ganze Horden von Touristen, auf den Berg spazierten, lediglich der letzte Tag des Aufstiegs zum Uhuru Peak würde noch ein Mindestmaß an Anstrengung versprechen, sodass man am Gipfel beim Blick auf das Afrika, das man hinter und unter sich gelassen hatte, wenigstens ein bisschen das Gefühl haben konnte, etwas geleistet zu haben.

Anton, der in Bielefeld ein freudloses Leben fristete, ohne Freunde, ohne Frau, und als Krippenbauer selbst bei seinem Hobby ein zumeist einsam werkender Mensch, trainierte und sparte, und startete schließlich, als er fühlte, dass die rechte Zeit gekommen war, in das Abenteuer seines Lebens. Noch im Hotel nahe dem Bergmassiv lernte er Ananke U. kennen und, nach einigen Wetter-bedingten Tagen der Verzögerung des Aufstiegs und gemeinschaftlichen Abenden an der Hotelbar, lieben. Das junge Paar setzte Himmel und

Hölle in Bewegung, um die Organisatoren dazu zu bewegen, beide in einem gemeinsamen Team aufsteigen zu lassen, bürokratische Hürden mussten überwunden werden, und Schmiergeld und noch mehr Schmiergeld musste in gierige Hände wechseln, bis sie dies endlich erreicht hatten und ein einzelner Tourist - wie es schien gegen seinen Willen – umgebucht wurde, damit Anton in die Gruppe von Ananke wechseln durfte. Als es dann endlich so weit war und der für sieben Tage geplante Aufstieg begann, geschah es. Nach wenigen Metern, noch nicht aufgewärmt, gerade zu diesem Zwecke wären diese ersten Minuten des Wegs auf ebenem Pfad ideal geeignet, stolperte Ananke, überknöchelte und fiel einen lauten Schmerzensschrei von sich gebend hin. Sofort war klar, an ein Weitergehen von Ananke war nicht mehr zu denken, die Veranstalter waren froh, dass es so bald passiert war, da ihr Rücktransport – sie wurde die wenigen hundert Meter zum noch dort parkenden Range Rover des Veranstalters von zwei Helfern getragen – kein Problem darstellte und lediglich eine kurze Unterbrechung des Beginns des Aufstiegs bedeutete. Anton begleitete die Dreiergruppe zum Wagen und dachte, sich nach ihrem Befinden erkundigend und sein Mitgefühl beteuernd, fieberhaft nach, was nun geschehen würde, wie es für ihn weitergehen sollte. Für Ananke war das Abenteuer, soweit es den Kilimandscharo betraf, vorbei, sie wäre unmöglich in annehmbarer Zeit wieder fit gewesen, und da ein verlängerter Aufenthalt im Hotel zu teuer war, sollte sie bei nächster Gelegenheit zurück nach Arusha transportiert und auf den nächsten Flug Richtung Heimat gebucht werden. Ginge Anton nun auf den Gipfel, so überlegte er damals, würde er sie dann jemals wiedersehen, würde die Magie, die, wie er fand, sich im Fieber ihres gemeinsamen Abenteuers über die langsam entstehende Beziehung, die sich abzeichnende Liebesbeziehung, gebreitet hatte, einen solchen Einschnitt überstehen können? Eine Pause von absehbar mehreren Wochen, wenn nicht Monaten, die vergehen würden, bis er Zeit und auch wieder Geld haben würde, um dorthin zu kommen, wo sie wohnte, in ein Dorf am südlichen Rande Österreichs? Und würde die Tatsache, dass er seinen Lebenstraum verwirklicht hätte, auf dem Gipfel des Kilimandscharo zu stehen, während sie ihn wohl verwirkt hatte – auch sie hatte viele Mühen und Entbehrungen auf sich genommen und würde so rasch keinen zweiten Versuch unternehmen können – nicht wie ein immerwährender, düsterer Schatten über ihrer Beziehung schweben, so sie jemals zustande käme? Und was wäre gewonnen, wenn er nun voranschritte und letztlich zwar den Gipfel erreicht hätte, von diesem größten Abenteuer seines Lebens danach aber nie mehr, oder allerhöchstens in ihrer Abwesenheit, würde sprechen können, ohne in ihr Traurigkeit oder gar Neid und Verbitterung wach zu rufen? Wofür sollte Anton sich entscheiden?

Schweren Herzens aber hoffnungsfroh entschloss er sich bei ihr zu bleiben, mit Ananke gemeinsam nach Arusha und von dort zum Kilimandscharo Airport zu fahren und alles zu tun, um das zarte Pflänzchen der noch im Keimen begriffenen Liebe nicht zu gefährden, es im Gegenteil zu hegen und zu pflegen so gut es ihm möglich war. So wäre aus dem verdorbenen Abenteuer der Besteigung des Kilimandscharo doch noch etwas Gutes erwachsen, möglicherweise eine Liebe, die ewig währt, wie unwichtig nimmt sich im Vergleich dazu eine flüchtige Woche auf einem Berg in Afrika aus.

Doch das Schicksal meinte es schlecht mit den beiden, auf dem Transport zum Flughafen ereignete sich auf unebener Piste ein tragischer Unfall, bei dem Ananke starb, Anton aber überlebte, mit einigen Knochenbrüchen und dem Verlust zweier Finger davonkam. Zwei Wochen verbrachte er im Universitätskrankenhaus in Moshi, hatte mehr Zeit als man sich wünschen kann, über das verlorene Glück und seine bedauerliche Lage zu sinnieren, ehe er fit genug war für den Heimtransport nach Deutschland, für seine Rückkehr in sein tristes Leben. Seither geht er in Bielefeld wieder seinem eintönigen Beruf als Sachbearbeiter in einer Versicherung nach und führt sein graues und immer noch einsames Leben fort. Auf dem Gipfel des Kilimandscharo war er nie in seinem Leben.

In den ersten Wochen nach der Veröffentlichung des Artikels bekam ich höhnische Zusendungen, die den Tölpel verwünschten, der für eine Frau seinen Lebenstraum aufgegeben hatte, aber viel zahlreicher noch waren mitfühlende Mails, die Verständnis für seine Entscheidung ausdrückten und große Empathie mit dem Pechvogel bekundeten. Aus einem großen Reisebüro kam das Angebot, ihm die Reise zu finanzieren, aber als Höhepunkt waren schließlich sogar zwei Zuschriften dabei, die sich nach den Kontaktdaten Antons erkundeten und andeuteten ihm die verloren gegangene Liebe ersetzen zu wollen. Ich leitete sowohl das Angebot des Reisebüros als auch die E-Mail-Adressen der beiden Damen an einen Redakteur einer

Zeitung in Bielefeld weiter, mit der Bitte die Informationen Anton zukommen zu lassen, erfuhr aber bis heute nicht, was daraus geworden ist.

DER ÜBERFALL

Das Drama von Anton S. am Kilimandscharo hatte sich als Renner erwiesen, aber solche Geschichten waren selten, vielleicht nicht die Geschichten als solche, aber dass man davon erfährt. Anton S. hatte Jahre später dem Reporter einer Lokalzeitung sein Schicksal geschildert, der Reporter war selbst Bergsteiger und Gerüchte über das Drama hatten in entsprechenden Kreisen die Runde gemacht. Dass diese zu Tränen rührende Story sonst niemand aufgegriffen hatte, lag daran, dass sie nicht im Web aufgetaucht war, die Lokalzeitung hatte keinen Internetauftritt. Tatsächlich hatte sich das umfangreiche Zeitungsarchiv meiner Stadt, das Relikt eines rührigen Germanisten, der sich mit Blüte und Untergang lokaler Zeitungen im deutschsprachigen Raum beschäftigt hatte, als wahre Fundgrube solch unbekannter Geschichten erwiesen, Geschichten, die mangels Präsenz im Internet nie Verbreitung fanden. Bis endlich ich daher kam und sie ans Licht der Welt zerrte, zumindest einige davon. Der Nachteil dieser Geschichten war, dass es unmöglich war Details dazu zu recherchieren, aber dafür hatte ich meine Fantasie, in der an möglichen Details kein Mangel herrschte.

Zumeist musste ich mich dennoch mit Mord und Totschlag zufrieden geben, oder mit spektakulären Unfällen, ähnlich jenem meines Kindheitsfreundes Walter. Oder aber mit kuriosen Verbrechen, wie jenes, das mich noch länger beschäftigen sollte.

„Moderne Autotechnik stoppt Bankräuber", so der Titel eines Beitrags in einem kleinen Stadtblatt, der mich neugierig machte, eine Verbindung von Schlagworten, die zumindest kurzes Leseglück für eine sehr diverse Leserschicht versprach.

„Riesenpech gepaart mit Dummheit stoppte ein einheimisches Räubertrio, das eine Bank in St. Georg überfallen wollte. Die mit Faschingsmasken vermummten Täter betraten kurz vor Bankschluss um 16:30h die Filiale am Hauptplatz und zwangen den zur Tatzeit allein in der Bank befindlichen 52-jährigen Bankangestellten zur Herausgabe des Bargelds. Der Angestellte wurde anschließend mit Kabelbindern gefesselt, und das Trio flüchtete mit einer Tasche voll Bargeld in unbekannter Höhe in einem gestohlenen BMW. Wohl vermutlich, weil die Bankräuber vorhatten, das Fluchtauto ohnehin rasch zu wechseln, hatten sie das Kennzeichen des gestohlenen Fluchtwagens nicht manipuliert. Dies hatte zur Folge, dass das Auto, nachdem der Bankangestellte schon nach sehr kurzer Zeit durch einen Wachdienstmitarbeiter entdeckt und befreit worden war, auf dem Foto einer Überwachungskamera sofort identifiziert werden konnte. Das Pech und die Dummheit der Möchtegern-Bankräuber war es nun, dass sie ein hochmodernes Auto mit vielen Extras gestohlen hatten, wovon eines die über das Internet gesteuerte Ent- und Verriegelung mittels eines digitalen Codes von der Zentrale des Herstellers aus ist. Diese Einrichtung, die in Modellen der neueren Fahrzeug-Generationen zunehmend zur Standardausrüstung zu werden verspricht, ist ein Feature, das zur Anwendung gelangen soll, wenn der Besitzer den Schlüssel verloren hat, oder, wie im vorliegenden Fall, ein Diebstahl des Wagens gemeldet wird. Für die Bankräuber wurde aus dieser fernsteuerbaren Diebstahlsicherung zugleich eine Fernsteuerung ihres fahrbaren Gefängnisses. Den Besitzer musste die Polizei gar nicht lange ausforschen, er hatte den offenbar erst kurz zuvor verübten Diebstahl schon gemeldet. Mit seiner Zustimmung wurde die Fernverriegelung aller Türen und Fenster aktiviert und ein normalerweise funktionierender Override der Verriegelung aus dem Inneren des Wagens blockiert. Und weil die moderne Ausstattung des Wagens die Möglichkeit der Ortung des Fahrzeugs natürlich auch im Paket enthält, wurde dieses binnen kürzester Zeit gefunden, sodass die schon mutlosen Täter bereits eine Stunde später in der Tiefgarage in einer Nachbargemeinde keinerlei Widerstand leistend festgenommen werden konnten. Teile der Inneneinrichtung des Wagens, so der Polizeibericht, hatten die Täter bei verzweifelten Versuchen aus dem versperrten Wagen zu entkommen, demoliert, für den Schaden wird aber, so der Bericht weiter, die Bank sich mit der Versicherung um eine für beide Seiten annehmbare Lösung bemühen."

Das klang interessant, kurios genug für meine Rubrik, und mit etwas Recherche könnte ich gar technische Details ergänzen, die für die Autofreaks unter den Lesern ein besonderer Leckerbissen sein könnten. Schließlich bekam ich jedes Mal, wenn in meinen Beiträgen Technik in irgendeiner Form mit im Spiel war, eine Reihe von ergänzenden oder „berichtigenden" Zusendungen, Technikfreaks scheinen eine besonders mitteilsame Sub-Spezies von Lesern zu sein. Auch den Aspekt der Cybersicherheit würde ich ganz ungezwungen einbauen können, ich hatte davon schon da und dort gelesen. Und zudem wollte ich mehr über die Bankräuber erfahren, die in dem Bericht völlig gesichtslos geblieben waren. Zwar hatten sie es geschafft, so ein hochmodernes Fahrzeug zu stehlen – und hier blieb die Frage wie -, zugleich hatten sie sich aber offenbar arglos in ihr selbstgewähltes Gefängnis gesetzt. Am allerbesten an dem Ganzen aber war, dass der Überfall hier in meiner Provinz passiert war, mit etwas Glück wären die Täter sogar stadtbekannt. Aus demselben Grund würden zwar auch andere Medien darüber berichten oder schon berichtet haben – der Unfall hatte sich vor einer Woche ereignet -, aber niemand sonst würde die Zeit, Fähigkeit und Idee dazu haben, die Ereignisse in ein Cyber-Autotechnik-Sozialkritik-Kriminaldrama zu verwandeln, wie es mir vorschwebte.

Sofort begann ich mit der Internetsuche nach anderen Berichten und fand deren ohne Anstrengung vier. In einem wurden aus den Faschingsmasken Donald-Trump-Masken, was ich eine sehr witzige Vorstellung fand, sonst gab er keine neuen Details her. Zwei weitere Berichte machten aus den anonymen Räubern drei bislang unbescholtene Staatsbürger, mehr war auch dort nicht zu holen. Ein ziemlich kurzer und detailarmer Bericht wusste zwar vom Überfall zu berichten, aber nichts dazu, wie die Täter gefasst worden waren. Noch dazu handelte es sich um ein Täterquartett, drei Männer und eine Frau. Allein die Bank und die Art des Überfalls gaben mir Gewissheit, dass es derselbe Überfall sein musste. Es war die älteste der Meldungen, die ich gefunden hatte, noch am Tag des Überfalls erschienen, wohl eine der Eile geschuldete Schlampigkeit.

Noch gab ich mich nicht zufrieden damit, kaum etwas über die Bankräuber zu wissen, also suchte ich weiter im Web, fand aber nur noch eine weitere sehr kurze Meldung ohne zusätzliche Information, und der von der Polizei online gestellte Pressebericht gab auch nicht mehr her. Ich beschloss daher, mich direkt an die Polizei zu wenden.

UNERSÄTTLICH

Regina und Monika hatten nicht viel gemein. Regina war groß, langhaarig, humorvoll, hatte einen Hang zum Makabren und schien nur wenige Dinge im Leben besonders ernst zu nehmen, dafür begegnete ihr mehr als genug Ernsthaftigkeit in ihrem Beruf als Krankenschwester. Sie kleidete sich vorwiegend mit Bedacht aufs Praktische, mit Sweater und Jeans, Bluse und Wollhose, und trug abgesehen von Ohrringen kaum Schmuck, der sie bei der Arbeit ohnehin nur behindern würde, wie sie Gabriel einmal geschrieben hatte. Mit Regina hatte Gabriel den launigen, unernsten Umgangston eines verliebten Paares kultiviert, wie er am Ende ihrer jüngsten Begegnung wieder angeklungen war.

Monika war schon äußerlich völlig verschieden, sie war eher klein und kurzhaarig, kleidete sich vorwiegend dunkel, trug ab und zu auch ausgefallene Kleidung, wie sie nach Gabriels Vorstellung einer Künstlerin angemessen war. Und sie wirkte im Allgemeinen auch unergründlicher, eine Schriftstellerin, die sich in ihren Büchern vor allem ernsten Themen widmete, für die das Schreiben eine große Bedeutung hatte, und mit der die Gespräche immer wesentlich nüchterner ausgefallen waren. Wobei dies zu behaupten einem Hohn gleichkam, wenn man bedenkt, dass Monikas Gespräche mit Gabriel stets im Bett geendet hatten, nachdem der Alkohol jegliche Nüchternheit verdrängt und beide ausreichend enthemmt und gefügig gemacht hatte. Aber davor, auf dem Weg dorthin, hatte sie mit Gabriel fast immer, ihrer größten Gemeinsamkeit gemäß sehr ernsthaft und tiefgründig über Literatur gesprochen und über das Literaturgeschäft, im Ton meist sachlich, weit weniger scherzhaft. Und selbst am nächsten Morgen, wenn sie sich vom Kater gezeichnet wieder begegneten (die gemeinsame Nacht sollte den Veranstaltern und Gastgebern verborgen bleiben, weshalb sich Gabriel beide male wieder in sein Zimmer zurückgezogen hatte), waren ihre Gespräche kein Turteln und Gesäusel frisch Verliebter, oder von noch vor kurzem in Intimitäten verstrickter Menschen, sondern eher ein beschämtes Überspielen der nächtlichen Eskapaden, beiden schien es jedes Mal ein wenig peinlich zu sein, was in der Nacht zuvor passiert war. Und trotzdem überwog auf beiden Seiten, mit einem gewissen Abstand von den Ereignissen, das Gefühl, dass sie sich gut verstanden, vielleicht sogar echte Zuneigung zueinander empfanden.

Und obwohl sie sich nun schon seit langem darauf verständigt hatten, sich endlich einmal nüchtern zu treffen, mit dem Vorsatz auch nüchtern zu bleiben, war bedingt durch Monikas ausgedehnte Lesereise, bei der sie ihr aktuelles Buch bewarb, bislang noch kein Treffen zustande gekommen. Bis Monika endlich ein wenigstens kurzes Treffen vorschlug, sie könne auf der Durchreise in die Hauptstadt einen Zwischenstopp machen in Gabriels Stadt und zumindest eine Tasse Kaffee trinken mit ihm, man könne ja nicht ewig warten.

„Weißt du, ich schätze unsere Schriftsteller, ich finde Gstrein gut, Peschka, Kaiser-Mühlecker, ich liebe einige ihrer Bücher. Aber ich will dorthin wo Kehlmann ist, ich will hohen Anspruch *und* hohe Auflagen. Und Kehlmann mag eine der wenigen Ausnahmen sein, zumindest weitgehend, aber sonst heißt das ja Liebe oder Blut, Herzschmerz oder Köpferollen, sonst wird man unmöglich so ein Bestseller. Wenigstens einmal will ich gerne so etwas probieren, und das soll authentisch sein, so wie „Kaltblütig" von Capote. Oder magisch, wie „Liebe in Zeiten der Cholera". So etwas will ich."

„Dann willst du einen Krimi schreiben, oder ein Fantasy-Buch? Im Ernst?" Gabriel war verblüfft, schüttelte ungläubig den Kopf.

„Nein, ein Fantasy-Buch ganz gewiss nicht. Und auch keinen normalen Krimi, da ist die Konkurrenz einfach zu groß. In jüngster Zeit hat ja beinahe jedes Dorf seinen eigenen Kommissar. Mir schwebt etwas Neues vor, so wie es „Kaltblütig" damals war, eine Schilderung des Verbrechens aus beinahe erster Hand. Man müsste noch tiefer gehen, selbst der Verbrecher sein..."

„Du übertreibst es", warf Gabriel ein, „das klingt absurd."

„Ich weiß, was du meinst", schnitt ihm Monika das Wort ab, „wer wollte lesen was ein verrückter Krimineller so denkt, das ist eher ein Minderheitenprogramm. Und ich will auch nicht wirklich ein Verbrecher werden, zumindest kein gewöhnlicher Krimineller. Es müsste ein cooles Verbrechen sein, das den Täter nicht sofort zum Asozialen oder gar zum Verrückten stempelt, zum Beispiel wäre ein moderner Robin Hood denkbar, meinst du nicht? Ich bin überzeugt, das würde funktionieren."

Monika verschränkte wie ein trotziges Kind ihre Arme und nickte ihre Aussage bekräftigend, machte ein ernstes Gesicht mit aufeinandergepressten Lippen dazu, vielleicht scherzhaft gemeint, Gabriel war sich nicht sicher. Nach einer herzlichen, aber leicht distanzierten Begrüßung waren sie rasch beim Thema Literatur angelangt, Monikas neuer Roman war drauf und dran ihr bislang erfolgreichster zu werden, nicht in den Dimensionen der genannten Sterne am Literaturhimmel, aber dennoch beachtlich, und noch immer schien sie nicht zufrieden. Gabriel warf ihr scherzhaft vor größenwahnsinnig geworden zu sein, oder wenigstens unbescheiden.

„Du bist gierig geworden, geradezu unersättlich!"

„Das hast du mir schon einmal vorgeworfen," warf sie lachend ein, „wenn auch in einem ganz anderen Zusammenhang."

Beide verfielen kurz in ein peinliches, verschämtes Kichern, schließlich erinnerte sie ihn an ihre letzte gemeinsame Nacht. Die Bemerkung leitete einen Themenwechsel ein, endlich waren sie da angelangt, wo sie ihr Treffen hinführen sollte, die Literaturdiskussion war nur ein Vorspiel auf unverfänglichem, neutralem Boden gewesen.

„Du fühlst dich jetzt sicher zurückversetzt auf deine Plattform, nicht wahr? Zumindest mich selbst erinnert das hier an dieses Setting, so wie du davon erzählt hast. Man sitzt sich gegenüber und jeder weiß, worum es eigentlich geht und... ich könnte nie auf so einer Plattform sein, dachte ich immer, und jetzt bin ich hier."

Monika schüttelte den Kopf, als könne sie immer noch nicht glauben, dass sie hier mit Gabriel beisammensaß um ihre mögliche Zukunft, eine mögliche gemeinsame Zukunft zu besprechen.

„Das mag sich für dich so anfühlen", entgegnete Gabriel, "aber glaube mir, ich hatte mit keiner meiner ,Kandidatinnen' bereits zweimal geschlafen, ehe ich sie traf, wie sollte das auch gehen, ja noch nicht einmal mit ihnen gesprochen. Das hier ist schon etwas anderes" dozierte Gabriel halbernst.

„Aber es stimmt schon, es fühlt sich irgendwie künstlich an, weil wir uns treffen, um zu sehen, ob wir uns treffen wollen. Oder so ähnlich. Wenn wir ehrlich sind, das wird auch immer kompliziert bleiben, denn, wenn irgendwas, dann steuern wir auf eine Fernbeziehung zu. Meine Tochter Iris geht hier zur Schule, ihre Mutter wohnt hier, ich bin also nicht wirklich flexibel in dieser Hinsicht."

Gabriel beugte sich vor Richtung Monika und schaut ihr direkt in die Augen, als wollte er sie fixieren mit seinem Blick.

„Eine Fernbeziehung hatte ich noch nie, aber ich war auch noch nie Science Writer, bis ich es gemacht habe, noch nie Vater, bis Iris kam. Und bis jetzt haben sich all diese Dinge, die ich erstmals probiert habe, immer sehr gut entwickelt."

Gabriel legte seine Hand auf Monikas Hand und drückte sie kurz, beide schienen wieder ein Kribbeln zu fühlen, wie es sich bei den vorangegangenen Begegnungen, durch Alkohol deutlich abgeschwächt, auch schon bemerkbar gemacht hatte.

„Für mich klingt das auch gut" erwiderte Monika beinahe flüsternd, „wir sollten einfach schauen was passiert. Und damit das gilt, sollten wir vielleicht doch mit etwas darauf anstoßen."

Und etwas lauter rief sie dem Kellner zu: „Herr Ober, können wir zwei goldene Tequila bekommen?"

Beim zweiten Tequila hatten beide alle guten Vorsätze, was ihre Nüchternheit betraf, vergessen, beim dritten erkundigte sich Gabriel, ob nicht ein späterer Zug Monika auch noch rechtzeitig ans Ziel bringen würde.

Als ein Taxi Monika einige Stunden später zum Nachtzug brachte, hatten sie ihrer „besoffenen Geschichte" ein weiteres Kapitel hinzugefügt, doch diesmal wussten sie, dass es nicht das letzte gewesen sein würde. Monika fuhr im Sitzen schlafend und glücklich träumend ihrer nächsten Station der Lesereise entgegen, während Gabriel sich noch einmal im Bett wälzte, befriedigt und zufrieden, auch wenn er ein wenig länger brauchte als sonst bis er eine komfortable Schlafstellung gefunden und seine Gedanken sortiert hatte.

DREI MÄNNER UND EIN ÜBERFALL

Die Polizei konnte oder wollte nichts Weiteres beitragen zu meinem Artikel, man verwies auf die Pressinformation, mehr könne man dazu nicht preisgeben. Das war unerfreulich, aber noch wollte ich nicht aufgeben, suchte mir die Nummer der Bank heraus und rief an. Zu meinem Erstaunen war die Filiale über Mittag geschlossen, wie mich eine nette Damenstimme „vom Tonband" informierte, ich musste bis 14 Uhr warten, ehe ich jemanden erreichen konnte.

„Nein, es tut mir leid, aber dazu kann ich keine Auskünfte geben, das hat man mir extra aufgetragen, ich hoffe Sie haben Verständnis dafür", sagte der Bankangestellte in einem freundlichen und merklich vom lokalen Dialekt mit harten Ch- und K-Lauten geprägten Hochdeutsch. Ich fühlte mich sofort an den Landeshauptmann der Provinz erinnert, einen ehemaligen Polizisten, dessen Ansprachen für mich unabhängig von der möglichen, wenn auch unwahrscheinlichen inhaltlichen Tiefgründigkeit immer etwas Atavistisches mitschwingen ließen. Er fiel mir stets schwer irgendetwas ernst zu nehmen, was er von sich gab, mein städtischer Snobismus scheint ähnlich tief verwurzelt wie sein ländliches „Pack ma´s, Mander!"-Wesen.

„Aber können Sie denn gar nichts dazu sagen?", versuchte ich nachzubohren, „ich hätte gerne etwas über die Bankräuber gewusst, es geht mir ja nicht um irgendwelche Sicherheitsbelange der Bank!"

In Wahrheit hatte ich sehr wohl ein paar Fragen dazu, wollte wissen, wie die Räuber ihn waffenlos überwältigt hatten und wieviel Bargeld ihm in seiner Filiale eigentlich zugänglich sei.

„Nein, auch dazu kann ich nichts sagen. Es tut mir leid, da kommt jetzt Kundschaft, ich muss leider auflegen. Auf Wiederhören."

Ich fühlte mich abgewimmelt und auch ein wenig ratlos, wie ich nun weiter vorgehen sollte. Das Einzige, was blieb, waren die Redaktionen jener Medien, die den Bericht gebracht hatten, auch wenn es mir unwahrscheinlich schien, dass sie mehr dazu wüssten als in der Presseaussendung der Polizei gemeldet worden war.

Tatsächlich hatte der Urheber des detailreichsten Berichts am Tag nach dem Überfall noch mit den Polizeibeamten gesprochen, von ihnen wusste er von der Fernverriegelung und dem Override, das wäre eine Ausnahme gewesen, so einfach könne man das ja sonst nicht aktivieren.

„Normalerweise geht das nicht, beziehungsweise ist das nicht vorgesehen, haben die Polizisten mir ganz stolz erklärt."

Der Mann war ein alter Hase der Medienbranche mit guten Kontakten zur Exekutive und er schien seinerseits stolz auf seinen Bericht, ihm war bewusst, dass er am umfangreichsten vom Vorfall berichtet hatte.

Er fuhr fort: „Wer immer im Auto sitzt, muss sich bei einem Unfall oder etwas Ähnlichem ja auch daraus befreien können. Aber das hat man dann einfach riskiert, die Polizei wusste, dass sie sowieso schnell beim Wagen sein würde, die Gefahr, dass etwas passierte, wurde als eher gering eingestuft."

„Aber zu den Bankräubern haben sie keine weitere Information?", fragte ich nach, „es gibt einen Bericht, der von drei unbescholtenen Staatsbürgern schreibt und ein anderer behauptet, dass die Täter Donald-Trump-Masken aufhatten. Und ein Bericht spricht von vier Leuten, eine Frau und drei Männer, aber das wird wohl ein Irrtum sein."

„Von einer Frau weiß ich nichts, nein, es waren drei Männer. Unbescholten, ja da mag stimmen und auch das mit den Trump-Masken. Ich dachte, die Typen schauen zu viele Filme, aber das mit den Masken passte eigentlich nicht dazu wie dumm die Typen sonst waren, und der Trump scheint mir eher ein grundvernünftiger Mensch."

Ich unterdrückte den in mir aufkeimenden Impuls zu widersprechen und fragte weiter: "Ok, das mit den drei Männern ist immerhin etwas, Ihrer Formulierung nach hätten es ja auch Frauen oder sonst etwas sein können. Wissen sie eigentlich, ob es Aufnahmen von den Tätern gibt? Sie haben geschrieben, dass man das Auto wegen einer Überwachungskamera identifiziert hat. Von den Tätern gibt es da nichts?"

Der Mann ließ ein tiefes Brummen vernehmen, dann antwortete er: "Nein, davon weiß ich nichts, aber Sie haben recht, an die Aufnahme habe ich gar nicht gedacht. Vielleicht kann man Ihnen bei der Bank etwas dazu sagen. Normal werden die Aufnahmen ja immer bald gelöscht, aber in dem Fall sicher nicht."

Ich bedankte mich für den Tipp, war aber pessimistisch was Informationen der Bank zu den Bildern betraf. Wie erwartet ließ sich der Bankangestellte nicht mehr auf ein Gespräch ein, meinte, er hätte alles gesagt, was er sagen dürfte, auf Wiederhören, nächster Kunde bitte.

Zum Abschluss rief ich noch jene Frau an, die den ersten Bericht verfasst hatte, in dem noch irrtümlich von einer Frau die Rede war. Ich erwartete mir nicht viel davon und konnte sie auch nicht erreichen. Als ich auf ihren Anrufbeantworter sprach, wer ich sei und was ich wollte, war das eher Formsache, ich müsste den Bericht eben mit dem schreiben, was ich bereits erfahren hatte.

VATERLIEBE

Für Gabriel ging das Leben nach Monikas Besuch weiter wie gewohnt, auf eine Woche ohne Iris folgte eine Woche mit ihr, nur in den Ferienzeiten stolperte dieser Rhythmus gelegentlich. Sein Leben war seit seiner Trennung von Iris' Mutter vor wenigen Jahren, nicht lange vor Iris' drittem Geburtstag, ein zweigeteiltes Leben. Wenn Iris bei ihm war, dann drehte sich alles um sie, die Zeiten des Aufstehens, und seiner Physis geschuldet notgedrungen auch des Schlafengehens waren dem Rhythmus des Kindergartens und später der Schule angepasst. Seine Arbeit als wissenschaftlicher Schreiber war auf jene Stunden beschränkt, die Iris mit ihrem eigenen „Job" als Kindergartenkind oder Schülerin beschäftigt war, bei dringenden Aufträgen schrieb er nachts, während Iris bereits schlief. Doch wann immer Iris Freizeit hatte – auch der Kindergarten modernen Zuschnitts glich schon in vielerlei Hinsicht einer Ausbildungsstätte – standen ihre Bedürfnisse über den seinen, man lud ihre Freundinnen ein oder war selbst eingeladen, verbrachte Zeit am Spielplatz, im Park, oder beim Sport, der über die Jahre wechselte, vom einfachen Turnen über die rhythmische Sportgymnastik, bis Iris sich entschloss Leichtathletin zu werden, ohne sich vorerst auf eine Spezialdisziplin festlegen zu wollen. Am Abend las Gabriel sie routinemäßig mit langen Geschichten in den Schlaf, von Klassikern in oft noch altertümlicher Sprache (er liebte es ihr alte Worte zu erklärten, lernte selbst neu den Rastlmacher und den Aschenbrenner kennen), über Pippi Langstrumpf und moderne

Nachkömmlinge der frechen Göre, bis zu magischen Tieren und rätselhaften Fällen für die Drei Fragezeichen. Manchen seiner Mitmenschen schien dieses völlige Hintanstellen des eigenen Lebens hinter das seiner Tochter übertrieben, gut meinende Bekannte rieten ihm das eigene Wohl nicht zu vernachlässigen, nur ein zufriedener Vater wäre auch ein guter Vater. Gabriel ignorierte die Ratschläge, wusste ja um sein zweites Leben, das für jene, die ihn nur mit Kind kannten, nicht existierte, und wusste vor allem um die Vergänglichkeit der Zeit, ahnte wie schnell aus kleinen Kindern junge Erwachsene werden, die ihre Eltern nicht mehr brauchen, mit ihnen streiten und sie schließlich gar zu meiden trachten. Solange wie möglich wollte er die gemeinsame Zeit auskosten, die Zeit des Flüggewerdens würde ohnehin unaufhaltsam kommen.

Im Laufe der Jahre, aus Rückmeldungen der Erzieherinnen und Lehrerinnen und aus eigener Beobachtung nicht zuletzt im Vergleich zu ihren Freundinnen, war für Gabriel immer deutlicher erkennbar, dass Iris besonders intelligent war. Ihr großer Sprachschatz, wohl auch der diversen Literatur geschuldet, aber auch ihre Fähigkeiten im Zeichnen, Schreiben und Rechnen erschienen überdurchschnittlich, zugleich war sie beseelt von einem schöpferischen Drang und zeigte zudem noch schier unstillbares Interesse für technische und naturwissenschaftliche Dinge. Kurz gesagt, Gabriel war überglücklich mit seiner Tochter und der Entwicklung ihrer geistigen Fähigkeiten, liebte sie über allen Maßen und förderte sie, wo es nur ging. Nur ab und zu erschrak er selbst über ihre Klugheit, etwa wenn sie nach einer dürftigen Erklärung, die er ihr zum Wesen der

Primzahlen gegeben hatte – schon ihre Frage danach hatte ihn erstaunt – mit Stift und Papier versuchte eine Lösung zu ihrer Ermittlung zu finden, ein Problem, das zu den noch ungelösten Fragen der mathematischen Welt gehört. Zu seiner Erleichterung scheiterte auch Iris daran, aber ihr Ansatz war keineswegs primitiv gewesen. Anderntags überraschte sie Gabriel mit einem Alphabet und einigen Seiten einer Geschichte, verfasst in einer selbst erfundenen Kunstsprache. Und ihre Fähigkeit sich Dinge plastisch vorzustellen und nachvollziehbare Pläne der näheren Umgebung zu zeichnen, versetzten ihn ebenso wiederholt in Staunen, wie ihre frühzeitige korrekte Verwendung der Worte Sarkasmus, Arroganz oder Hypothese. Gabriel wusste, wie vorteilhaft dies alles sein würde im langen Schulleben, das er selbst unbelastet vom Kampf mit dem Vorankommen als eine der schönsten Zeiten in seinem Leben empfunden hatte, aber er ahnte zugleich, durch erste Vorgeplänkel vorgewarnt, wie schwierig es werden würde mit einem so intelligenten Teenager zu streiten, und zwar um Dinge, die dann viel wichtiger sein würden als die Farbe der Schulhefteinbände oder die Notwendigkeit die Haare zu bürsten.

Die Tage mit Iris konnten daher überaus anspruchsvoll und erschöpfend sein, seltener körperlich, häufiger geistig. Und dennoch, am Ende solcher Tage, wenn Iris ihre komplexe Mathematik ins Traumland verlagert hatte, freute sich Gabriel meist noch darauf seine Emails zu checken und im Glücksfall eine neue Nachricht von Regina oder Monika vorzufinden.

„Lieber Gabriel,

ich bin froh, dass ich mich entschieden habe Dich wieder zu kontaktieren und ich bin froh, dass wir uns entgegen allen Hindernissen doch noch kennengelernt haben. Die Umstände waren ja mehr als suboptimal, aber ich habe den Eindruck, dass es wir es schaffen werden weiterzumachen, wir müssen einfach mehr wie der Schwarze Ritter der Pythons reagieren, nachdem ihm Artus seinen Arm abgehauen hatte: Oh, das ist nur ein Kratzer, es gibt Schlimmeres... und selbst ohne Arme und nur mehr einbeinig rief er noch: Ich spuck dir ins Auge und blende dich! Das ist der rechte Geist, lieber Gabriel, das ist echte Hingabe! Bringst Du das zusammen?

Aber im Ernst, lass uns versuchen wieder wir selbst zu sein und uns nicht nachhaltig von einem wahrlich Verrückten das Leben verderben zu lassen. Was meinst Du?

Eine virtuelle Umarmung und einen flüchtigen Online-Kuss schickt Deine

Regina.“

„Liebe Regina,

der Fortschritt scheint unaufhaltsam, ich habe Umarmung und Kuss genossen und gebe beides doppelt inniglich zurück. Und wenn ich der Schwarze Ritter sein sollte, schon ganz ohne Glieder (jetzt nicht zweideutig denken, soweit waren wir noch nicht), dann biete ich allenfalls ein Unentschieden an, und zwar Dir und nicht dem Verrückten (den ich nunmehr mit Nie-mehr-Erwähnung aus unseren beiden Leben verbannen möchte). Das heißt, wir treffen uns wieder, als Ebenbürtige, es gibt weder Sieger noch Besiegte, und wir können schauen, ob den virtuellen Liebkosungen handfestere folgen mögen.

Aber jetzt keine Angst, liebe Regina, das wird ganz sanft vor sich gehen, Du wirst es kaum merken, weil ich einen überaus perfiden Plan ausgeheckt habe Dir die Sinne zu vernebeln und Dich abzulenken während ich mich nähere.

Wir sollten uns nächsten Freitag wiedersehen, ich werde Dir eine Überraschung bereiten (ich werde auch erfreut, aber kaum überrascht sein), die, wie man sagt, sich gewaschen hat. Es tut nicht weh, ist ausschließlich nett und voraussichtlich erheiternd, und findet am hellen Tag inmitten vieler anderer Menschen statt. Ich hoffe Du lässt Dich ein darauf (und Dein Dienstplan lässt es zu!), Du müsstest Dir andernfalls in den Hintern beißen (ich verkneife mir eine nähere Charakterisierung, hab diesen ja auch kaum gesehen, weil du immer drauf gesessen bist), das kann ich garantieren.

Mach Dich also frei für nächsten Freitag ab 15 Uhr, ich werde Dich um ca. 18.30 Uhr wieder freigeben, wenn Du das dann überhaupt noch willst.

Ein Kuss und jetzt Schluss, Dein
Gabriel"

3 , 1 4 1 5 9 2 6 5 3 5 8 9 7 9 3 2 3 8 4 6 2 6 4 3 3
8 3 2 7 9 5 0 2 8 8 ...

Die Recherche zum Überfall brachten Interessantes zu den Gimmicks des Fahrzeugs zum Vorschein und ich beschloss mir Zeit damit zu geben, weil ich die kritischen Aspekte genauer beleuchten wollte, die sich aus der Kontrolle eines Fahrzeugs aus der Ferne ergeben könnten, und weil ich es zudem als keinen Nachteil empfand, wenn etwas Zeit verstreichen würde, wer weiß ob noch etwas nachkäme oder durchsickerte bezüglich der Identität der Bankräuber.

Einstweilen beschäftigte ich mich mit anderen Geschichten, die Arten und Wege zu sterben schienen gerade so grenzenlos wie die Dummheit der Menschen, die in Bezug auf Ersteres für steten Nachschub sorgte. Nicht von ungefähr gab es eine eigene Liste skurriler Tode in der Wikipedia, beginnend in der Antike mit dem Athener Gesetzesreformer Drakon, der erstickt sei „unter einem Berg von Mänteln und Hüten, die von dankbaren Bürgern in einem Theater auf Ägina auf ihn geworfen worden waren", einer seltsamen Sitte folgend Beifall zu spenden und Zustimmung zu bekunden, bis zu einem älteren Mann aus Florida, den ein dem Vogel Strauß ähnlicher anderer Laufvogel bei der Fütterung im Zoo attackierte und tötete. Von dem Vogel ist bekannt, dass er auch größere Räuber mit einem einzigen Tritt seines mit einer Dolch-ähnlichen Klaue bewehrten Fußes aufzuschlitzen und zu töten vermag, ob dies auch dem armen Floridianer zugestoßen war, wird auf der Website nicht erwähnt.

Der jüngste Eintrag auf dieser Liste führte mich zurück auf die Spuren der Flacherdler. In wenigen Worten wird darin der Tod von Mike Hughes beschrieben, der beim Versuch mit einer selbstgebauten, dampfbetriebenen Rakete auf eine Höhe von 1500 Metern zu fliegen, abgestürzt war. Sein Ziel war es gewesen, von dort oben die Erde zu fotografieren und einen Beweis zu liefern für die Scheibennatur des Planeten. Das klingt bei aller Tragik so lächerlich, dass man sich die Frage kaum zu denken erlaubt, warum ein gewöhnlicher Flieger dazu nicht ausgereicht hätte. Aber wer die Flacherdler kennt, so wie ich, der weiß, wie dumm diese Frage in Mike Hughes' Ohren geklungen hätte. Da Mike selbst kein Flugzeug fliegen konnte, hätte er sich den Launen eines Piloten aussetzen müssen, einem von den vielen Tausenden, die seit Jahrzehnten schon riesige Umwege fliegen statt jener kürzesten Wege, die zwei Punkte auf der Erdscheibe miteinander verbinden, nur um uns alle im Glauben zu lassen, die Erde wäre eine Kugel. Naja, vielleicht erklärt diese Verschwörung ja auch die üppigen Gehälter der Piloten, von denen man immer wieder hört.

Ich nutzte den tragisch-lächerlichen Vorfall, um ein Best-Of der Flat-Earther vorzustellen und bekam erwartungsgemäß von beiden Seiten, von den Flatheads und den Globeheads, Verwünschungen und Beifall per E-Mail. Es ist immer aufmunternd zu erfahren, dass man gelesen wird.

Ich bildete mir erst gar nicht ein, damit einen Bildungsauftrag zu erfüllen, der Nettoeffekt solcher Beiträge ist typisch eher der, dass einige Menschen dadurch erst auf ein scheinbares „Problem" aufmerksam gemacht werden, wo zuvor in ihrer Welt noch gar keines bestanden hatte, und ich vermute, dass so mancher meiner zuvor noch unschuldigen Leser bei passender Gelegenheit seinen Kumpels davon berichtete, dass die Wissenschaft im Grunde noch immer uneins sei, was die Form der Erde betrifft.

Einen persönlichen Höhepunkt war mein Beitrag zur Zahl Pi, auch wenn ich vergeblich darauf wartete, ob jemand bemerken würde, dass der Text genau 3141 Zeichen umfasste (niemand, nicht eine Zuschrift!). Zu meinem Erstaunen herrschte nämlich um diese Zahl im Web ein beinahe ähnlich großer Kult wie um die flache Erde, Wissenschaft und Wahnsinn inklusive. So ließ ich mich zur Bedeutung und Anwendung von Pi aus und nutzte die Gelegenheit, um einigen seltsamen Behauptungen entgegenzutreten, die im Web verbreitet waren. Etwa jener, dass Pi nur dazu diene Rechen- und Gedächtniskünstlern eine Bühne zu bieten, um öffentlichkeitswirksam ihre Künste zur Schau zu stellen (den Rekord hat ein Inder inne, der binnen etwa 17 Stunden 70.000 korrekte Nachkommastellen aufzählen konnte), eine praktische Bedeutung der Zahl gäbe es hingegen nicht. Ich widersprach auch der unerhörten und vor der Allgemeinheit unterdrückten „Tatsache", dass zum Geburtstag der Zahl am 14.3. jedes Jahr weltweit 314 Ortsschilder und Zäune (!) vom Antlitz der Erde verschwänden, ebenso der Behauptung, dass Gebäude gebaut aus Beton, bei dem Sand und Zement genau in dem der Zahl Pi entsprechenden Verhältnis gemischt waren, unzerstörbar seien, viele Flaktürme der Nazi wären Dokumente dieses beinahe verloren gegangenen Wissens. Ob ein Kreisel mit dem Gewicht von 3.141 Gramm tatsächlich nicht mehr als 3141 Umdrehungen schaffen könnte, eher er zur Seite kippt, scheint mir keiner praktischen Überprüfung zugänglich, ich verzichtete daher auf eine Erwähnung dieser „Annahme". Weil auch Bernhard, der Redakteur, fasziniert schien von meinen Auslassungen, durfte ich am nächsten 14.3. Pi mit 314 Nachkommastellen kommentarlos auf meine Seite stellen, was allerdings reaktionslos verpuffte.

Was mich selbst an diesem Irrsinn begeisterte, war, dass ich mir gegen Bezahlung nützliche, sowie auch völlig nutzlose Sachverhalte aneignen und sie verbreiten durfte, und ab und zu, wenn ich der Versuchung nicht widerstehen konnte, erfand ich einfach Stories, entweder weil ich sie besonders witzig fand oder aber, um zu testen, ob irgendjemand dahinterkäme, dass sie bloß meiner Fantasie entsprungen waren. Tatsächlich ging ich einmal zu weit, als ich die herausragende Leistung von Sir Henry Hammer (*1709/11 Dewsbury, † 1763 Huddersfield) würdigte, dessen Erfindung die Geschicke der Menschheit nachhaltig revolutioniert hätte und noch heute von Bedeutung wäre. In seiner in zornigem Ton gehaltenen Zuschrift verlangte ein emeritierter Professor der Werkzeugkunde einen Widerruf, erklärte, dass „hamer" aus dem mittelhochdeutschen Wort für Stein stamme, die Idee Steine an Stiele zu binden wenigstens 20.000 Jahre alt wäre und hammerartige Werkzeuge bereits bei Schimpansen Anwendung fänden. Ich schrieb eine kurze Richtigstellung, erklärte den Beitrag zum Scherz zur Feier meines 200. Beitrags (es war der 212, aber das würde niemand nachzählen) und der Professor gab sich versöhnlich und befriedet.

PLAN C

Diesen Freitag brachte Gabriel Iris zu einem Kindergeburtstag, musste sie lediglich dort abliefern, und einige Stunden später wieder abholen. Inzwischen hatte man sich gewöhnt an den Anblick dieses irgendwie halb, weil auch nicht ganz alleinerziehenden Vaters, der alt genug war, dass er auch als Großvater durchgegangen wäre, ja für nicht wenige der Eltern hätte er problemlos der eigene Vater sein können. Man war ihn inzwischen gewohnt, diesen älteren Herren, der nie Anschluss suchte oder aber keinen fand, man war sich in dieser Hinsicht nicht ganz sicher. Meist beschränkte sich sein Kontakt mit den anderen darauf, zu erfragen wann und wo Iris wieder abzuholen wäre, oder wohin man sie freundlicherweise liefern solle, andere Gemeinsamkeiten jenseits der Angelegenheiten ihrer Kinder schien er mit diesen Menschen kaum zu teilen.

Eine Ausnahme waren Miriam, deren Tochter Daria die beste Freundin von Iris war, und deren Vater Heinz, ein mittlerweile zu kleiner Berühmtheit gelangter Schauspieler, dessen Bekanntheit vor allem auf der Verkörperung eines exzentrischen und neurotischen Managers in stets wechselnder, unzeitgemäßer und bunter Garderobe in einer Abendsoap beruhte. Mit diesen beiden traf er sich nicht ausschließlich zufällig, sondern gelegentlich sogar mit Absicht, mit ihnen verband ihn so etwas wie eine kindervermittelte Freundschaft.

Und dann gab es auch noch Sabrina, deren Sohn kein Freund von Iris war, doch die Freundeskreise schienen sich zu überschneiden, und so kam es immer wieder zu einem Zusammentreffen mit ihr. Sie mochte etwa 10 Jahre jünger sein als Gabriel, war alleinerziehend, wie er bereits wusste, und recht hübsch, oder im Grunde sogar außerordentlich hübsch, wie im schien. Stets trug sie halb aufgeknöpfte bunte Blusen, die einen Spitzen-BH erkennen ließen und oft ein wenig kurz geratene Röcke, die die heimlichen Blicke Gabriels und wohl auch anderer Väter magnetisch auf ihre langen makellosen Beine lenkten. Sie war schlank, zeigte aber durchaus frauliche Rundungen um die Körpermitte und den Busen. Nur ihr leicht asymmetrisches Gesicht, ein leichter Knick in der Nase und eine Reihe von Fältchen in den Augenwinkeln, die ahnen ließen, dass sie ein bewegtes Leben hinter sich hatte, trübten den Eindruck eine Schönheitskönigin vor sich zu haben, aber als ehemalige Trägerin eines solchen Titels wäre sie in Gabriels Augen problemlos durchgegangen. Bei den seltenen Gelegenheiten, bei denen Sabrina und Gabriel aufeinander trafen, war sie immer sehr bemüht um Gabriel, bezog ihn mit ein, damit er nicht sofort wieder ging, versorgte ihn mit Speis und Trank, wenn entsprechendes verfügbar war, und verwickelte ihn stets in ein Gespräch. Mit der Zeit war in Gabriel der Verdacht gekeimt, dass sie auf der Suche nach einem Mann war, sich die Herstellung geordnete Verhältnisse wünschte, Vater, Mutter, Kind und Kind. Selbst wenn Gabriel etwas älter war, wirkte er nicht wirklich alt, war immer gepflegt, trug anständige Kleidung, und war nett und großzügig nicht nur im Umgang mit seiner eigenen Tochter, sondern auch mit den Kindern der anderen. Zu alledem hatte er auch noch sein eigenes Geschäft, auch wenn er das selbst kaum so bezeichnet hätte, und einen Doktortitel, Vorzüge, die so manche Frauen durchaus schätzen mochten. Hinderlich war, dass sie sich so selten trafen, weil Iris und Benjamin eben keine Freunde und nur über Mittelsmänner miteinander verbunden waren. Benjamin, nicht Ben, worauf Sabrina bestand, da müsse man konsequent sein, sonst hieße er dann überall Benny, das gefiele ihr nicht. Gabriel konnte sich ein leichtes Kopfschütteln und einen gedachten Schlag mit flacher Hand an die Stirn nicht verkneifen, als sie das sagte, er hatte für seine Tochter den Namen Iris nicht zuletzt deshalb gewählt, weil man ihn nur schwer verhunzen konnte, noch nie hatte jemand sie Iri oder Risi genannt. Benjamin war knapp ein Jahr jünger als Iris, einen Kopf kleiner, und geistig wahrscheinlich nur halb so alt wie sie. Während Iris die Schnitzeljagden, die häufig den Höhepunkt solcher Geburtstagsparties bildeten, anführte und die Hinweise zumeist binnen Sekunden gelöst hatte, manchmal als einzige löste, wenn die Eltern den Grips ihrer Kinder wieder einmal maßlos überschätzt hatten, jagte Benjamin dem bereits achtlos weggeworfenen und vom Winde verwehten Zettel nach, auf dem das schon gelöste Rätsel geschrieben stand, und sagte „Schitzel" statt Schnitzel.

Ohne „kinderbedingten" Anlass schien es kompliziert sich unverfänglich zu verabreden, auch Sabrina schien diesbezüglich nicht sehr entschlossen, oder aber, sie erwarte vom Mann den ersten Schritt zu tun, sie hatte in manchem sehr konservative Ansichten geäußert, daher wollte Gabriel dies nicht ganz ausschließen. Und trotzdem, sie gefiel ihm und war nett, sie war sein Plan C. Oder B, wenn man Regina und Monika als Einheit betrachten wollte. Den Gedanken, Sabrina tatsächlich etwas näher kennen zu lernen, würde er weiter verfolgen, wenn mit Regina und Monika alle Stricke gerissen wären, sofern Sabrina dann noch verfügbar wäre. Dieses, wie er selbst fand, doch beträchtliche Risiko wollte er eingehen, einfach deshalb, weil er Regina und Monika sehr gerne hatte und wusste, dass dies auf Gegenseitigkeit beruhte. Bei Sabrina hingegen entsprangen seine Chancen ja nur einer Hoffnung, vielleicht missdeutete er ihre Fürsorglichkeit als Anmache, die gar nicht so gemeint war. Er war auch nicht im Geringsten sicher, ob sie wirklich zusammenpassen würden. Sie arbeitete als Sekretärin in einem Architekturbüro und konnte sich, mit einem Ausdruck meisterlich inszenierter philosophischer Tiefgründigkeit, überaus für die Bücher von Coelho begeistern, eine Wertschätzung für eine Art von Küchenphilosophie, die er so gar nicht mit ihr teilen konnte. Und als Gabriel im Gespräch mit Miriam einmal geäußert hatte, dass ihm der neue Roman von Salman Rushdie gut gefallen hätte, warf Sabrina entsetzt ein: „Ist das nicht dieser Islamist, so was gefällt dir?" Aber mögliche Probleme des unterschiedlichen Bildungshintergrunds oder Intellekts zu ergründen und herauszufinden, ob nicht ihre Nettigkeit und menschliche Wärme oder vielleicht auch ihre Meisterschaft im Bett dies kompensieren würden, dies würde Teil von Plan C sein.

DIE WAHREN HERRN DER
FLIEGEN

Mit zunehmender Routine beim Job begann ich mich mehr und mehr vom Anspruch auf Aktualität der Stories zu verabschieden und bereitete Geschichten vor, die wie jene über Pi zeitlose waren und bei Bedarf jederzeit veröffentlicht werden konnten. Einen Beitrag widmete ich den skurrilen Toden einiger Prominenter, über die nur mit Mühe Details herauszufinden waren, dabei meinem selbstverordneten Bildungsauftrag nachkommend und das eine oder andere Wissenswerte aus dem Umfeld der Persönlichkeiten zu präsentieren. Der berühmte Astronom Tycho Brahe starb an einem Blasenriss, weil er es nicht wagte die Tafel des Kaisers zu verlassen, um sich zu erleichtern. Seinen Tod nutze ich, um über die Bewegung der Planeten zu dozieren, die sein Schüler Keppler mit Hilfe seiner Planetengesetze als erster korrekt beschrieb, und um über moderne Kosmologie und die Unendlichkeit des Weltalls zu fabulieren. Moliere brach schauspielend während der eigenen Komödie „Der eingebildete Kranke" zusammen und rief Lachstürme hervor angesichts dieser so passenden Einlage. Kurz darauf verstarb er, wahrscheinlich an den Folgen eines Blutsturzes, von eingebildet konnte da keine Rede mehr sein. Dies bot mir Gelegenheit über das Wesen der Hypochondrie zu berichten, dieser seltsamen, aber keineswegs seltenen Last für die davon Betroffenen. Der österreichische Fallschirmkonstrukteur Reichelt sprang vom Eifelturm und wurde Opfer seiner eigenen Fehlkonstruktion, die zu korrigieren sich ihm keine Gelegenheit mehr bot. Von diesem Tod lernte ich viel über Fallschirme und ließ die Leser daran Anteil haben. Und den Tod des Schriftstellers Tennessee Williams, der die Verschlusskappe seiner Augentropfen zwischen die Zähne nahm, sich zum Einträufeln der Tropfen zurückbeugte, die Verschlusskappe verschluckte und daran erstickte, nutzte ich, um über die oft misslungene Eindeutschung englischer Titel zu lästern. Dazu hatte mich sein Stück „A Streetcar Named Desire" inspiriert, aus dem „Endstation Sehnsucht" geworden war, eines der besser gelungenen Beispiele. Williams Tod sei im Übrigen, wie mir später ein amerikanischer Bekannter versicherte, in den USA jedem Collegeschüler bekannt, so wie bei uns viele wissen, dass Ödön von Horvath von einem herabfallenden Ast erschlagen wurde.

Ich lernte selbst sehr viel Neues dabei, und ich versuchte mir so manche Anekdote zu merken, um sie bei passender Gelegenheit ganz zwanglos in die Runde zu werfen, als Einstieg in ein Gespräch waren solche Stories oft Goldes wert. Zum Beispiel war spätestens seit Tom Hanks Oscar für Cast Away auch Robinson Crusoe wieder allgemein bekannt. Und tatsächlich scheint es für diesen Romanhelden mehrere historische Vorbilder gegeben zu haben, verschiedenen Zeiten und unterschiedlichen Umständen entspringend. Wie etwa jenen von Naipaul beschriebenen Fall, in dem ein spanischer Kapitän einen schwerkranken und leider namenlos gebliebenen Seemann auf dem damals noch unbewohnten Tobago aussetzen ließ, weil er seinen Ruf nicht befleckt sehen wollte, dass auf den von ihm befehligten Schiffen niemand stürbe. Tatsächlich erfreute sich der Seemann, als er vierzehn Monate später von der Besatzung eines anderen spanischen Schiffes entdeckt wurde, bester physischer Gesundheit, fiel aber, so wird beschrieben, im Moment seiner Errettung dem Wahnsinn anheim. Als Ursache des Irrsinns, der ihn bis an sein Lebensende begleiten sollte, wird der Ansturm einander widerstrebenden Gefühle vermutet, bedingt durch die zuerst große Furcht vor den Ankommenden und der anschließenden überschäumenden Freude, als er in ihnen seine Retter erkannte. Sein Lebensende ließ allerdings auch nicht lange auf sich warten, denn in seinem Irrsinn schien es ihm nicht mehr möglich Schlaf zu finden, und nach acht Tagen der Schlaflosigkeit verstarb der arme Mann.

Viel näher an Defoes Crusoe lag allerdings das Schicksal des letztlich in meinem Beitrag beschriebenen Alexander Selkirk, eine weitere, besser bekannte Version der historischen Robinsonade. Im Gegensatz zu Robinson, der ja gänzlich unfreiwillig auf seiner einsamen Insel gestrandet war, hatte Selkirk sein vorübergehendes Los als einsamer Inselbewohner selbstgewählt als er mit seinen Piratenkumpels auf einer Insel vor Chile eine Zwischenstation eingelegt hatte. Weil er das Schiff als nicht mehr seetüchtig einschätzte, blieb er freiwillig zurück, der Rest der Mannschaft segelte weiter und ging tatsächlich kurz danach mit dem Schiff unter. Nach fünf Jahren der Einsamkeit wurde Selkirk endlich gerettet, kehrte nur für Monate in seine Heimat England zurück und ging bald wieder auf See, wo er zwölf Jahre später an Gelbfieber starb.

Auch mit meinem Wissen über die wahren Vorbilder der Herren der Fliegen konnte ich angeben, sechs Jugendlichen, die nach einem Sturm mit ihrem gestohlenen Segelboot auf einer kleinen unwirtlichen Insel strandeten. Anders als in Goldings Roman wurde aus ihnen nicht ein Haufen Wilder, deren eine Hälfte die andere unterdrückte, sondern sie organisierten sich, arbeiteten zusammen und blieben Freunde bis zu ihrer Rettung 15 Monate später. Ich betrachtete gerade ein Foto, das die aus Toga stammenden Jungs zeigte, sie waren gut genährt, hatten sich mit verwilderten Hühnern, die sie auf ihrer Insel entdeckten, Kokosnüssen und Fischen in Form gehalten, als mein Mobiltelefon läutete, Anrufer unbekannt.

Es war die Reporterin, die als erste vom Banküberfall berichtet hatte und mich netterweise zurückrief. Wie erwartet wusste sie keine weiteren Details zum Überfall, auch ihre Quelle wäre lediglich die Presseaussendung der Polizei gewesen. Und ja, sie berichtete von drei Männern und einer Frau, weil dies auch der Wortlaut der ersten Aussendung gewesen sei. Sie hatte den Bericht nur geringfügig umformuliert sehr rasch nach Erhalt schon online gestellt, bevor sie ihr Büro verließ, um beim Spatenstich für das neue Kulturzentrum vor Ort zu sein. Erst als sie nachmittags wieder in ihr Büro zurückkam entdeckte sie die Richtigstellung, es hätte sich um ein Trio gehandelt, die vorangegangene Aussendung wäre ein Irrtum gewesen, es gab keine Frau.

„Ich hatte keine Zeit dafür, fand nicht, dass das so wichtig oder dringend wäre, und später habe ich dann drauf vergessen das zu korrigieren. Nachdem ich das Band abgehört hatte mit Ihrem Anruf, erinnerte ich mich wieder, aber jetzt ist das eh schon ein alter Hut, wird kaum mehr jemanden interessieren."

Ich bedankte mich für den Rückruf und nahm mir vor, die Story nun bald zu einem Ende zu bringen. Dann war es eben ein Trio, aber die Art wie sie scheiterten macht es trotzdem zu einer guten Geschichte, was das betraf, irrte die gute Frau.

SIE HABEN SO VIELE WASCHMASCHINEN GEWONNEN, WIE SIE MIT IHREN EIGENEN HÄNDEN TRAGEN KÖNNEN!

Die Terrasse vor dem Konferenzgebäude und die vorgelagerte halbkreisförmige Rasenfläche waren dicht bevölkert mit Menschen, unter den wenigen Sonnenschirmen, die als einzige Schutz boten vor dem immer wieder einsetzenden Nieselregen, drängten sich die Zuhörer zu noch dichteren Gruppen zusammen. Der böige Wind zwang jene mit Kopfbedeckung diese festzuhalten, andere, die früh genug an Tischen Platz gefunden hatten, mussten die Tischtücher und Servietten vor dem verweht werden bewahren. Aber keiner der Anwesenden schien die freudige Anspannung des Moments gegen den Komfort an der verwaisten Bartheke im Innenraum eintauschen zu wollen, alle lauschten gebannt dem Vortragenden.

„Es – tut – mit - leid -, dass – das – Wetter – so – bescheiden – ist."

Langsam und jede Silbe betonend sprach John Cleese sein Publikum auf Deutsch an, nachdem eine besonders starke Bö über die Terrasse gefegt hatte, und das Publikum dankte mit Gelächter und einige gar mit Applaus, ehe der Komiker seine Lesung auf Englisch fortsetzte.

Gabriel hatte Regina zu einem kleinen, aber ob der oftmals prominenten Teilnehmer renommierten Literaturfestival in der kleinen Nachbargemeinde gelotst, als Stargast war in diesem Jahr John Cleese angekündigt worden, der seine auf Deutsch übersetzte Autobiographie bewarb.

Führerscheinlos, wie Gabriel seit jeher war, hatte er Regina dazu überredet ihn an einem verabredeten Treffpunkt mit ihrem Auto abzuholen und seinen Instruktionen folgend aus der Stadt zu manövrieren. Als sie nach wenigen Kilometern die Autobahn schon wieder verließen, war Regina überrascht aber immer noch ahnungslos, was das eigentliche Ziel ihrer Reise betraf, und selbst als sie in der Tiefgarage des Veranstaltungszentrums einparkten, wusste sie noch nicht, was sie erwarten würde. Als sie schließlich in die Vorhalle des Parkhotels traten und Regina die Veranstaltungsfolder und Büchertische sah, reagierte sie, sagte freudig überrascht, aber dennoch etwas zögerlich:

„Das ist ja eine nette Überraschung, das ist das Sprachsalz Festival, nicht wahr? Jedes Jahr lese ich darüber, meist wenn es schon vorbei ist, und immer nehme ich mir vor, dass ich im nächsten Jahr endlich hingehen werde. Und mit deiner Hilfe habe ich es jetzt endlich geschafft. Eine wunderbare Idee, lieber Gabriel, vielen Dank dafür!"

„Schön, dass du dich freust", antwortet Gabriel, „wirklich, aber würdest du dir in den Arsch beißen, wenn du es wieder versäumt hättest, glaubst du das? Ich denke eher nicht, ehrlich gesagt. Das Festival ist wirklich toll, es waren sogar schon Nobelpreisträger da, aber der Ehrengast in diesem Jahr, das ist der eigentliche Grund, warum wir hier sind."

Gabriel führte Regina auf den Platz vor der Terrasse, der sich bereits zu füllen begann, sie konnten einen der letzten Sitzplätze ergattern, und Gabriel war es gerade noch gelungen ein Tablett mit zwei Tassen Kaffee zum Tisch zu balancieren, als eine der Organisatorinnen auf die Terrasse trat, um die nächste Lesung anzukündigen.

„Und jetzt, meine lieben Gäste, mit etwas Verspätung die Lesung, auf die viele von Ihnen gewartet haben dürften, man könnte sagen, in Anlehnung an frühere Zeiten, ‚And now for something completely different', jetzt kommt die Lesung von Mister John Cleese."

Lauter Applaus begleitete das Erscheinen des beinahe 80-jährigen Komikers, Regina zeigte ein nunmehr zweifellos ungezwungen überraschtes Gesicht, schüttelte erstaunt und mit offenem Mund den Kopf, umarmte Gabriel und drückte ihm einen Kuss auf Lippen.

„Wahnsinn, die Überraschung ist dir wirklich gelungen!", Regina rückte ein wenig näher an Gabriel heran, blickte gebannt auf Cleese, der bereits ein paar einleitende Worte sprach, und warf immer wieder einen kurzen Blick zur Seite auf Gabriel, beinahe wie ein Kind zu Weihnachten, das sich nicht entscheiden kann, welches Geschenk es als erstes auspacken soll.

Nach der Lesung, während der Regina auch des Nieselregens wegen, welch günstige Fügung aus beiderlei Sicht, eng geschmiegt an Gabriel gesessen hatte, schien sie völlig überdreht. Sofort nach Hause zu fahren, schien auch ihr keine Option, sie bestand darauf noch in eine Bar zu gehen auf wenigstens einen Drink zum Ausklang des gelungenen Tages, mehr dürfe es leider nicht sein, man müsse ja noch mit dem Auto zurück in die Stadt.

Gabriel freute sich über ihre Initiative, zeigte Verständnis was die Notwendigkeit betraf, nüchtern zu bleiben und war zufrieden mit sich selbst, damit, dass ihm sein Coup so gelungen war. Er fühlte, dass er Reginas Panzer geknackt hatte, sie dazu gebracht hatte, das erlebte Trauma wenigstens vorübergehend zu vergessen, ihr Schutzschild herunterzulassen und sich ihm zu öffnen. Und wohl auch deshalb, weil es bei dem einen Drink bleiben musste und seine Vernunft nicht ein mögliches Opfer des Alkohols werden konnte, blieb er zurückhaltend, zeigte er Regina seine Zuneigung nur in dem Ausmaß, nach dem sie selbst zu verlangen schien, drängte er sie keinen Millimeter weiter als sie es unausgesprochen zu fordern schien.

Als sie ihn, zurück in der Stadt, vor seiner eigenen Wohnung wieder absetzte, umarmten sich beide erneut, küssten sich etwas ungeschickt auf die Wange und verabredeten sich dazu sich bald wieder zu sehen. Gabriel betrat seine Wohnung im Gefühl über Stunden ein rohes Ei auf einem Löffel balanciert zu haben, aber beinahe stolz darauf, es nicht fallen gelassen zu haben.

DER HINWEIS

Ping. Mein Mobiltelefon vibrierte kurz, ich hatte eine Nachricht empfangen auf einem meiner Messenger Diensten, von denen ich mehrere installiert hatte, weil sich meine Freunde und Bekannten nicht auf einen bestimmten einigen wollten. Mir selbst war jener der liebste, der am deutlichsten vorgab mich nicht um jeden Preis ausspionieren zu wollen, aber ob das stimmt, werde ich wohl nie mit Sicherheit wissen.

Ich öffnete die Nachricht, sie war an meine Zeitungsadresse geschickt worden, und sah ein Foto, Absender unbekannt. Es zeigte das Bild dreier sich von der Kamera wegbewegender Personen von schräg hinten, aufgenommen von einer leicht erhöhten Position. Die Personen schienen zu laufen, wer sie waren und wo das Bild gemacht worden war, ließ sich nicht sagen, auf dem kleinen Bildschirm des Mobiltelefons war nicht einmal deutlich zu erkennen, ob es Männer oder Frauen waren. Im Hintergrund stand eine Reihe geparkter Autos, eines davon eine sichtlich teure Karosse. „Mit freundlichen Grüßen, Ihr Bankberater!" war der Untertitel der Nachricht, mir dämmerte langsam, dass das Bild mit dem Überfall zu tun haben mochte, wahrscheinlich wohl die sich eilig vom Tatort entfernenden Bankräuber zeigte. Die wahrscheinlich Flüchtenden waren unauffällig gekleidet, Jeans, Jacken ohne Aufschrift, einer hatte eine Baseballkappe auf, ein anderer etwas längere Haare, das Geschlecht blieb dennoch im Dunkeln. Kaum eine Überraschung, selbst wenn jemand davon eine Frau wäre, war das so nicht zu erkennen, wer geht schon im kleinen Schwarzen mit High-Heels zum Bankraub.

Ich zog das Foto groß, es war sehr grobkörnig, die Auflösung miserabel. Wenn mir hier jemand helfen wollte, dann war der Versuch weitgehend fehlgeschlagen. Zwar sah man drei Personen, aber eine vierte konnte sich gut und gerne noch außerhalb des Bereichs der Kamera befinden, ich vermochte weder Zahl noch Geschlecht der Beteiligten mit Sicherheit festzustellen. Aber immerhin, kam mir in den Sinn, könnte ich herausfinden, wann und wo die Aufnahme gemacht wurde, solche Informationen finden sich doch in den Metadaten der Bilddatei. So würde ich wenigstens sicher gehen, dass es tatsächlich ein Bild vom Überfall war und ich nicht zum Opfer eines Scherzes wurde, der mir ohnehin nicht verständlich gewesen wäre. Und selbst wenn *ich* nicht wusste, wie man derlei Information fehlerfrei herausholt aus einer Bilddatei, so kannte ich jemanden, der das kann. Mit etwas Glück könnte ich vielleicht sogar noch mehr erfahren, wer weiß schon was alles in diesen Dateien steckt. Und wenn ich diesem Menschen die Messenger Nachricht zeige, kann er mir vielleicht sogar etwas über den Absender erzählen, das wäre wieder eine mögliche neue Spur. Ich machte mich auf den Weg zu Herder.

ALS DIE BUNTEN FAHNEN
WEHTEN

Manche Wochen, einmal war es gar ein ganzer Monat, brachten eine Flaute mit sich, in der Gabriel nur wenig zu Schreiben hatte, und trotz inzwischen mehrjähriger Erfahrung mit seinem „neuen" Beruf hatte er noch kein System darin erkennen können, wann seine wissenschaftlichen Texte mehr und wann sie weniger gebraucht wurden.

Am Beginn seiner Selbständigkeit, in der sich letztlich erfüllenden Erwartung, dass es eine Weile dauern würde, bis die ersten Aufträge eintrudeln sollten, hatte er die Zeit genutzt und seinen Roman verfasst. Das hatte ihm geholfen die auftragslose Zeit mit Sinn zu füllen, ihm sogar zunehmend Spaß gemacht, mit jeder Seite, die er in seinen Computer getippt hatte, wurde er zuversichtlicher, dass er wirklich ein Buch schreiben könnte, dass sein Versuch nicht bloß ein Hirngespinst und ein gescheitertes, weil unvollendetes Projekt bleiben würde. Mit dessen Veröffentlichung hatte er sich einen alten Traum erfüllt und hätte so eigentlich diesen Teil seines Lebens als erledigt und abgehakt betrachten können. Das angeblich von Martin Luther stammende Diktum, ein Mann solle in seinem Leben einen Baum pflanzen, ein Haus bauen und ein Kind zeugen, hatte er zwar keineswegs erfüllt, aber wenn er den Baum gegen das Buch tauschte, war er immerhin zu zwei Dritteln erfolgreich gewesen, das letzte Drittel, das Haus, schien ihm nicht nur unerreichbar, sondern auch nicht sonderlich erstrebenswert. Er war immer sehr gerne ein Stadtbewohner gewesen und wenn ihn dereinst ein einsames Schicksal in der Pension erwarten sollte, so schien ihm dies in der Stadt erträglicher als die Einsamkeit am Land im eigenen Haus, wo es nicht nur nichts zu tun, sondern auch nichts zu sehen geben würde.

Inzwischen war sein Geschäft die meiste Zeit des Jahres ausreichend umfangreich, um ihn ständig zu beschäftigen und ihm ein ausreichendes Einkommen zu sichern. Für diese eine Lesereise seines Lebens aber hatte er sich noch eine Auszeit von seiner eigentlichen Arbeit gegönnt, hatte die Zeit genossen und durchaus viel Aufregendes erlebt. Aber das Ganze zu seiner Lebensgrundlage zu machen, das konnte er sich nicht leisten, ein mäßig erfolgreicher Schriftsteller in einem kleinen Land zu sein, war kein Job, der ihm Miete und Essen sichern konnte. Dennoch, mit den stillen Phasen, deren Eintreten unvorhersehbar blieb, war auch seine Lust auf das Schreiben wieder erwacht, auch hatte er beim Schreiben des ersten Romans immer wieder Momente größten Glücks erlebt, die Qual des leeren Blattes war ihm nie untergekommen, und schließlich war da noch Monika. Gabriel liebte den Gedanken, dass er und sie Kollegen waren, bloß könnte er diesen Anspruch mit dem einen Buch das er geschrieben hatte, auf Dauer vor sich selbst nicht aufrecht erhalten, Monika mochte es wohl ähnlich empfinden.

Daher hatte er wieder begonnen zwischendurch Ideen zu sammeln, sich Notizen zu machen, vor allem zu seiner Volksschulzeit, mit der Absicht seinen zweiten Roman in dieser ihm als glücklich erinnerten und überaus vertrauten Zeit spielen zu lassen. Die Erlebnisse genau dieser Phase seiner Kindheit wieder zum Leben zu erwecken, fand er nicht zuletzt deshalb reizvoll, weil auch Iris sich gerade in ihrer Volksschulzeit befand. Und im Laufe der ersten drei Jahre, die Iris dort bereits verbracht hatte, war ihm immer deutlicher geworden, wie unfassbar vieles sich geändert hatte seit seiner eigenen Volksschulzeit. Natürlich, das war im Grunde kaum überraschend, lag diese doch schon so viele Jahre zurück. Und dennoch, er selbst lernte noch in einer Klasse voller Buben („Weibergestank macht Buben krank!"), der Direktor war unnahbar, und sein Lehrer schwang noch einen Rohrstock, welch ein Unterschied zu der Welt in der Iris Lesen und Schreiben lernte. Der alte Nazi, der sein Lehrer war – er hatte selbst von seiner russischen Kriegsgefangenschaft berichtet, in die er geraten war, nachdem er „unser Vaterland" verteidigt hatte – verwendete den Rohrstock zwar nicht mehr zur Züchtigung, nutzte ihn aber als sichtbare Drohung, und ließ immerhin noch ungezogene Schüler in der Ecke knien, das Gesicht zur Wand gerichtet, schweigsam in Scham und Schande versunken. Und er erzog seine Schüler zur Heimatliebe, ließ sie im Musikunterricht vor allem Heimatlieder singen („Wenn die bunten Fahnen wehen") und begleitete sie auf seiner Ziehharmonika mit Vorliebe zu „Zu Mantua in Banden", um das Andenken des Freiheitskämpfers Andreas Hofer zu würdigen. In der zweiten Strophe nahmen die Schüler ihre Hände hinter den Rücken als wären sie gefesselt, in der dritten sangen sie mit dem Helden vom verratenen deutschen Reich und dem Land Tirol. Und erst im Gymnasium lernte Gabriel dann, dass es das zehnte, von der Summe aller in Österreich lebenden Ausländer gebildete Bundesland, das sie dem Nazilehrer der Vollständigkeit halber stets mit aufzählen mussten, gar nicht wirklich gab.

Seine Iris hatte Gabriel auf dem Rücken ihres Direktors huckepack reiten gesehen, an ihre Lehrerin schmiegte sie sich, wenn sie Trost und körperliche Nähe suchte, und die „Ausländer" der Klasse waren nur knapp in der Minderheit, mit zwei der türkisch-stämmigen Mädchen hatte Iris auch außerhalb der Schule Kontakt.

Diese riesigen Unterschiede machten Gabriel bewusst, was großen Zeitraum er selbst schon erlebt und überlebt hatte, welchen dramatischen Wandel die Welt in seiner bisherigen Lebenszeit erfahren hatte. Für ihn hatte es noch eine Zeit des Fernsehtestbilds gegeben, Programm von Nachmittag bis Mitternacht auf einem von zwei, später dann schon fünf Sendern, den Rest der Zeit das den Jungen gar nicht mehr bekannte Testbild. Inzwischen gab es 24 Stunden Programm auf gefühlten 500 Sendern, aber lineares Fernsehen war ohnehin bereits wieder passé, man schaute nunmehr, wann und sogar wo man wollte. Für ihn gab es eine Zeit vor und mit dem Computer, vor und mit dem Internet, vor und mit dem Mobiltelefon, eine Zeit als Fliegen ein Luxus für wenige war und eine, in welcher Fliegen eine Selbstverständlichkeit und für viele ein berufliches Muss geworden war. Ihn graute beinahe davor, dies weiterzudenken, die Entwicklungen fortzuspinnen. Würde er noch ein paar Jahrzehnte leben, und die Statistik gab Anlass und Hoffnung das zu glauben, würde die Welt schon wieder eine ganz andere sein, und er hatte seine Bedenken, ob er sich darin noch wohlfühlen würde. Aber vielleicht, der Gedanke war ihm ein möglicher Trost, war das schon immer so und die Vergesslichkeit und Verwirrtheit des Alters würde sich irgendwann noch als Segen erweisen.

FRAU K.

Auf dem Weg zu Herder überquerte ich den Hauptplatz des Viertels, bog in eine kleine Gasse und fand meinen Weg plötzlich durch eines dieser überdimensionierten Autos blockiert, ein SUV. Warum diese Monstermaschinen, die sämtliche Parkplatzmaße sprengen und Platz für eine vielköpfige Großfamilie bieten, gerade jetzt so populär waren bei uns, wo der anhaltende Trend zur Kleinfamilie unübersehbar scheint, war mir immer schon ein Rätsel. Wo es zugleich bei Wohnungen doch gerade umgekehrt war, für die seltener gewordene Familie mit drei oder mehr Kindern wird nämlich nirgendwo mehr eine Wohnung gebaut, wie ich durch meinen Freund Harald wusste. Der, obwohl er sich Größeres leisten könnte, wenn er es fände, auch nach der Geburt seines dritten Kindes noch in einer viel zu engen Dreizimmerwohnung lebte. Und dort mit seiner Frau auf dem Ausziehsofa im Wohnzimmer schlief, um den Kindern wenigstens etwas Privatsphäre zu gönnen, zumindest für die Zeit, in der nicht alle zugleich daheim waren. Vielleicht zum Ausgleich dafür fuhr er auch eines dieser Riesenautos, das zwar die allermeiste Zeit des Jahres auch in seinem Fall völlig überdimensioniert schien, aber wenigstens ab und zu, wenn die Familie im vollgepackten Auto in den Urlaub fuhr, war der viele Platz irgendwie genutzt. Wäre Haralds Familie etwas mehr veranlagt gewesen wie mein Bekannter Gustl, der ehemals in einem kleinen VW Käfer wohnte, hätten sie durchaus im SUV einziehen und enorm viel Geld sparen können.

Wie auch immer, so ein Ungetüm versperrte mir den Weg, die Schiebetüren offen und kein Mensch drin, erst als ich die Straßenseite wechselte sah ich in einigem Abstand zwei Männer aufeinander einreden und gestikulieren, einer davon hatte ein Fahrradhelm auf seinem Kopf und am Gehsteig neben ihm lag ein City-Bike. Als ich die beiden passiert hatte, näherte ich mich einer alten Frau, die verloren wirkte, am Gehsteigrand stehend wiederholt von links nach rechts und wieder zurück blickte und irgendetwas zu murmeln schien, das ich aus der Entfernung nicht verstehen konnte. Die Frau war sehr klein und trug einen typischen hellbraunen Alte-Leute-Mantel, eine beige, viel zu kurze Wollhose mit Bügelfalte, und abgestoßene braune Halbschuhe, und mit der linken Hand hielt sie eine abgewetzte dunkelbraune Handtasche fest umklammert. Als ich auf ihrer Höhe war, erkannte ich sie, es war die Mutter meines Freundes Gabriel, Frau K., und sie sagte, scheinbar an niemanden Bestimmtes gerichtet:

„Und wie geht es jetzt weiter? Ich kenne mich gar nicht mehr aus. Was tue ich jetzt?"

Erst jetzt erahnte ich, was hier vor sich gegangen sein mochte, erst jetzt erkannte ich den Sinn dieser ganzen seltsamen Anordnung. Frau K., im SUV als Passagierin auf dem Weg nach irgendwo, vielleicht brachte man sie zu einem Arzttermin, zum Friseur oder zur Tagesbetreuung, war aus dem Auto gestiegen, nachdem dieses offenbar einen Crash mit einem Radfahrer vermeidend, quer am Gehsteig zum Stehen gekommen war. Dass es so etwas wie diese Tagesbetreuung gab, einen Ort, an dem die Alten beinahe so wie die Kleinen im Kindergarten sich unterhalten, spielen und ja, sogar turnen konnten, das hatte mir Gabriel erzählt und, nachdem ich es erst nicht glauben wollte, mit Nachdruck versichert und mir letztlich sogar ein Foto mit einigen turnenden Senioren auf einem Prospekt gezeigt, mit dem diese Einrichtung beworben wurde. Schöne neue Welt, war es mir da durch den Kopf gegangen, das sind ja großartige Aussichten. Aber immerhin kümmern sich da noch Menschen um Menschen und nicht Robben-förmige Roboter mit, je nach Wahl, weißem, rosarotem oder braunen Fell zum Streicheln und der Fähigkeit sich selbst zu bewegen. Über 4000 dieser Schmusetiere seien weltweit schon im Einsatz, wie ich kürzlich gelesen hatte, wer weiß wohin diese Entwicklung noch geht, bis es mich vielleicht einmal selbst betrifft.

Ich sprach Frau K. an, sie erkannte mich zu meiner Überraschung gleich, und ich beschloss mich um sie zu kümmern, denn ich hatte es ja nicht eilig, und ehrlich gesagt tat sie mir leid, wie sie da so verloren herumstand und mich nunmehr erwartungsvoll anschaute. Ich hakte ihren Arm unter, zog sie in Richtung der immer noch streitenden Männer, und unterbrach deren in schon etwas gemäßigterem Tonfall und geringerer Lautstärke geführtes Streitgespräch.

„Ich habe Frau K. da vorne gefunden, sie wäre wohl verloren gegangen, ich dachte es ist besser, wenn ich sie ihnen wieder bringe."

„Ach nein, das habe ich schon im Auge", antwortete der Nicht-Radfahrer, „Frau K. geht nicht sehr weit weg allein. Aber ich kann hier jetzt nicht weg, wir müssen auf die Polizei warten. Der Wagen hat einen satten Schaden, und das ist ein Dienstfahrzeug, das muss ich leider ganz offiziell machen."

Erst jetzt sah ich, dass das SUV die Hauswand zumindest gestreift, wenn nicht gerammt haben musste, ein Scheinwerfer war kaputt und der Kotflügel ordentlich zerschrammt.

„Verstehe", sagte ich, „aber man kann ja die Frau K. nicht einfach so herumstehen lassen. Ich bin ein Freund der Familie, ich kenne Frau K. gut, stimmt´s Frau K.?" Sie sah mich mit einem immer noch erwartungsvollen Bick an, deutete aber immerhin ein Nicken an. „Auf alle Fälle, wenn sie nichts dagegen haben, dann würde ich mich mit Frau K. derweil da vorne ins Kaffeehaus setzten, wir haben sicher was zu plaudern." Ich deutete auf das kleine Café am Platz. „Und wenn sie hier fertig sind, dann holen Sie sie einfach bei mir ab, ok?"

Noch ohne eine Antwort abgewartet zu haben, zog ich Frau K. weiter und erklärte ihr derweil noch einmal mein Vorhaben.

„Wenn Sie einverstanden sind, Frau K., dann gehen wir beide jetzt da vorne ins Kaffeehaus und trinken einen Kaffee und essen ein Stück Kuchen dazu, wenn Sie Lust haben. Und dann können Sie mir vielleicht ein wenig über Gabriel erzählen und darüber was Sie so selbst so machen jeden Tag."

„Kommt Gabriel auch?", fragte sie zurück. „Haben Sie ein Treffen ausgemacht? Das wäre aber nett, ich weiß gar nicht mehr, wann ich ihn zuletzt gesehen habe."

Jetzt kam mir schlagartig wieder ins Bewusstsein, was Gabriel mir zuletzt erzählt hatte von seiner Mutter, bei welcher Gelegenheit er mir auch von dieser Tagesbetreuung erzählt hatte. Seine Mutter war nämlich, nachdem ihr Mann einem Krebsleiden erlegen war, zunehmend dement geworden oder, wie Gabriel meinte, es war erst wirklich für alle erkennbar geworden, nachdem sie sich nicht mehr um ihren Mann hatte kümmern müssen und mehr auf sich selbst gestellt war. Deshalb hatte er ja auch diese Tagesbetreuung organisiert und diesen Transportdienst, der auch Arzt- und Friseurbesuche ermöglichte, was auch immer ein alter und noch weniger ein dementer Mensch alleine nicht mehr zu bewerkstelligen vermochte. Ich musste mich also darauf einstellen mit der dementen Frau K. Konversation zu machen, darin hatte ich keinerlei Übung, nicht die geringste Erfahrung.

Wir traten ins Café ein und ich wollte schon auf einen Tisch zusteuern, als Frau K. an der Kuchenvitrine stehen blieb, das Angebot an Kuchen und Torten gründlich studierte und schließlich auf eine Kardinalschnitte deutete und sagte:

„Das schaut gut aus, das möchte ich gerne. Das ist eh nicht zu fett, was meinen Sie?"

Etwas überrumpelt von der Frage zögerte ich kurz, überlegte, ob das ein Problem sein könnte, aber verwarf den Gedanken rasch wieder und sagte:

„Ich denke nicht, dass das so besonders fett ist, und ab und zu darf man ja auch sündigen. Außerdem schauen sie wirklich nicht so aus als wären sie zu dick, Frau K.!"

Sie nickte zufrieden und wir setzen uns an den ersten freien Tisch, wo wir uns beide dann einen Cappuccino bestellten, „Aber mit Milchschaum, nicht mit Sahne!", wie es Frau K. wichtig schien zu betonen.

Wir hatten schon beide unseren Kuchen halb gegessen – ich hatte einen Apfelkuchen mit Schlagsahne ausgesucht –, und ich hatte währenddessen von meinem letzten Treffen mit Gabriel erzählt und sie bloß zugehört, wenn ich mir auch dessen nicht ganz sicher war, sie schien mehr auf den Kuchen als meine Erzählung konzentriert, als sie plötzlich mit der Kaffeetasse am Mund innehielt und fragte:

„Ist Gabriel auch da, oder kommt der noch?"

BOOK AND A COVER

Nachdem der Bann gebrochen schien, bemühte sich Gabriel eilig ein nächstes Treffen mit Regina einzufädeln, er wollte das Eisen schmieden, solange es heiß war und das mit der Hilfe von John Cleese eroberte Vertrauen Reginas vertiefen. Und wieder kam eine alte Bekannte gerade zur rechten Zeit daher, Suzanne Vega kam in die Stadt, um mach langer Pause ein neues Album zu promoten, und Gabriel lud Regina zum Konzert.

Sie trafen sich frühzeitig an der Bar im Foyer, um nicht auf Plätzen ganz hinten im Saal oder direkt vor den Boxen zu landen und betraten ausgestattet mit gespritztem Weißwein und Bier in Plastikbechern schon lange vor Konzertbeginn den Saal. Dieser füllte sich anschließend zwar langsam noch etwas mehr, aber auch als die ersten Akkorde erklangen, war der Raum zu kaum zwei Dritteln nur locker gefüllt, selbst direkt vor der Bühne herrschte, anders als bei hipperen Konzerten mit einem jüngeren Publikum, nur mäßiges Gedränge. Wie so viele Menschen, die Popmusik vor allem im Radio nebenbei hören, kannte Regina viele Songs von Suzanne Vega, ohne sich dessen bewusst zu sein, gab immer wieder ein erstauntes „Ja, das kenne ich auch!" von sich und schien zufrieden damit, vor Gabriel nicht als die Popjungfer zu erscheinen, als die sie sich im Grunde ihres Herzens fühlte. Das Konzert verlief unspektakulär, selbst bei den wenigen Uptempo-Nummern blieben Vega und ihre Band so wie auch das Publikum sehr zurückhaltend, aber Regina schien es zu genießen und schwang ab und zu leicht ihre Hüften neckisch Richtung

Gabriel. Dieser bedachte diese versteckten Annäherungen etwas verschämt mit einem Lachen und nickte nur in einer leichten Andeutung eines Tanzes im Rhythmus der Musik mit dem Kopf, eher verklemmt als cool, er hätte sich durchaus etwas mehr Action gewünscht. Die einzig wirklich coole Person im Raum war der Gitarrist der Band, ein Virtuose auf seinem Instrument und ehemaliger Wegbegleiter David Bowies, mit allzu engen gestreiften Hosen bekleidet, einer Retro-Vokuhila-Frisur und einem Gesicht, das eine überaus bewegte Rock´n´Roll-Vergangenheit erahnen lässt. Vega selbst schien weniger cool als vielmehr teilnahmslos, eine New Yorkerin, die ihr Konzert in der Provinz routiniert herunterspulte.

Trotzdem, am Ende des Konzerts waren alle zufrieden, das Publikum bestätigt darin, dass früher einfach alles besser war, Gabriel hatte bewiesen, dass seine Popmusik auch für Klassikliebhaber wie Regina zugänglich sein konnte, und Regina hatte Gabriel ihre Offenheit für seine Welt demonstriert und nebenbei tatsächlich Vergnügen an der Musik empfunden.

Unmittelbar nach der letzten Zugabe zog Gabriel Regina förmlich zu zwei freien Hockern an der Bar, ehe diese binnen Minuten rundum besetzt war, und bestellte eilig noch zwei Getränke, „Um noch ein wenig Konzertkritik zu üben", wie Gabriel sie wissen ließ, „und zu besprechen, was wir heute gelernt haben".

„Das war großartig, wirklich, ich hätte nie gedacht, dass es so ‚zivilisiert' zugeht bei solchen Konzerten, und dass ich so viel von ihrer Musik kenne. Man konnte die Instrumente unterscheiden, die Stimme gut hören, sogar die Harmonien!" gab sich Regina begeistert. „Im Fernsehen klingt das immer viel schlechter, wie ein Dröhnen mit dem Klang einer menschlichen Stimme dazwischen."

„Dann hast du sicher Konzerte mit anderen Bands gesehen, nicht welche aus dem Mittelalter des Pops", entgegnete Gabriel. „Das heute war aber echt untypisch ruhig. Du hast ja gesehen, das Publikum war steinalt, da waren einige dabei, die waren älter als wir! Ich glaube fast, da herrscht zu Ostern in der Kirche mehr Rock´n´Roll!"

Regina lachte, versetzte Gabriel scherzhaft einen Stoß und sagte: „Der Gitarrist hat wirklich steinalt ausgesehen, genauso wie man sich Rockmusiker vorstellt. So verlebt und auch so angezogen wie der, so schauen manche der Drogensüchtigen aus, die bei uns in der Psychiatrie ein und aus eingehen. Wenn du mir sein Foto gezeigt und gesagt hättest: ‚Gehen wir auf sein Konzert!', ich bin nicht sicher, ob ich mitgekommen wäre."

Gabriel schüttelte den Kopf, grinste breit und sagte, er hätte früher selbst so ausgeschaut, als er noch Musik machte, natürlich jünger, aber genauso verwegen.

„Man muss das Werk schon vom Künstler trennen, denkst du nicht?"

Gabriel versuchte auf nette Art provokant zu sein, die bewährte Stimmung des „Was sich liebt, das neckt sich" zu heraufzubeschwören.

„Deinen geliebten Mozart zum Beispiel, den fanden manche gar nicht nett, in einer neuen Biografie wird er als rechter Ungustl dargestellt, habe ich gelesen. Oder Robert Schumann, der soll auch ziemlich anstrengend gewesen sein, endete gar im Irrenhaus, hat aber auch in seiner irren Phase noch großartige Werke komponiert."

Gabriel liebte es, sein rudimentäres Wissen über die Klassiker zum Besten geben zu können, eine Diskussion über ihre jeweiligen Vorlieben für Mozart oder Beethoven war eines der Themen gewesen, die Regina und ihn auf der Dating-Plattform einander nähergebracht hatten.

„Bei den Beatles mochte ich auch die Musik von McCartney lieber als die von Lennon, dabei wirkte Paul immer wie ein großer, dummer Junge, der es bis heute nicht geschafft hat, erwachsen zu werden, während John schon früh ganz coole Aktionen veranstaltet hat."

Gabriel führte diese Diskussion nicht zum ersten Mal, wiederholte schon zuvor Gedachtes und Vorgebrachtes, es entwickelte sich mehr ein Monolog als ein Zwiegespräch und Regina hörte vorerst nur zu, schien von der Wendung des Gesprächs überrascht.

„Aber wenn man die Musik von dummen oder unsympathischen Menschen nicht mag, wer weiß was einem dann noch bleibt? Und woher soll man das auch wissen? Denk mal an Morrissey, die Smith kennst du vielleicht, geniale Songs, oft auch geniale Texte, aber Morrissey selbst ist ein Irrer, ein vielleicht rechtsradikaler Tierschützer, so ganz genau kann man das bei ihm nicht sagen. Soll mir deshalb seine Musik nicht gefallen?"

Regina schüttelte den Kopf, machte ein Geste der Ohnmacht und Ahnungslosigkeit.

„Nein, Morrissey, das sagt mir nichts, aber vielleicht kenne ich seine Lieder, so wie bei Suzanne Vega."

Sie wollte sich nun doch am Gespräch beteiligen, sagte: „Meistens weiß man das ja nicht, da hast du recht. Und ich, ich interessiere mich eher wenig dafür, was Popmusiker privat so treiben, auch bei den klassischen Komponisten ist mir das eher egal. Aber bei Michael Jackson, zum Beispiel, den kenne sogar ich. Und von dem gab es üble Dinge zu lesen, mit seiner Ranch, auf die er kleine Kinder bringen ließ. Da war mal eine Doku im Fernsehen, ich habe sie eher zufällig gesehen. Und seit damals muss ich immer daran denken, wenn ich Lieder von Michael Jackson höre, und das macht die Musik wirklich nicht besser!"

Regina hat mit Ernst und Nachdruck geredet, nun war es an Gabriel von der Wendung der Stimmung überrascht zu sein. Trotzdem hakte er ein, gab seine Meinung dazu preis.

„Ok, das ist wohl ein Extremfall, man kann ja auch auf harmlosere Weise ein Arsch sein, aber du hast recht. Nur, mir war Michael Jackson immer schon zuwider, sein seltsames Image, wie er über die Jahre immer bleicher wurde, dass das eine Krankheit ist, das kaufte ich ihm nie ab. Und die Geschichte mit den Kindern, das hat für mich perfekt dazu gepasst, dass der Typ nicht normal ist, hat mein Vorurteil über ihn einfach bestätigt. Aber ich muss zugeben, dass mir zum Beispiel ‚Black Or White' trotzdem gut gefällt, eh pervers, gerade von ihm ein Song zu so einem Thema."

Gabriel versuchte, wieder auf unverfänglicheres Terrain zu gelangen, lenkte das Gespräch um auf ein erfreulicheres Thema, und sagte daher plump, aber zielgerichtet:

„Aber lassen wir das, das verdirbt die gute Laune. Für mich war das Konzert heute eher kein

Höhepunkt, ich habe viele bessere erlebt. Das Tollste war, dass du heute mit mir da bist, das entschädigt für alles! Wie ist das bei dir? Warst du überhaupt schon mal auf einem Popkonzert? Oder bist du immer nur Klassikkonzerte gegangen, in bestuhlte Säle, wo das Wildeste, das zu sehen ist, eventuell der Dirigent ist, wenn er zur Fraktion der wilden ‚Fuchtler' gehört, die noch dazu oft hüpfen zur Musik...".

Regina stieg dankbar auf das neue Thema ein, verteidigte die „Fuchtler" als die Musik besonders heftig mitlebende Dirigenten und erzählte begeistert von ihrem ersten großen Symphoniekonzert, das sie mit zwölf Jahren besucht hatte, es war die Neunte von Beethoven. Sie berichtete, wie sie die schiere Masse an Musikern und der große Chor beeindruckten, und wie sie dann, als der Chor die Ode an die Freude sang, die Musik beinahe körperlich spürte, eine Art positives Trauma erlebte, das sie seither immer wieder, meist vergeblich, suchte, wenn sie klassische Musik live erlebte. Nur bei Mozarts Requiem hatte sie ähnliches später wiedererlebt, im Wechsel der Sänger und des Orchesters die Dramatik des Stücks empfunden, gespürt wie hier Musik und Thema eins waren.

„Ich habe Dir das ja schon einmal geschrieben", erinnerte Regina Gabriel an ihre kurze, gemeinsame Vorgeschichte, „ich hörte das Stück fast täglich, als ich noch mit dem Auto zur Arbeit fuhr. Als Einstimmung auf meine Arbeit mit Menschen, die oft an der Schwelle des Todes stehen, könnte man fast meinen."

Gabriel erinnerte sich, und sie ließen beide die Zeit des Online-Kennenlernens erneut aufleben, verloren sich in witzigen Anekdoten über ihre Abenteuer mit anderen Liebessuchenden, vermieden aber geflissentlich jegliche Erwähnung von Reginas Erlebnis mit ihrem Stalker.

Als Regina bedeutete aufbrechen zu müssen, - „So leid es mir tut, aber die Arbeit, du verstehst..." - befanden sich beide in einer angenehmen, warmherzigen Stimmung, und bevor sie ins Taxi stieg, auf das sie vor dem Lokal gemeinsam mit Gabriel gewartet hatte, küssten sie sich kurz, aber leidenschaftlich und auf eine Art, die für Gabriel das deutliche Versprechen zukünftiger Intimität in sich barg.

„Ich melde mich, sobald ich kann. Es war wunderschön mit dir heute", sagte Regina noch zu Gabriel, ehe sie die Türe des Taxis schloss und der Wagen davonfuhr.

PERMANENT PRESENT TENSE

In nicht wenigen Filmen wacht ein Protagonist erinnerungslos und keine Person, ja nicht einmal sich selbst mehr erkennend auf. Wenn er Glück hat, erkennen die anderen wenigsten ihn, – meist ist es ja ein Mann, ich kenne kein Beispiel, wo es um eine Frau ginge – und mit Hilfe seiner Umgebung versucht er dann sich wieder zu erinnern, und sein neues altes Leben wieder aufzunehmen, seine Umgebung wieder neu kennenzulernen. Im weniger günstigen, aber deutlich spannenderen Fall, kann ihm dabei gar niemand helfen und er muss sich selbst inmitten fremder Menschen durchschlagen, oft im Kampf mit widrigen Umständen und zumeist noch in einen Kriminalfall verwickelt, nicht selten als Verdächtiger, der ein schweres Verbrechen begangen haben soll. Beides mag im Film und noch viel mehr im echten Leben überaus schlimm sein, und beängstigend und bedrohlich für den Betroffenen, aber nichts davon kommt dem gleich was, wie ich befürchtete, Frau K. durchzumachen schien. Sie lebte in der ständigen Gegenwart, der „Permanent Present Tense", wie der Titel eines Buchs lautete, das Ähnliches schildert. Ob sich Frau K. ihrer eigenen Vergesslichkeit bewusst war, vermochte ich nicht zu erkennen, aber dass sie immer wieder kurz innehielt und ihre momentane Situation in ihr Leben einzuordnen suchte, wirkte überaus eigenartig und bedrückend auf mich. Dabei hatten mich verschiedene filmische Umsetzungen dieses „Stoffs" durchaus begeistert, doch war mir da noch nicht klar gewesen, dass dieser Zustand nicht bloß ein Filmkonstrukt war, ich kannte weder Demente noch

Alzheimer-Patienten noch Unfallopfer, die unter Vergleichbarem litten.

Eine eher tragikomische Darstellung dieses Zustands hatte ich in „5o First Dates" gesehen, in dem der über beide Ohren verknallte Adam Sandler seine Angebetete, Drew Barrymore, jeden Tag aufs Neue für sich gewinnen und sie von seiner Liebe überzeugen muss, das hat bei allem Herzschmerz natürlich auch seine witzigen Seiten (wenn Drew nach einer romantischen Nacht aufwacht, und neben sich im Bett den ihr gänzlich unbenannten Adam entdeckt und laut kreischend flüchtet). Völlig unkomisch, aber dafür umso spannender verarbeitete hingegen „Memento" den Stoff, wo der Protagonist sich nach einer bei einem Überfall erlittenen Kopfverletzung alle neuen Erlebnisse nur mehr etwa fünfzehn Minuten lange merken kann. Dann drückt sein Gehirn unbarmherzig den Reset-Knopf und alles beginnt von vorne. Vom Schicksal ohnehin schwer getroffen, versucht der von Guy Pearce verkörperte Charakter auch noch den Mörder seiner beim Überfall getöteten Frau zu finden, und er erlebt dabei allerlei Ungemach, um es milde auszudrücken, kämpft nicht nur mit der eigenen Unzulänglichkeit, sondern auch mit der Niedertracht jener Menschen, die seinen Zustand ausnutzen und ihn belügen und betrügen. Die innere Zerrissenheit, die Unsicherheit, und nicht zuletzt auch die immer deutlicher zu Tage tretende Neigung des Protagonisten sich selbst zu belügen, um dieser ganzen Situation irgendwie den Anschein innerer Konsistenz und Stimmigkeit zu verleihen, das alles vermag den Zuseher zu fesseln, unterstützt durch die ungewöhnliche Struktur des Films, die das Publikum selbst ähnliches durchleben lässt.

Diese Dinge gingen mir durch den Kopf, als ich so dasaß mit Frau K. und noch immer über das Ausmaß ihrer Demenz rätselte.

„Nein, Frau K., Gabriel kommt nicht, wir sitzen hier nur auf einen Kaffee, bis der Herr vom Sozialdienst kommt, der hat draußen ein paar Dinge mit seinem Auto zu regeln."

Aber Frau K, schien schon gar nicht mehr zuzuhören, hatte sich bereits wieder ihrem Kuchen gewidmet, führte gerade umständlich den letzten Bissen zum Mund und sah sich wieder einmal scheinbar verwundert im Lokal um.

Ich begann sie ein wenig über ihr Leben zu befragen, aber sie gab nur zögerlich Auskunft, nicht so, als wollte sie nichts preisgeben, sondern vielmehr so als wüsste sie nicht Bescheid, als hätte sie keine Ahnung wie ihr Leben verlief. Und weil mir der Gesprächsstoff auszugehen drohte und sie immer wieder auf die Stelle blickte, an welcher der inzwischen abgeräumte Kuchenteller gestanden hatte, und vielleicht auch unbewusst, weil ich das Ausmaß ihrer Vergesslichkeit testen wollte, fragte ich schließlich:

„Frau K., wollen Sie vielleicht noch ein Stück Kuchen?"

„Kuchen? Hmm. Ja, warum nicht, gib es hier Kuchen, welche Art Kuchen haben sie denn hier?"

Sie wirkte erstaunt und zugleich erfreut über die ungeahnte Möglichkeit des Genusses und ich führte sie zur Kuchenvitrine, wo sie sich ein weiteres Mal für eine Kardinalschnitte entschied.

„Das ist eh nicht zu fett, was meinen Sie?"

Sie hatte das Tortenstück erst halb gegessen, eine weitere Tasse Kaffee hatte sie abgelehnt, als der

Mann vom Sozialdienst auftauchte und vom Eingang her nach ihr rief – endlich, ich war tatsächlich erleichtert, weil ich nicht wusste, wie es weitergehen würde – schon stand sie auf vom Tisch, packte ihre Handtasche und ging, ohne mir weiter Beachtung zu schenken, zum Ausgang.

„Das passt, ich kümmere mich ums Zahlen" rief ich dem Mann zu und der nickte verständnisvoll und führte Frau K. Richtung Auto.

ÄQUATORTAUFE

Monika war noch immer beschäftigt mit dem Bewerben ihres Romans, eilte von einem Lesungstermin zum nächsten, gab sogar Interviews oder beantwortete schriftliche Anfragen und füllte Listen aus, in denen nach Vorbildern und Zukunftsplänen gefragt wurde. Zeit, Gabriel einen weiteren Besuch abzustatten, ergab sich daher nicht, aber als wegen eines kurzfristig abgesagten Termins unerwartet ein Wochenende voller Freizeit winkte, rief sie Gabriel an und lud ihn zu sich ein.

Es war die „falsche" Woche, aber Gabriel wollte sich diese Gelegenheit nicht entgehen lassen und schaffte es für Iris eine Übernachtung bei Miriams Tochter zu arrangieren. Miriam hatte sofort zugestimmt als sie von seinen Ausflugsplänen hörte, sie hatte seine Suche nach einer neuen Beziehung stets unterstützt.

Gabriel fuhr mit dem frühestmöglichen Zug in die Hauptstadt, wurde am Bahnhof von Monika empfangen und nach einem noch verhaltenen Kuss fuhren sie mit dem Taxi zu Monikas Wohnung.

„Wir dürfen keine Zeit vertrödeln, so ein Wochenende ist nach einem Augenzwinkern vorüber!" hatte Monika für die Nutzung eines Taxis argumentiert. „Und meinen Finanzen geht es derzeit blendend. Bei meinen Reisen wird immer alles bezahlt, ich werde stets auf alles eingeladen, und Zeit, etwas ohne meine Gastgeber zu unternehmen, habe ich dabei fast nie. Ich komme also gar nicht dazu mein Geld auszugeben. Und auf der anderen Seite nehme ich ständig Geld ein, nach jeder Lesung sind wieder ein paar Bücher verkauft. Und sogar meine alten Romane verkaufen sich plötzlich wieder!"

In der Wohnung angekommen verloren sie ebenso wenig Zeit und lagen binnen Minuten im leidenschaftlichen Clinch. Beide benahmen sich wie ausgehungerte wilde Tiere, und Gabriel Bedenken, ob ihr erneutes Treffen in Nüchternheit dieses Mal Raum für Peinlichkeiten eröffnen würde, waren in Windeseile zerstreut. Nach dem ersten Akt erlaubte Monika Gabriel eine Dusche zu nehmen, sich den Schweiß der Reise und des ungestümen Empfangs vom Leib zu spülen. Aber kaum war Gabriel aus dem Bad zurückgekehrt, setzten sie das Liebesspiel fort und den Rest des Tages verbrachten sie die meiste Zeit über im Bett, erkundeten einander zum ersten Mal wirklich nüchtern und in ausschweifender Ausführlichkeit. Gabriel war selbst erstaunt ob der Manneskraft, die er wiedererlangt zu haben schien, schon wiederholt hatte sie ihn verlassen in den letzten Jahren, auch schon in besonders ungünstigen Augenblicken. Jetzt war sie plötzlich wieder da, er fühlte das Durchhaltevermögen junger Jahre wiedergekehrt, Erinnerungen an die Sexmarathons mit Sarah, seiner ersten sexuellen Beziehung, kamen ihm in den Sinn.

Als es schließlich Abend wurde und das Tageslicht im Gleichklang mit der Kraft seiner Lenden langsam zu schwinden begann, erbat er sich eine Pause, und weil beide nun merkten, dass sie mittlerweile hungrig geworden waren, beschlossen sie auszugehen und ein Restaurant zu suchen für ein entspanntes Abendessen.

Nachdem sich beide noch kurz geduscht hatten, zuerst sie dann er, er wollte kein neues Aufflammen sexueller Begehrlichkeiten mehr riskieren und fühlte sich kurzfristig leer und erschöpft wie der Konkurrent des Duracell-Hasen, traten sie in die kühle Luft des Abends, und Gabriel war froh ein paar Schritte machen zu können, andere Muskeln zu gebrauchen und andere Bewegungen zu vollführen als die über die letzten Stunden strapazierten. Monika hatte ein kleines nepalesisches Restaurant vorgeschlagen und Gabriel sogleich begeistert zugestimmt. Er liebte diese Art des Essens mit den sämigen Soßen, am liebsten mochte er Lammfleisch, ihm schmeckte der Reis und auch das Fladenbrot, mit dem er am Ende der Mahlzeit stets genüsslich die Soße zusammenputzte. Sie erreichten das Lokal nach wenigen Minuten, und weil es so gut wie leer war, wurden sie in kürzester Zeit mit der Speisekarte, dann mit einer unverlangten kleinen Vorspeise und schließlich mit den bestellten Gerichten versorgt. Gabriel und auch Monika schlangen ihr Essen geradezu hinunter, der aufgestaute Hunger musste gestillt werden, sie mussten neue Kräfte tanken, beide ahnten bereits, dass der Abend nicht in Stille ausklingen würde. Als sie fertig gegessen hatten und Gabriel sein Bier ausgetrunken hatte, musste Monika ihr gehaltvolles Mango-Lassi beinahe zu Hälfte übrig lassen, zu schnell hatte sie ihr Kurkuma-Kartoffelgericht gierig verschlungen und dabei das Gefühl der eigenen Sättigung übertölpelt. Da das Lokal noch immer kaum Gäste beherbergte, schlug Gabriel vor, noch in ein anderes Lokal zu wechseln, wo es mehr zu sehen gäbe und vielleicht etwas Musik, die nicht ihr Bestes geben würde, beide in Trance zu versetzen oder gar einzuschläfern mit dem beruhigenden Klang von Tablas, Bambusflöten und indischen Dudelsäcken. Monika schien beinahe erleichtert über seinen Vorschlag, meinte mit einem Hauch momentaner Erschöpfung in der Stimme: „Nach Hause gehen ist jetzt keine Option, ich könnte mich nur mehr ins Bett legen und schlafen, ich meine wirklich schlafen. Also gut, lass uns noch irgendwo anders hingehen, gemütlich was trinken, verdauen und regenerieren."

„Oder wir spazieren einfach eine Runde", entgegnete Gabriel, den das Gefühl der Völle beim Aufstehen beinahe wieder auf seinen Stuhl gedrückt hatte, „ich denke mein Körper wäre dankbar für eine Chance ein wenig zu verdauen, noch irgendetwas zu mir zu nehmen kommt mir unmöglich vor."

Auch damit war Monika einverstanden, ihr ging es offenbar ähnlich. Sie spazierten langsam Arm in Arm, bis sie zum Fluss kamen, an dessen Ufer sie dann entlanggingen, sich schon etwas leichter fühlend und belebter. Wie selbstverständlich waren sie wieder bei der Literatur gelandet und bei ihrer beider Karrieren als Schriftsteller, wobei Monika hier weit mehr Eifer an den Tag legte als Gabriel. Sie erzählte von ihrem Traum, es endlich zu schaffen, endlich den Durchbruch zu erzielen, der ihr ein Leben als Schriftstellerin erlauben würde, Unabhängigkeit von Stipendien und Förderungen, Schreiben, Schreiben und sonst nichts, wie sie meinte.

„Und meine Meinung zu äußern da und dort, und zu wissen, dass es jemanden interessiert", sagte sie mit inzwischen wiedergewonnenem Elan, „man fühlt sich irrsinnig wichtig, wenn man gefragt wird, woher man seine Ideen hat, wer die eigenen Vorbilder sind und so weiter. Ich muss zugeben, das genieße ich. Aber ich weiß, dass da jetzt nur momentan so ist, weil das Buch gut läuft, und es kommt ja auch nicht gerade das Times Literary Supplement daher mit solchen Fragen, noch sind es die Zeitungen von hier. Aber wer weiß, meine Agentin meinte, dass der Verlag schon über eine Übersetzung nachdenkt, das wäre genial, …"

Gabriel lauschte mit, wie er sich selbst eingestehen musste, leichtem Befremden ihrem Redeschwall, nickte und gab lediglich ab und zu ein zustimmendes Grunzen von sich. Den Hauptteil der Unterhaltung bestritt Monika und Gabriel empfand Verständnis für ihre Begeisterung, war aber zugleich überrascht, über ihre so offen gezeigte und wie ihm schien oberflächliche Begierde nach Erfolg und Anerkennung. Er kannte ihre Bücher, hatte ihre Ernsthaftigkeit geschätzt und auch das jüngste, so erfolgreiche Buch gerne gelesen, warum gerade dieses so erfolgreich war, war ihm ein Rätsel, aber so scheint es in der Branche oft zu gehen, wie er gehört hatte.

Und irgendwann hatte sich Monika alles von der Seele geredet, wenigstens für den Augenblick, und sich dabei selbst in eine so aufgezwirbelte Stimmung versetzt, dass ihre Überdrehtheit und Unruhe für Gabriel beinahe körperlich spürbar wurden. Und von einem Moment auf den anderen drängte sie darauf heimzukehren, winkte einem Taxi, noch ehe Gabriel die Situation ganz erfasst hatte, und rief dem Fahrer, während sie zugleich Gabriel ins Auto drängte, ihre Adresse zu. Noch auf dem Rücksitz des Taxis fiel sie über Gabriel her, der sich das widerstandslos gefallen ließ, küsste ihn leidenschaftlich und zwängte im lüstern ihre Hand in die Hose. Beim Aussteigen warf sie dem Fahrer einen Schein nach vorne, rief „Passt so!" und zog Gabriel förmlich ins Haus, in ihre Wohnung und schließlich ins Bett. Die Runde zwei ihres nüchternen Kennenlernens war eingeläutet und Gabriel bemühte sich redlich darum weiter seinen Mann zu stehen und nicht allzu schnell schlapp zu machen.

HERDERS HÖHLE

Ich hatte Herder kennengelernt, als ich mit einem Schulfreund, der in seiner Nachbarschaft wohnte, eines Nachmittags an dem Haus vorbeikam, in dem er wohnte, und aus dem offenen Fenster im ersten Stock laut Musik ertönte, die ich nicht kannte. Es war eine Mischung aus verschiedenen Stilen, Jazz, Soul, Rhythm and Blues, aber vor allem eine wunderschöne Melodie, gesungen mit einer charaktervollen Stimme, und als ich stehen blieb, um ein wenig zuzuhören, meinte mein Freund:

„Das ist das Zimmer von Herder, heute scheint er wieder mal gut gelaunt, gibt sich die volle Musikdröhnung."

„Du kennst den, der da wohnt?" fragte ich, „Kennst du ihn gut oder weißt du bloß, wer er ist?"

„Sicher kenne ich ihn, wir wohnen beide schon unser ganzes Leben hier. Er ist ein Spinner, aber ein netter Typ. Du müsstest ihn eigentlich auch kennen, ich glaube er geht mit deinem Bruder in die Schule."

Mein Bruder ist drei Jahre älter als ich und tatsächlich kannte ich einige seiner Klassenkameraden, aber von Herder hatte ich noch nie gehört.

„Glaubst du es wäre ok, wenn wir einfach hinauf gehen und ich ihn frage welche Musik er da gerade hört? Ich finde die Musik interessant."

„Klar" antwortete mein Freund, „Herder ist sicher froh, wenn er mal Besuch bekommt, er schließt sich nämlich oft tagelang ein da oben und arbeitet an seinen Fotos, er hat eine eigene Dunkelkammer. Du wirst schon sehen, er ist bleich wie ein Vampir, sieht das Tageslicht nur sehr selten."

Wir stiegen die Stufen in den ersten Stock hinauf und ein tatsächlich kreidebleicher, blondgelockter und bärtiger junger Mann öffnete uns die Wohnungstür, lächelte verwirrt als er meinen Freund erkannte und bat uns ins Innere der Wohnung. Er war barfuß, hatte geflickte Jeans an und ein verwaschenes Hemd, und das alles passte perfekt zu seinem zerknautschten Gesicht, das ihn aussehen ließ, als wäre er soeben erst aufgewacht. Durch einen dunklen Flur ließ er uns ein in seine Gruft, einen Raum vollgestopft mit Fotoausrüstung, in dem in höllischer Lautstärke das Album „Moondance" von van Morrison lief, tatsächlich war es der Titeltrack gewesen, der mich hinaufgelockt hatte und nun lief „Caravan" und gefiel mir nicht weniger. Herder war gleich Feuer und Flamme, als ich ihm erzählte, warum wir ihn besuchten, und wir hörten noch die komplette A-Seite von „Astral Weeks", ehe mein Freund ungeduldig wurde – er konnte sich für Musik nicht annähernd so begeistern wie ich – und mich zum Gehen drängte.

Seit damals hatte ich Herder immer wieder getroffen, wenn ich am Abend unterwegs war und mit Freunden trank, aber in seiner Wohnung war ich seither nie mehr gewesen.

Sein ganzes Leben schon wohnte er dort mit seiner Mutter, die wohl damals, bei meinem ersten Besuch, nicht zuhause gewesen war. Jetzt, bei meinem zweiten Besuch, schaute ich mich um in der Wohnung und sah, dass es eine Altbauwohnung war, groß, mit hohen Räumen und dicken Wänden, ein Albtraum was das Heizen betrifft, aber immerhin im Besitz seiner

Mutter. Herders Vater war früh gestorben, woran konnte oder wollte Herder nie erzählen, vielleicht wusste er es selbst nicht so genau. Trotzdem hatte der Mann seiner Frau und dem damals erst zweijährigen Sohn die Wohnung hinterlassen und offenbar genug Geld, das der Witwe erlaubte, selbst keiner regelmäßigen Arbeit nachgehen zu müssen und zugleich ihrem Sohn den Besuch des Gymnasiums und ein anschließendes Kunststudium zu finanzieren. Herder arrangierte sich problemlos mit den Umständen, vermied es sich, so wie wir anderen, den Sommer durch Ferialjobs zu verderben und dabei etwas Geld für sich selbst zu verdienen, fing allerdings früh an, aus seiner Leidenschaft, dem Fotografieren, ein halbwegs einträgliches Geschäft zu machen. Er machte nicht das Übliche, Hochzeiten und andere Feiern, sondern von Beginn an verdiente er sein Geld mit der Fotografie von Waren, Gütern und Maschinen, von Dingen, die einem Laien zu langweilig erschienen wären, in Wahrheit aber echte Meisterschaft im Fotografieren verlangten. Die Fertigkeiten dazu hatte er sich selbst beigebracht, und weil er das damit verdiente Geld ja nicht für Wohnung oder Essen verschwenden musste, kaufte er sich Equipment damit, teures, hochwertiges Zeug, das in seinem Zimmer kreuz und quer lag, Regale füllte und zwei Schreibtische unter sich begrub und den Raum in ein Museum moderner Fotografie-Technik verwandelte.

In der Schulzeit parasitierte er auf diese Weise bei seiner Mutter, trug nichts zum Haushalt oder den Kosten für Essen oder seine Bekleidung bei, blieb das zu versorgende Kind und gab seiner Mutter damit wohl Aufgabe und Lebensinhalt. Auch während der Studienzeit, die ihn in die Hauptstadt geführt hatte, lebte er vor allem von der monatlichen Überweisung von daheim in unbekannter Höhe. Allzu bedürftig erschien er mir in finanzieller Hinsicht aber auch dort nicht, als ich ihn in dieser Zeit einmal besuchte. Denn auch diese Wohnung war groß, vollgestellt mit fotografischer Ausrüstung, zugleich aber eine Müllhalde, der man anmerkte, dass hier jemand nur arbeitete und schlief, aber nicht im eigentlichen Sinn lebte, und dass es dort keine Mutter gab, die hinter ihm herräumte. Immerhin war er als Student so erfolgreich, dass man ihm ein Stipendium gewährte, das ihn zuerst nach New York und später nach Melbourne brachte, Herders Kenntnis von der Kugelform der Erde beruhte auf praktischer Erfahrung und nicht bloßer Theorie.

Zurück von seiner Reise um die Welt hatte er mehrere Ausstellungen, teils gemeinsam mit anderen, aber auch allein, und sein Durchbruch als Künstler schien zum Greifen nah. Doch immer ergab es sich, dass irgendetwas dazwischen kam, und so wie ich das später sah, als ich ihn etwas besser kannte, war er wohl selbst das Problem, sein eigener größter Feind als Künstler. Immer wieder schaffte er es nämlich im entscheidenden Moment zu versagen, unzuverlässig zu sein, im letzten Augenblick etwas zu verhauen, einen wichtigen Termin zu vergessen oder gar etwas zu verlieren. Er hatte angefangen zu trinken und sämtliche Drogen durchprobiert, die ihm die Welt im Laufe seiner Reisen offeriert hatte und erst in späteren Jahren, als er seine künstlerischen Ambitionen nur mehr als Privatvergnügen exerzierte, hatte er letztlich ein halbwegs stabiles Gleichgewicht erreicht zwischen der aufputschenden Wirkung seiner halblegalen Drogen, die ihm ein befreundeter Psychiater bei Bedarf verschrieb, und der sedierenden Wirkung des Alkohols, den er auf seinen nächtlichen Sauftouren konsumierte.

Die jahrelange Misshandlung des eigenen Körpers war ihm deutlich anzusehen, aus dem jungen war ein alter Mann geworden, nicht in seinem Inneren, aber was seine dem ungesunden Lebenswandel ausgesetzte körperliche Hülle betraf. Er lachte mich mit blutunterlaufenen Augen an, als ich sein Zimmer betrat, und offerierte mir als erste Geste des Willkommen-Heißens sofort ein Glas Wein.

A CURE FOR GRAVITY

Bei der Fahrt nach Hause fühlte sich Gabriel erschöpft, ausgelaugt und beglückt, wie ein Wanderer, der von einer ausgedehnten Tour zurückkehrt und zufrieden damit ist, den Gipfel erklommen zu haben. Der Morgen hatte, von Gabriel halb erwartet und halb befürchtet, mit einem weiteren schnellen Akt begonnen, den Gabriels Körper, bei aller Lust den sein Geist zu empfinden gewillt war, nur mit allergrößter Mühe zu einem Ende gebracht hatte, ehe Monika sich in Eile frisch machte, sich ankleidete und Gabriel mit einem Kuss und der Bitte, die Türe beim Gehen fest ins Schloss zu ziehen, zurückließ.

Gabriel hatte noch in aller Ruhe in einem Café gefrühstückt, bevor er mit der U-Bahn zum Bahnhof gefahren war und im Zug ein gänzlich unbesetztes Abteil gefunden hatte. Zwar hatte er sich vorgenommen zu lesen während der Zugfahrt, „Der Felsen des zweiten Todes", einen Roman William Goldings, aber immer wieder nickte er ein, fiel ihm sein Kopf auf die Brust, bis ihn der laute Donner eines entgegenkommenden Zugs oder das Ruckeln beim Einfahren in eine Zwischenstation wieder weckten. Um dann wieder ein paar Zeilen zu schaffen und anschließend doch gleich wieder langsam wegzudämmern, die Wirklichkeit schien den Roman zu imitieren und zugleich mit ihm zu verschmelzen. Erst als nach einem weiteren Zwischenstopp die Schiebetür aufging und eine junge Frau, beinahe noch ein Mädchen, das Abteil betrat, kam er wieder richtig zu Bewusstsein, setzte sich auf und streckte den Rücken durch. Er musterte das Mädchen verstohlen, sie war schlank, aber nicht sonderlich attraktiv, lediglich ihre leichten Schlitzaugen fand er anziehend, er hatte einst ähnliche Augen gut gekannt. Und als wäre dies nach seinem Wochenendausflug in das Reich der Lüste ein letztes Stichwort, das noch gefehlt hatte, schweiften seine Gedanken zurück zu seiner ehemaligen Freundin Sarah, jenem Mädchen, das gemeinsam mit ihm ihre Unschuld verlor und seine Vorstellungen über Sex für lange Zeit nachhaltig geprägt hatte.

Das erste Mal getroffen hatte er Sarah auf einem Schülerball, leicht betrunken, was kein Zufall war, schon damals war ihm das Kennenlernen der Mädchen leichter gefallen, wenn er bereits etwas Alkohol intus hatte. Weil sie beide dieselbe Schule besuchten, sie eine Klasse unter ihm, liefen sie sich auch danach ständig über den Weg, trafen sich auch am darauf folgenden Wochenende in der Disco und wurden schließlich ein Paar. Nach kurzer Zeit harmloser Schmusereien und oberflächlicher Erkundungen waren sie sich einig, dass sie Sex haben wollten, dass sie bereit waren, füreinander der und die Erste zu sein. Die Durchführung aber, haperte an der Gelegenheit, denn Sarah war es nicht erlaubt bei Gabriel zu übernachten, und „das erste Mal" am lichten Tag in der stets überaus belebten Wohnung Gabriels zu vollziehen, – seine Eltern, drei Geschwister, und häufig auch noch Gäste, irgendwer war immer da – schien ihnen irgendwie unrecht. Und Sarahs Zimmer im Haus ihrer Großmutter, das sie mit ihren Eltern bewohnte und ihnen tatsächlich schon einige Male die Ruhe für erste sexuelle Vorversuche geboten hatte, war explizit tabu. Sarahs Großmutter, die Gabriel anfangs wegen seiner etwas längeren Haare und den forsch geäußerten linken Vorstellungen zu einer gerechteren Welt nicht mochte, hatte ein explizites Verbot ausgesprochen: „Unter meinem Dach macht meine Enkelin mit keinem fremden Mann solche schmutzigen Spielchen!"

Doch dann, endlich, eröffnete sich die Gelegenheit, sie waren zu einem Geburtstagsfest in der Villa der Eltern eines wohlhabenden Freundes eingeladen, und Sarah, die das Haus bereits kannte, wusste von Zimmern und Hobbyräumen, die eine Möglichkeit bieten würden. Als sie dort ankamen und die Villa betraten, war Gabriel sprachlos, das Haus war riesig, der Hauptraum eine Halle, in der sich eine breite Marmortreppe in den ersten Stock hinauf schlängelte, an den Wänden hingen überdimensionale, vorwiegend monochromatische Bilder und, was ihn am meisten faszinierte, der Raum war erfüllt mit dem Song „The Verdict" von Joe Jacksons Body and Soul, in einer Lautstärke und Klarheit, die dem Zuhörer vorgaukelte, die Bläser befänden sich im Raum und JJ müsste am Ende der Treppe stehen mit einem Mikrophon in der Hand. Wenn es einen richtigen Ort gab für das Erste Mal, dann war er hier, Gabriel ging das Herz über angesichts dieser erfreulichen Umstände.

So aufgeregt sie im Grunde ihrer Herzen waren, so nüchtern hatten sie ihre Vorbereitungen getroffen: ein Kondom würden sie nicht verwenden. „Bei unserem ersten Mal", meinte Sarah, und Gabriel war sehr froh darüber, „soll nicht eine Gummihaut zwischen uns stehen!" Stattdessen, so vereinbarten sie, würden sie ein Schaumzäpfchen verwenden, Spontaneität war hier ja nicht das Thema. Doch als es dann so weit war, erwies sich genau dies doch als ein Problem. Sie hatten sich von der in vollem Schwange befindlichen Party mit Billigung des Gastgebers in ein Zimmer zurückgezogen, sich gegenseitig ausgezogen und Sarah das Zäpfchen eingeführt, und beide warteten erregt und aufgeregt darauf, dass die zehn Minuten vergehen würden, die die Gebrauchsanweisung ihnen abzuwarten vorschrieb. Doch noch ehe die Zeit vorüber war, drängte ein weiteres Paar ins Zimmer, fand zwar das Bett besetzt, hielt aber den Teppich davor für ausreichend geeignet, um dort sein Liebesspiel zu beginnen, ungeachtet der unfreiwilligen Zuseher. Denen allerdings war das gar nicht recht, weshalb sie nach kurzer Beratschlagung in ein anderes Zimmer wechselten, wo sie wieder von vorne begannen. Diesmal kamen sie weiter, die zehn Minuten waren verstrichen, beide bemühten sich ungeübt und ungeschickt darum, dass Gabriel Einlass fände in den noch jungfräulichen Schoss, als sie wieder gestört wurden, diesmal vom jüngeren Bruder des Gastgebers, dessen Bett sie besetzt hielten und der sie empört daraus vertrieb. Und als sie es ein drittes Mal versuchten, sie waren in eine Abstellkammer geflüchtet, hatten sich auf dem rauen Jutegewebe eines Kartoffelsackes ihr Bett bereitet, da kam Gabriel bereits auf Sarah noch ehe er in sie eindringen konnte, ergoss er sich mit einem Seufzen auf ihren Bauch, die lange aufgestaute Lust hatte sich nicht mehr länger zurückdrängen lassen. Daraufhin beschlossen sie, den Versuch vorerst als gescheitert zu betrachten und warfen sich wieder ins Partygetümmel, dessen unverminderter Fortgang ihre Versuche die ganze Zeit über mit einem nur dumpf vernehmbaren Soundtrack begleitet hatte.

Enttäuscht, aber nicht mutlos, beschlossen sie am nächsten Tag den ersten Akt in Gottes freier Natur zu zelebrieren, der Sommer nahte, die Sonne schien, und mit einer Decke ausgerüstet erklommen sie am Nachmittag den bewaldeten Hügel, der sich gleich hinter dem Haus der zuchtbeflissenen Großmutter erhob. Auf einer kleinen Lichtung breiteten sie ihre Decke aus, und nach allen Seiten von Bäumen und Farnen umhegt, starteten sie ohne langes Vorspiel einen neuen Versuch und diesmal gelang er. Zwar war das erste Vergnügen kein langes, aber voll der jugendlichen Manneskraft, die Gabriel damals noch erfüllte, war schon nach kurzer Zeit eine Wiederholung möglich und auch einen dritten und vorläufig letzten Akt konnte ein langsam anhebender spätnachmittäglicher Wind nicht verhindern. Sie waren verliebt, fühlten sich wie im Himmel und lediglich ein Wanderer, der ihre Lichtung zwischen zwei Akten auf einem von ihnen übersehenen kleinen Pfad in wenigen Metern Entfernung passierte, brachte sie kurz auf die Erde zurück. Aber von nun an gab es kein Halten mehr und das junge Paar vögelte sich in den folgenden Wochen quer durch Wald und Wiese, die das großmütterlich behütete Haus umgaben. In ihrem Übermut nahmen sie auf die mögliche Entdeckung durch Spaziergänger immer weniger Rücksicht und einmal gar, als Sarah, den Rock über sie beide gebreitet, Gabriel auf einer Bank im Sitzen ritt, begrüßten sie eine Pensionistin, die sich kurz auf derselben Bank neben ihnen niedergelassen hatte und sich mit dem Paar ein wenig über das Wetter unterhielt, bevor sie wieder weiter spazierte.

Und schließlich, weil das schöne Wetter nicht ewig halten konnte und Regen ihr neues „Haus der Liebe" unbewohnbar machte, sich ihre Lust aber nicht nach dem Sonnenschein richten wollte, eroberten sie sich auch Gabriels Zimmer zur Stätte ihrer neuen Lieblingsbeschäftigung, lernten sie es, die durch die Zimmertüre dringenden Stimmen von Gabriels Eltern und Geschwistern zu ignorieren und brachten umgekehrt diese so manches Mal durch nicht länger zu unterdrückende, deutlich vernehmbare Lustlaute Sarahs zum Verstummen.

Sarah hatte ihn entjungfert, mit ihm den Sex erkundet und ihm, wenigstens die ersten zwei Jahre ihrer Beziehung, Lust geschenkt, wie er sie später nie mehr wieder gefunden hatte. Bis jetzt, bis zu diesem Wochenende bei Monika. Gabriel hatte sich schon wiederholt alt und verbraucht gefühlt, zähneknirschend anerkannt, dass er den Zenit seines Lebens und ganz gewiss den seiner Manneskraft überschritten hatte. Jetzt hatte er vielleicht einen Jungbrunnen entdeckt.

MARIANAS FAIBLE FÜR DAS WETTER IN DER FERNE

„Das hier hat eine verdammt miese Qualität, was ist das? Das schaut aus wie das Foto einer Überwachungskamera."

Herder hatte als erstes den Stick auf Viren gescannt, man wisse ja nie, was die Leute da so daher bringen. Dann hatte er das Foto in einen sicheren Ordner gezogen und es auf dem größten seiner zahlreichen Bildschirme geöffnet. Das Bild erschien so unscharf, dass wir beide etwa zwei Meter zurücktreten mussten, um es betrachten zu können. Man konnte nichts Neues sehen, kein Detail, das ich nicht schon zuvor erkannt hatte, die drei Flüchtenden vor der teuren Karosse im Hintergrund, die sich später als ihr fahrbares Gefängnis entpuppen sollte, daneben ein paar andere Autos, ob eine vierte Person dabei war, war auch hier nicht zu erkennen, kein Schatten deutete darauf hin, keine Spiegelung in einem Schaufenster, auch kein anderer Hinweis offenbarte sich.

Ich setzte ihm die Geschichte des Fotos auseinander, erklärte ihm, ich hätte gehofft er könne irgendetwas machen, was die Auflösung betrifft, so wie man es in den Spionagefilmen sieht, wo die CIA mit einer Software sogar auf Bildern aus dem All vorher Unsichtbares plötzlich sichtbar macht.

„Träum weiter", sagte er und schnaubte verächtlich, „was auf dem Foto nicht drauf ist, kannst du nicht sichtbar machen. Du kannst ein Programm interpolieren lassen, ihm grob sagen, was es berechnen soll, das Bild schaut dann vielleicht schöner aus, aber du wirst nichts erkennen oder entdecken, was du nicht schon vorher erkannt hast."

„Ok, schade", antwortete ich enttäuscht, „aber du kannst mir vielleicht sagen, wo das Bild gemacht wurde und von welcher Kamera es stammt, geht das?"

Jetzt zog er das File in einen anderen Ordner, tippte irgendwas auf der Tastatur und dann erschienen seltsame Zeichen und Buchstaben, denen Herder mit seinem rechten Zeigefinger zeilenweise folgte, irgendwelche Dinge murmelnd, die ich nicht verstand. Dann tippte er weiter und auf einmal war alles gut lesbar, Kameratyp, vertikale Auflösung, horizontale Auflösung, „Das kannst du auf jedem PC anschauen, das hättest du selbst machen können. Ich nahm an, das hier wäre etwas Besonderes." Dann öffnete Herder eine Website, zog das File auf ein vorgegebenes Kästchen und plötzlich erschien eine Landkarte mit einem grünen Pfeil, die Karte zoomte selbständig größer und größer, bis man den Ort erkannte und die Straßennamen lesen konnte, der Pfeil genau im Zentrum, die Straße tatsächlich jene, in der sich die Bankfiliale befand.

„Es ist wirklich in der Bank gemacht worden, am Tag des Überfalls, 16:38h. Die Auflösung ist so beschissen, weil in diesen Filialen meist Kameras sind, die schon vor langer Zeit installiert wurden. Und die müssen rund um die Uhr und jeden Tag Bilder speichern. Aber bei diesen alten Kameras sind auch die Chips alt, der Speicherplatz sehr klein. Für die Optik wäre es kein Problem gewesen bessere Fotos zu machen, aber dann hätten sie den Chip jeden Tag auslesen müssen. Ich denke dazu hatten sie keine Lust. Tut mir leid, aber mehr kann ich dir dazu nicht sagen."

„Warum haben die so alte Kameras? Das verstehe ich nicht", gab ich zurück, „das Foyer aus Marmor, zum Weltspartag goldene Kugelschreiber zum Verschenken, aber bei den Kameras sparen sie?"

„Weil man das ja nicht sieht!" Herder schüttelte beinahe ungläubig seinen Kopf. „Es geht um Schein, nicht um Sein bei einer Bank. Hast du gar nichts gelernt aus der Bankenkrise? Klar ist eine Kamera mit einem besseren Chip heute auch nicht mehr teuer, aber gerade diese Bank, die haben fast 2000 Filialen im ganzen Land. Für jede davon ein bis zwei gute Kameras, das ist eine Million Euro oder sogar mehr, da least sich der Herr Direktor oder der Vorstand lieber einen neuen Audi A8, das macht mehr Spaß!"

Herder schenkte uns beiden Weißwein nach, rollte mit seinem Stuhl zum Computer auf dem Nachbartisch und sagte: „Aber jetzt musst du dir diese Bilder hier anschauen, da kann man nicht nur Menschen voneinander unterscheiden, da könntest du jedes einzelne Haar beim Vornamen benennen, so perfekt ist die Auflösung. Außerdem ist der Mensch darauf sehr schön, ich meine wirklich schön, nicht bloß gutaussehend."

Auf dem großen Bildschirm erschien ein Schwarz-Weiß-Portrait von Mariana, ihr Blick nach links zur Seite gerichtet, die Fransen ihres zu einem Pony geschnittenen Haars berührten die langen, geschwungenen Wimpern, die der Kamera abgewandte Seite des Gesichts erschien leicht unscharf, ebenso der schlanke Hals, vor dem sich das scharf geschnittene Kinn abhob. Am rechten Bildrand war noch das Ohrläppchen ihres linken Ohrs zu sehen, darauf unscharf ein Perlenohrring, und den Hintergrund bildete eine verschwommene Fläche aus Lichtreflexen unterschiedlicher Helligkeit. Das Ganze war eine Komposition mit dem Bildnis einer, da hatte Herder durchaus recht, schönen jungen Frau, jener Frau, das wusste ich bereits, in die Herder sich unsterblich verliebt hatte. Wieder einmal. Denn Mariana war nicht die erste, sie war die zweite ihrer Art, wenigstens die zweite, von der ich wusste, ob es auch andere gab, war mir nicht bekannt.

Die erste hatte Nora geheißen und war die Tochter wohlhabender Geschäftsleute, die die exhibitionistische Ader ihrer Tochter unterstützen, indem sie ihr erlaubten als Model für den Katalog ihres Schmuckgeschäfts zu dienen. Nora war damals kaum halb so alt wie Herder und für das ungeschulte Auge nicht herausragend hübsch, aber selbstbewusst und begierig darauf, die wahrhaftig in ihr schlummernde Schönheit zeigen zu dürfen. Und Herder erkannte diese sofort, war von Anfang an begeistert, organisierte aufwändige Leuchten und passende Hintergründe, arrangierte ausgefallene Bekleidung und engagierte eine Visagistin, die Nora genau so stylte, wie er es für richtig befand. Er arbeitete wie ein Besessener daran, Nora in all ihrer ihm sichtbaren Herrlichkeit zu präsentieren, der Schmuck, um den es eigentlich hätte gehen sollen, war zum Accessoire degradiert, der er ja eigentlich war, kam nichtsdestotrotz ausreichend zur Geltung, sodass die Fotografien letztlich ein Erfolg wurden für alle Beteiligten. Nora war ob der Bedeutung, die Herder ihr beimaß und des Aufwands, der für ihre Inszenierung aufgewandt wurde, Wachs in seinen Händen, war ihm zugetan und beinahe hörig, auch wenn nie auch nur das Geringste passierte, bei aller Besessenheit schaffte es

Herder den Abstand zu wahren, wenigstens körperlich, seine Seele war ihr vollends verfallen. Und auch wenn seine Schwärmerei, die große Liebe seines Lebens entdeckt zu haben, zwar zu wissen, dass diese Liebe unerfüllt bleiben müsste, ihn aber für alle Zeiten für alle anderen Frauen verdorben hatte, in dieser Deutlichkeit nur seinen Freunden zu Ohren kam, so wurden die Eltern von Nora trotzdem irgendwann hellhörig, es mochte wohl Nora ihrerseits von Herder geschwärmt haben, dem tollen Typen, der sie groß herausbringen würde, dem sensiblen Künstler, dem sie sich ganz anvertrauen wollte. Und noch ehe Herder wusste, wie ihm geschah, war seine große Liebe verschwunden, hatten die Eltern sie in der Schweiz in einem College untergebracht, wo sie eine Managementausbildung genießen würde, diese unsinnige Model-Geschichte müsste sie sich sowieso aus dem Kopf schlagen, dereinst wenn sie älter wäre, würde sie verstehen.

Herder war am Boden zerstört, wusste nicht mehr ein noch aus, ergriff Zuflucht bei den altbewährten Heilmitteln Alkohol und Drogen und war über Monate ein wandelndes Elend. Nichts konnte ihn aufheitern, nichts trösten, sein Leben war sinnlos geworden, es auf rasche Weise zu beenden fiel ihm zum Glück nicht ein, aber dies auf langsamem Wege zu erledigen war er mit verderblichem Fleiße engagiert. Aber irgendwann, das Leben ging ja trotzdem weiter und Geld musste auch für die Mittel der Selbstzerstörung verdient werden, gab es eine neue große Liebe, Mariana war in sein Leben getreten, eine Apothekerin, die als die hübscheste ihrer Filiale die sinnlosen und heillos überteuerten Gesundheitsprodukte, die es an die Frau und den Mann zu bringen galt, in einer Broschüre darbieten sollte, welche Herder zu gestalten den Auftrag erhielt. Zum Glück für alle Beteiligten war sie älter, alt genug wenigstens, um vor dem Gesetz bestehen zu können, Paare dieser Altersunterschiede waren nicht häufig zu finden, aber auch nicht mehr Grund genug für einen Skandal, nicht einmal mehr im kleinen Kreis. Und zur Überraschung nicht weniger wurde aus Mariana und Herder wirklich ein Paar, und nur Marianas unbändiger Drang zur Unabhängigkeit, ihr unbeugsamer Wille ihr Leben in allen Aspekten ausschließlich ihrer eigenen Kontrolle zu unterwerfen, stand für Herder dem ganz großen Glück im Wege, ließen in weiterhin Trost in der Flasche und in Form von Tabletten suchen, wann immer Mariana nicht verfügbar war, und das war allzu häufig der Fall. Für uns Außenstehenden schien es so, als könnte Herder einfach aus Prinzip nicht glücklich werden, doch er selbst nahm das anders wahr, schien beglückt in der Zeit, die sie bei ihm war, entrückt wenn sie es nicht war, und in den kurzen Augenblicken dazwischen, Momenten wie ich sie gerade erlebte, lobpreiste er sie und erzählte er seinen Freunden davon, wie perfekt sie sei und wie sehr er sie herbeisehnte. Am liebsten erzählte er von ihren seltsamen Vorlieben und sonderlichen Angewohnheiten, und nach der Erläuterung der Kompositionen mehrerer erst kürzlich aufgenommener Bilder von ihr hatte er sich wieder in Rage geredet.

„Und witzig ist auch, wenn irgendwer vorbei geht und humpelt oder sich irgendwie ungewöhnlich bewegt oder sich seltsam hält, dann stellt sie sofort eine Diagnose, aber nicht eine einfache, nicht, dass sie mutmaßt, er hätte sich ein Bein verstaucht oder etwas gezerrt, nein es muss gleich immer irgendetwas

Kompliziertes sein, ein neurologischer Schaden, eine seltene Erbkrankheit, die Nebenwirkung irgendwelcher Medikamente oder der Effekt von Drogen. Und dasselbe gilt auch für unbelebte Dinge, vor allem für Autos. Wenn sie ein Auto sieht mit einem Kratzer, dann spekuliert sie sofort über die Entstehungsgeschichte des Kratzers, „Der hat wohl beim Ausparken jemanden gestreift", auch wenn es überhaupt keinen Grund gibt, das anzunehmen, keinen Hinweis, aus dem man das irgendwie schließen könnte. Oder wenn sie an einem Auto eine Beule entdeckt, dann spekuliert sie sofort vom möglichen Steinschlag, der dahinterstecken muss, immer irgendwas anderes, immer etwas Neues. Sie liebt diese Dinge, diese Beschädigungen, und auf gewisse Weise passt es dazu, dass sie auch noch dieses Faible hat für das Wetter in der Ferne, wenn am Himmel ganz weit weg irgendwelche seltsamen Dinge zu sehen sind, wenn die Wolken komisch ausschauen oder das Licht in irgendeiner Weise seltsam ist, dann weiß sie immer gleich, dass es dort regnet oder schneit, oder dass ein Sturm vorbeizieht. Ich selbst kann das ehrlich gesagt nie erkennen, aber sie hat das wirklich, dieses Faible für das Wetter in der Ferne."

Herder zeigte mir noch einige weitere Bilder von Mariana, andere Portraits, aber auch seltsame Sujets, die sehr eigenwillig wirkten, Kunstwerke, die Mariana im Mittelpunkt hatten, aber für sich selbst zu stehen schienen. Auf einem Bild war sie barfuß zu sehen, mit Minirock und bauchfreiem Shirt nur leicht bekleidet, und sie durchschritt, den Blick über die Schulter zurück auf den Beobachter werfend, ein Tor hin in ein strahlendweißes Nichts, so als hätte Herder sie gerade in dem Augenblick überrascht, da sie ins Paradies eingehen würde, Herders Engel im Himmel, wo sonst könnte sie hingehen. Aber langsam wurde er wortkarger, schwächelte, weil er sich ständig Wein nachschenkte, oder war zu sehr abgelenkt von der eigenen Kunst, um ständig zu reden, und so nutzte ich die Gelegenheit, ihm mein anderes Problem darzulegen.

"Hast du je davon gehört, dass Darwin ein Vertreter der Flat-Earth Theorie war, ist das möglich, kannst du dir das vorstellen?"

Herder schaute mich ungläubig an, schüttelte den Kopf und sagte: „So ein Blödsinn, wie kommst du denn auf diesen Unsinn?"

Ich erklärte ihm, wo ich das gelesen hatte, sprach auch von der italienischen Quelle und dem Vatikan, aber er verdrehte nur seine Augen und sagte: „Diesen Flat Earth Wichsern ist wirklich nichts zu dumm, das hat sich sicher jemand von diesen Idioten ausgedacht. Das kannst du vergessen."

Ich nickte zustimmend, erklärte, dass das auch meine Befürchtung gewesen war, dass es aber auch irgendwie cool gewesen wäre, es gäbe so viele historische Irrtümer, warum sollte nicht Darwin auch einen geliefert haben.

„Hat er eh", warf Herder ein, „er hat gemeint Würmer können nichts hören, weil sie auf Anschreien oder Töne aus einem Fagott nicht reagierten. Aber das müssen wir ihm nachsehen, der Charles war schon in Ordnung. Darauf sollten wir anstoßen. Oh, du hast nichts mehr, lass mich dir nachschenken."

EXSULTATE, JUBILATE

Gabriels wehmütige Rückschau auf vergangene sexuelle Heldentaten und die hoffnungsvolle Vorwegnahme zukünftiger mit Monika hielten ihn nicht davon ab, sich weiter mit Regina zu treffen. Zwar hielt er sich selbst zurück, hatte sie nicht sofort nach der Rückkehr kontaktiert, aber nunmehr war Regina zur treibenden Kraft geworden, schien den Schwung der gemeinsam erlebten erfreulichen Abende nutzen zu wollen und kündigte ihm an, ihn zum Abendessen in ein Lokal außerhalb der Stadt abzuholen. Gabriels Gehirn hatte in Sekundenschnelle in den Regina-Modus zurück gewechselt, seine Gedanken an Sex waren von der Erinnerung an die ausschweifende Erfüllung mit Monika auf die abstrakte Betrachtung der noch fern scheinenden Möglichkeit seiner Verwirklichung mit Regina übergegangen, und die fast monothematische Diskussion der Schriftstellerei und Literatur würde sich wieder auf ein größeres Spektrum einer Vielzahl von Aspekten des Lebens verbreitern.

In diesem offenen, aber erwartungsvoll gespannten Modus stieg er zu Regina ins Auto, frisch rasiert, im dezent gelbgestreiften Lieblingshemd, mit einer dunklen, noch wenig ausgewaschenen Jean und sportlichen schwarzen Halbschuhen. Sie tauschten vorsichtig Wangenküsse aus, beide schienen unsicher wie fortfahren, nachdem zuletzt bereits die Zunge im Spiel gewesen war, und beide machten scherzhafte Komplimente das Aussehen des anderen betreffend, wodurch sie die anfängliche Befangenheit zu überspielen trachteten.

„Ich dachte heute wäre ein gepflegtes Essen einmal nett, ganz ohne Veranstaltung, nur du und ich, dann können wir uns besser unterhalten."

Regina blickte mit einem Lächeln zu Seite, wandte den Kopf aber wieder rasch nach vorne, um für ein Überholmanöver den Verkehr im Auge zu behalten.

„Das Lokal soll sehr gut sein, aber nicht zu fein, ich weiß ja, dass du das nicht so magst."

Wieder grinste sie kurz zur Seite.

„Vor allem aber ist es gemütlich und das Essen gut."

Und wie geistesabwesend streichelte sie zärtlich über seinen Oberschenkel, ehe sie den Ganghebel ergriff, um rasch einen Gang höher zu schalten.

Gabriel hatte nur zustimmend gemurmelt, dass ihm alles recht wäre, solange sie es gemeinsam machen würden, im Übrigen wäre er schon ausgehungert und würde sich auf das Essen mit ihr sehr freuen. Ihre flüchtige Berührung hatte ihn kurz irritiert und zugleich erregt, seine Unsicherheit, was den Fortgang des Abends betraf, steigerte sich, Erwartung und Mäßigung derselben standen in seinem Kopf in regem Widerstreit miteinander.

Als sie am Parkplatz des Gasthauses ausstiegen, hatte Gabriel keine Ahnung, wo sie sich befanden, das Lokal war ihm unbekannt, stand für ihn irgendwo im nirgendwo. Das Gasthaus wirkte rustikal und erhob zugleich den Anspruch edler zu sein als es einem Dorfgasthaus zukommen würde, das Personal war ausgesucht höflich, und die Preise, wie Gabriel für sich im Stillen befand, ausgesucht gesalzen. Sie wählten ihre Getränke, ein kleines Bier, ein Glas Weißwein, und dann ging alles sehr schnell, wie Gabriel im Rückblick empfand, er konnte sich nur mehr ganz dunkel an jenen Abschnitt des Abends erinnern. Beinahe wie in Trance nahmen sie ihre Speisen zu sich, er Wild mit Pfifferlingen, sie gebratenes Zanderfilet, sie unterhielten sich blendend, scherzten und lachten, und immer wieder griff Regina nach seiner Hand, fuhr im zärtlich über den Arm und streichelte ihm einmal gar über die Wange, in einer Geste der Vertrautheit, die ihm noch vor kurzer Zeit unwahrscheinlich erschienen wäre. Und eher aus praktischen Gründen, weil Gabriel langsam ahnte, dass ihnen körperliche Völle im weiteren Abend noch hinderlich werden könnte, bremste Gabriel Regina ein, als die Frage nach einer Nachspeise aufkam.

„Wir müssen noch überlegen", schickt Gabriel die Kellnerin fort und sagte an Regina gewandt: "Denkst du nicht auch, dass eine andere Art der Nachspeise jetzt viel köstlicher wäre?"

Und mit einem Ausdruck, der ihm beinahe die Verliebtheit eines jungen Mädchens widerzuspiegeln schien, strahlte ihn Regina an und sagte: „Du hast recht, das denke ich auch, ich glaube wir sollte zu mir fahren. Was glaubst du, warum ich gerade dieses Lokal ausgesucht habe, es liegt auf halber Strecke zu mir nach Hause."

Gabriel zahlte, er bestand darauf, sie fuhren zu Regina, und ohne weitere Umwege waren sie im Schlafzimmer gelandet. Dort zogen sie einander vorsichtig aus und begannen sich ebenso vorsichtig gegenseitig zu erkunden, schmiegten sich aneinander, küssten sich leidenschaftlich und schließlich, nachdem sie gemeinsam ungeübt ein Kondom platziert hatten, schliefen sie miteinander, sanft aber leidenschaftlich, beinahe bedächtig, aber in einem intensiven Rausch der Gefühle schwebend.

Als Gabriel am nächsten Morgen neben Regina aufwachte, fühlte er sich wie ein neuer Mensch. Ein neuer Mensch, der mit zwei Frauen schlief, aber diesem Problem wollte er sich derzeit nicht widmen, dafür würde sich schon noch eine Lösung finden.

DER NATÜRLICHE TOD IN DER NEUZEIT

Auch wenn ich meine Recherche und Schreiberei ohne Probleme ausschließlich von zu Hause aus erledigen konnte, kam ich ungefähr einmal im Monat zu Bernhard ins Büro, um wenigstens nach außen hin zu zeigen, dass ich auch zum Team gehörte. Zu einem Team, das neben Bernhard ohnehin nur noch Gerda und Selina umfasste, die sich um Anzeigen und finanzielle Dinge kümmerten, wer genau was machte, konnte ich mir nie merken. Aber ich empfand diese Ausflüge stets als nette Abwechslung, bekam das eine oder andere Mal irgendeinen Wisch zur Unterschrift vorgelegt, und Bernhard schien froh ab und zu mit einem Mann sprechen zu können und seine oft so stupide Arbeit, als welche er sie selbst bezeichnete, für einige Augenblicke vergessen zu können.

„Die Lokalpolitik ist manchmal noch schlimmer als die große Politik", Bernhard deutete auf den Besucherstuhl in seinem Büro und ging die wenigen Schritte zur Kaffeemaschine, „diese Wichtigtuer pudeln sich wegen den Kosten für einen Zebrastreifen genauso auf wie die anderen, wenn sie um Milliarden Abfangjäger kaufen. Und ich muss mir das dann von beiden Seiten anhören, weil ich unbedingt darüber schreiben soll, wie wichtig es ist oder was für eine sinnlose Geldverschwendung, je nach dem, wen man fragt. Am Ende kann ich dabei immer nur verlieren, denn egal was ich schreibe, sind immer alle unzufrieden."

Als ich mich hingesetzt hatte, stand schon eine Tasse Kaffee vor mir, Bernhard offerierte Milch und

Zucker, ich lehnte beides ab und er fuhr fort: „Du hast es wirklich so viel besser mit deinen kuriosen Toten, die können sich nicht wehren oder intervenieren. Wie geht es dir denn da so, ich konnte schon länger nicht mehr lesen, was du geschrieben hast, ich bin froh, wenn ich mein eigenes Zeug ordentlich hinbekomme, bevor ich es online stelle."

Ich gab zurück, dass alles bestens wäre, die Toten stürben ja nie aus, und erwähnte, dass ich neulich den kuriosen Todesfall eines Kindheitsfreundes gefunden hätte, es aber als unpassend erachtet hätte, ihn zu veröffentlichen. Aber es hätte mich sehr berührt, weil ich ihn gut gekannt hatte und weil er kaum älter war als ich.

„Das tut mir leid", sagte Bernhard mit ernstem Gesichtsausdruck, „ein kurioser Tod, sagst du? Aber das heißt auch, er ist keines natürlichen Todes gestorben, dann musst du dich wohl auch nicht fürchten."

„Naja, im Grunde stellt sich die Frage, was ein natürlicher Tod heutzutage ist", antwortete ich, „er ist nicht an Altersschwäche gestorben oder einer Erkrankung, wenn du das meinst."

Bernhard schaute mich fragend an.

„Er ist in seinem Auto am Grunde eines Swimmingpools ertrunken. Unnatürlicher geht es kaum. Andererseits ist ertrinken als solches aber ein natürlicher Tod, solange man nicht von jemandem ertränkt wird. Wenn ein Jäger bei der Verfolgung der Beute irgendwo hinunter stürzt und sich das Genick bricht, dann ist das in gewisser Weise auch ein natürlicher Tod. Wahrscheinlich sogar dann, wenn ihn der Löwe frisst, der ist ja ganz klar auch ein Teil der Natur."

Bernhard lachte kurz auf und schüttelte den Kopf.

„Wenn du das so siehst, dann ist der Unfall deines Freundes tatsächlich ein natürlicher Tod, er könnte ja auf dem Weg zum Supermarkt gewesen sein, um sich dort etwas zum Essen zu kaufen, das moderne Gegenstück zur Jagd nach Beute. Und das trifft dann ja auf fast jeden Autounfall zu, wenn du überfahren wirst, wirst du ein Opfer des Raubtiers der Neuzeit."

Bernhard war sofort eingestiegen auf meine gar nicht so ernst gemeinte Aussage, hatte sie gleich weitergesponnen und ließ am Ende die Grenzen völlig verschwimmen, als er den Tod bei einem Raubüberfall zum natürlichen Tod umdeutete, „wenn der Räuber arm war und dich überfallen hat, um sich etwas zum Essen kaufen zu können, dann warst du einfach indirekt die Beute in seinem Biotop". Ja, man kommt auf abwegige Gedanken in diesem Metier, aber ich liebte diese Diskussionen mit Bernhard, ich liebte diesen Job.

YOU CAN´T GET WHAT YOU WANT...

Regina stellte eine Karaffe mit Wasser ab, überblickte kurz den Tisch, prüfend, ob alles in Ordnung war, und setzte sich dann Gabriel gegenüber auf ihren Stuhl. Das Deckenlicht war gedimmt, im Hintergrund lief leise ein Klavierkonzert von Schumann („Dann müssen wir uns nicht entscheiden zwischen Mozart und Beethoven"), und am Tisch stand eine Fülle von Köstlichkeiten, die Regina selbst zubereitet hatte.

Erst bei dieser Einladung war Gabriel wieder bewusst geworden, dass Regina ja auch ein Kind hatte, einen Sohn mit bereits 15 Jahren. So wie bei der im Rückblick betrachtet doch nicht so spontanen Einladung zum letzten Dinner auswärts, hatte sie diesen rechtzeitig bei einem seiner Freunde untergebracht, um so einen ungestörten Abend mit Gabriel verbringen zu können. Auf den Sohn war Gabriel aufmerksam geworden, als er vor dem Eingang einen Stuntroller lehnen sah, was ihn beim Eintreten zu einer scherzhaften Bemerkung veranlasste: „Das hast du mir noch gar nie erzählt, dass du Stunt-Scooter bist, bist du da mehr auf der Straße oder in den Skateparks unterwegs?"

„Weder, noch" hatte Regina lachend geantwortet, „da würde ich mich schnell auf meiner eigenen Station wiederfinden!"

Ein paar Anekdoten aus dem Leben ihrer Kinder boten ihnen einen guten Einstieg in einen Abend mit unzähligen Themen, vom Nachwuchs kamen sie zur Schule, von dort zur Politik. Diese war ein Thema, das

Gabriel oft als heikel empfunden hatte im Gespräch mit anderen Frauen, mit Regina aber ergab sich ein lebhafter Austausch, bei dem sie in vielen aber keineswegs allen Themen ähnlicher Meinung waren. Beim zwischenzeitlichen Wechsel der CD kamen sie kurz auf ihre Beethoven-Mozart-Kontroverse zu sprechen, und zum Abschluss des köstlichen Mahls kredenzte Regina süßen portugiesischen Kirschlikör mit den Worten: „Der heilt jedes Wehwehchen und fördert die Verdauung". Gabriel verzog sein Gesicht zu einer Grimasse, als er ihn gekostet hatte und antwortete: „Der *muss* gesund sein, so grauenhaft wie er schmeckt", und beide mussten lachen, und nachdem sie auf die Couch gewechselt hatten und dort noch mit einem Grappa „zum Übertünchen des grauenhaften Sherrys" angestoßen hatten, zog Regina Gabriel spielerisch ins Schlafzimmer, wo sie miteinander schliefen, vorsichtig und sanft wie schon beim ersten Mal. Als sie danach in Löffelstellung aneinandergeschmiegt im Dunkeln lagen und Gabriel nach einer Weile bemerkte, wie Reginas Atem regelmäßig wurde und sie offenbar bereits schlafend ein wenig von ihm abrückte, da schweiften seine Gedanken ab zum wilden, ekstatischen Sex, den er mit Monika gehabt hatte. Er dachte darüber nach, ob ihm Sex eigentlich wirklich so wichtig wäre, und dass die Leidenschaft, die Monika zeigte in Regina wohl kaum je erwachen würde, das entsprach nicht ihrem Wesen und schien nicht Teil dessen zu sein, was Sex für sie ausmachte. Für Regina war Sex ein Bekenntnis zur Liebe, eine Hingabe an den Menschen ihres Vertrauens und nicht jene animalische Manifestation der Lust aufeinander, von der man kaum genug bekommen konnte, die es für Monika zu sein schien. Andererseits war Monika als Mensch jenseits der

Erotik irgendwie verrückt, ihre Besessenheit was ihre Schriftstellerkarriere betrifft, fand er befremdlich, etwas, das einer bedingungslosen Vertrautheit mit ihr im Wege stand. Das Behütete und Ernsthafte, das Regina ihm vermittelte, kam seinem eigenen Wesen mehr entgegen. Zugleich schien das aber auch ein Versprechen zukünftiger Langeweile in sich zu bergen, war das wirklich, was er wollte? Und wie so oft verdeutlichten sich seine Gedanken in seinem inneren Monolog in der Form von Songtiteln und Textzeilen, die die widerstreitenden Argumente für ihn fassbarer machten, ihm das Ordnen seiner Gedanken erleichterten. Ihm wurde klar, dass Joe Jacksons „You can´t get what you want, till you know what you want" sein Dilemma perfekt zusammenfasste und er wohl Mick Jagger recht geben musste, wenn dieser sang „You can´t always get what you want", er musste sich entscheiden, ja, er musste sich bald entscheiden.

125% UND DIE ARTICULATIO HUMEROULNARIS

Aber vorerst bot ihm die Iris-Woche wieder einmal eine willkommene Auszeit, in der er seine Sorgen um seine Unentschlossenheit und auch um seine neu gewonnene Unersättlichkeit vorübergehend beiseiteschieben konnte.

Die Woche hatte schon gut begonnen, Iris hatte die erste Schularbeit ihres Lebens, eine Arbeit im Lieblingsfach Mathematik, mit Bravour gemeistert. Als einzige Schülerin der Klasse hatte sie wirklich jede Aufgabe richtig gelöst und in Summe 25 von 20 möglichen Punkten erhalten, ein Paradoxon, das sich letztlich durch das Verdienst von Extrapunkten erklärte. Diese hatte sie durch das Aufzeigen alternativer Lösungswege eingeheimst, schließlich musste sie die verbliebene Zeit irgendwie herumbringen, „Mir war langweilig und ich wusste nicht, was ich sonst tun sollte".

Als Highlight der Woche folgte am Samstag dann noch ein Geburtstagsfest, eine Gartenparty im weitläufigen Anwesen, das der Oma einer von Iris' Freundinnen gehörte. Und dazu wurden nicht nur die Kinder, sondern auch deren Eltern erwartet, oder wenigstens die Mütter, die sich alle mehr oder weniger gut zu kennen schienen. Da Miriam ebenfalls kommen würde, hatte Gabriel auch sein eigenes Kommen zugesagt, sich sogar darauf gefreut, sich endlich wieder einmal unter neue Leute zu mischen, denn seine Heimarbeit am Computer isolierte ihn doch ab und zu mehr von Leben als ihm lieb war.

Als er mit Iris durch das Gartentor in die wuchernde Wildnis eintrat, welche die Hausherrin nicht nur in diesem Teil des Gartens zugelassen hatte, herrschte schon einiger Trubel, es waren Kinderlachen und Kindergeschrei zu vernehmen, und von der auf der Terrasse vor dem Haus aufgestellten langen Tafel hörte Gabriel das Klirren von Gläsern. Nachdem Iris das mitgebrachte Geschenk auf den schon reichlich gefüllten Gabentisch zu den Päckchen der anderen Kinder gelegt hatte, sauste sie davon ins Gebüsch auf die Quelle der Kinderlaute zu. Gabriel hingegen schloss sich den Erwachsenen auf der Terrasse an und nach kurzem Hallo und einer Vorstellung durch Miriam bekam er ein Glas Prosecco gereicht. Er war noch bemüht, das unter den Frauen vorherrschende Thema aus dem stimmenreichen Geplapper herauszuhören – er schien der einzige Mann zu sein - als schon Sabrina neben ihm stand und ihn mit einer Umarmung begrüßte. Gabriel gestand seine Überraschung sie hier zu sehen, doch sie winkte ab, sie wäre eine gute Bekannte der Gastgeberin und ihr Sohn würde schon auch auf dem Mädchengeburtstag irgendwie seinen Spaß haben.

Mit den Worten „Komm, lass uns hier Platz nehmen", bugsierte sie ihn an das ruhigere Ende der Tafel und noch ehe er wusste, wie ihm geschah, hatte sie bereits Tassen und Teller organisiert, Kaffee eingeschenkt und ein Stück Schokokuchen auf seinem Teller platziert. Als er Milch und Zucker ablehnte und sie einwarf „Was? Ich war mir sicher du wärst ein Süßer!", da ahnte er bereits, dass er diesmal wirklich in ihre Fänge geraten war. Und tatsächlich, über fast eine halbe Stunde blieb er Sabrina ausgeliefert, von den anderen Gästen kam ihm niemand zu Hilfe, das schien ihm ein abgekartetes Spiel, bei dem man den Singlemann der Singelfrau zum Fraß vorgeworfen hatte.

Über lange Zeit umkreisten sie die üblichen Themen, sprachen über die Kinder und die Schule, und ein wenig fragte sie ihn auch über seine Arbeit aus und wie er finanziell zurecht käme. Alles in allem blieb es harmlos, seine Art der Arbeit fände sie bewundernswert und es zahle sich offenbar ja aus für ihn, was einfach großartig wäre. Bis sie schließlich auf den Vater ihres eigenen Kindes zu sprechen kam und darauf, wie schwierig das Leben wäre als Alleinerzieherin, eine richtige Beziehung oder gar eine Familie wäre einfach unersetzlich, ob er nicht auch ihrer Meinung wäre.

„Ich habe gehört, du sollst tatsächlich auf so einer Dating-Seite nach einer Frau für dich gesucht haben", eröffnete sie ihm endlich das wohl angestrebte Themenfeld, „das konnte ich zuerst gar nicht glauben, aber sogar Miriam hat das bestätigt!"

Gabriel stimmte zögerlich zu und machte mit einem lobenden Kommentar zum Kuchen und der Absicht noch ein zweites Stück zu verspeisen einen schwachen Versuch vom Thema abzulenken, doch Sabrina blieb unbeirrt: „Und wie ist das so, wie lernt man sich da kennen? Geht es da um deine Hobbys und was du so machst, oder geht es eh nur um Sex? Also ich glaube, ich könnte das nicht..."

Ohne ins Detail zu gehen, berichtete Gabriel von einigen seiner harmloseren Erlebnisse und verneinte, dass der Sex im Vordergrund stünde, nein, der spiele da fast gar keine Rolle, wenigstens nicht am Anfang des Kennenlernens. Dass ihm die Plattform zwar durchaus die eine oder andere Verlockung beschert und ihn mit großer Verspätung aber letztlich doch noch mit Regina ins Bett gelotst hatte, verschwieg er geflissentlich, er hatte ja noch immer seinen Plan C im Hinterkopf, auch wenn die jüngsten Entwicklungen diesen wahrscheinlich obsolet gemacht hatten. Aber Sabrina war auch mit dieser jugendfreien Variante seiner Suche nicht einverstanden, eine Beziehung sollte ein Mann wie er doch wohl auch auf *normalem* Wege finden, er käme doch oft genug mit Frauen in Kontakt, gerade heute wäre er schließlich wieder der Hahn im Korb.

„Da magst du schon recht haben," antwortete Gabriel lachend, „aber mit der Kleinen an meiner Seite komme ich erst seit Kurzem wirklich zum Reden mit den Müttern. Als Iris noch etwas jünger war, da hat sie mich schon immer sehr beansprucht. Und die meisten Mütter sind ja im Übrigen gar nicht solo, das hilft mir dann auch nicht weiter."

Ja, aber sie zum Beispiel, beeilte sich Sabrina einzuwerfen, sie wäre solo und fände es noch viel, viel schwieriger als er jemanden zu finden, schließlich wären es ja überwiegend Mütter, die man da trifft auf den Spielplätzen und Feiern. Und mit einem Kind im Gepäck würde sich ja ohnehin kaum ein Mann für sie interessieren. Umso mehr wäre sie aber jedes Mal erfreut, wenn sie ihn, Gabriel, treffen würde, auch wenn er das so gar nicht wahrzunehmen scheine.

„Ach was, das freut mich doch auch sehr, wenn wir uns treffen, und wir unterhalten uns ja auch immer sehr nett," wehrte Gabriel ab, doch er merkte, wie sich die Schlinge langsam zusammenzog, dachte angestrengt an eine Möglichkeit ihr auf freundliche Weise zu entkommen, ohne seine zukünftigen Chancen bei Sabrina ernsthaft zu gefährden.

Da stand plötzlich Iris heulend neben ihm, links und rechts von zwei Freundinnen gestützt, den linken Arm gebeugt und wie einen Fremdkörper von sich streckend. Sie wäre bei einem Spiel über ein Seil gesprungen, auf dem Arm gelandet, hätte aufgeschrien und jetzt sähe der Arm etwas merkwürdig aus, fasste ihre Freundin Elektra zusammen. Und nun wäre wohl ein Besuch im Krankenhaus angezeigt, wie deren Mutter Joanna hinzufügte, die sich aus dem Hintergrund ebenfalls zur Gruppe gesellt hatte.

„Kommt mit, ich bringe euch hin," war Sabrina sofort zur Stelle, „wartet vor dem Gartentor, ich hole schnell mein Auto!"

Und schon wenige Minuten später waren sie unterwegs, Iris, Gabriel und Sabrina, und keine fünf Minuten darauf schon hielten sie vor der Notaufnahme.

„Hier müsst ihr hinein, dann links, dort ist die Rezeption. Ich war schon zweimal da mit Benjamin", sagte Sabrina und deutete auf eine große Glastür. „Alles Gute, Iris, das wird schon wieder." Und an Gabriel gewandt, ergänzte sie: „Und lass mich wissen, wie es ausgeht, sonst finde ich heute keine Ruhe mehr", und drückte ihm einen Zettel in die Hand, „da ist meine Telefonnummer drauf, du meldest dich, unbedingt!"

Gabriel bedankte sich, beugte sich über den Beifahrersitz ins Auto und umarmte sie kurz und versprach ihr Bescheid zu geben. Als er zwei Stunden später mit Iris das Krankenhaus wieder verließ, hatte man seiner Tochter den ausgerenkten Unterarm wieder in die richtige Position gebracht, die humeroulnare Luxation behoben, wie ihm erklärt worden war, und ihr einen Gips verpasst. Gabriel war zwar erleichtert über den glimpflichen Ausgang des Unfalls, zugleich aber eine kleine Sorge reicher. Denn offensichtlich, dämmerte es ihm nach und nach, musste er nun neben allen anderen Dingen auch noch eine wild entschlossene Mutter auf Distanz halten, und zwar so, dass er sie nicht ganz verschreckte, bloß hinhalten würde. Vor kurzem hatte er gelernt mit drei Bällen zu jonglieren, das zu beherrschen hatte ihn immer schon gereizt, und mit den richtigen Bällen ausgestattet war es ihm eigentlich gar nicht schwer gefallen. Aber mit der Beziehung zu drei Frauen gleichzeitig zu Rande zu kommen, das schien ihm eine ganz andere Disziplin, eher wie mit rohen Eiern zu jonglieren, da wäre jeder Fehler fatal.

DIE KUNST DER GUTEN LÜGE

Dieses Mal hatte Gabriel mich angerufen, gemeint wir müssten uns zusammensetzen, etwas trinken, und er würde gerne meine Meinung zu seinen aktuellen Problemen mit den Frauen hören, die ihm Stress bereiten und zunehmend überfordern würden. Ich wäre vielleicht ein neutralerer Beobachter als einige seiner anderen Freunde, da gäbe es nur zwei Fraktion, die der reinen Hedonisten und Sexfreunde und jene der Moralisten und Romantiker.

„Hab Sex mit beiden Frauen, solange es dir Spaß macht, irgendwann wird das eh langweilig, dann bleibst du bei der, die du lieber hast, oder du suchst eine ganz neue'. Hannes hat da gar keine Skrupel, er ist ein alter Rock'n'Roller im Herzen."

Gabriel legte mir die Ergebnisse seiner bisherigen Erkundungen dar, er hatte alte Freundinnen und Freunde befragt, dafür wären Freunde schließlich da.

"Und Rosmarie meint, das geht so gar nicht, ich wäre ein Schwein, wenn ich so weitermache, ich sollte einfach meinem Herzen folgen, aber dürfe auf keinen Fall die Herzen zweier Frauen brechen."

Er erzählte, wie ausgelastet er derzeit in sexuellen Dingen wäre, er träfe sich zwei- bis dreimal mit Regina in jener Woche, in der er Iris nicht bei sich hatte, und dazwischen käme Monika auf ihre Lesereise immer wieder für einen Nachmittag zu ihm, sie hielten sich mit Kaffeeplausch gar nicht mehr lange auf, würden sofort loslegen, wie lange und ausführlich, das wäre vor allem durch den Zugfahrplan vorbestimmt.

„Manchmal wird das sogar zu einem körperlichen Problem. Ich weiß, das kannst du dir wahrscheinlich kaum vorstellen, aber wenn ich mich nach so einem Nachmittag mit Monika bereits am nächsten Tag mit Regina treffe, dann kann der Sex schon sehr lange dauern, und nicht, weil ich mich so zurückhalte, sondern weil ich einfach nicht mehr kann, weil ich bis auf den letzten Tropfen leer bin."

Gabriel nahm einen kräftigen Schluck Bier und stellte das Glas geräuschvoll zurück auf den Tisch.

„Und dann ist es auch immer eine Frage der Zeit, der Termine, der Planung. Ich habe ja Iris, auf die muss ich als allererstes schauen, und dann muss ich jonglieren, Zeit für meine Arbeit finden, für Regina und für Monika. Und ich muss mir auch gute Ausreden einfallen lassen, wenn ich mit der einen schon verabredet bin und die andere nicht treffen kann. Wenn das so weitergeht, bin ich ein Wrack."

Bei all dem Stress, versicherte er mir, hätte er gar keine Zeit für ein persönliches moralisches Dilemma, fände er nie die Muse sich zurückzulehnen und seine Situation gründlich durchzudenken. Und so würde er sich immer weiter und immer noch tiefer verstricken in sein Doppelleben, wäre gezwungen zu lügen und zu betrügen, mehr als er es je geahnt hätte.

„Das kann wirklich ziemlich brenzlig werden, wie neulich, als Monika bei mir war und mir Regina eine SMS geschickt hat."

Sie hatten gerade eine Sex-Pause eingelegt, zusammen am Küchentisch etwas getrunken und das Mobiltelefon hätte neben ihm auf dem Tisch gelegen, als es vibrierte und die Nachricht kam. "Nachricht von Regina", das wäre leicht zu lesen gewesen, selbst verkehrt herum, von der anderen Seite des Tisches, wo Monika saß. Zuerst hatte er abgewunken und gab vor, es wäre unwichtig, die Nachricht könne ignoriert werden. Aber nach einer Minute vibrierte es erneut, "Nachricht von Regina" stand wieder zu lesen, da hätte Monika gemeint: „Da will dir aber jemand dringend etwas sagen, schau doch nach, was diese Regina von dir will!"

Und dann, anstatt sie zu einer harmlosen Cousine zu machen oder einer einfachen Bekannten, hatte Gabriel versucht ein guter Lügner zu sein.

"Das habe ich in einem Film gesehen, der Typ erklärte die Kunst der guten Lüge, meinte, man muss nur nahe an der Wahrheit bleiben, nicht zu viel erfinden, dann bleibt es realistisch und man muss sich nicht zu viel Ausgedachtes merken. Das fand ich plausibel."

Er hätte Monika erzählt, dass Regina eine Bekannte noch von der Plattform sei, eine Krankenschwester, sie hätten sich einmal getroffen, aber dann wäre alles in der Schwebe geblieben. Seither hätten sie nur mehr losen Kontakt, und warum sie gerade jetzt schrieb, das wüsste er nicht. Das wäre sicherlich ganz seine eigene Angelegenheit, aber sie, Monika, würde vorschlagen, ihr zu schreiben: "Liebe Regina, der gesuchte Artikel ist leider nicht mehr länger vorrätig, viel Glück bei der weiteren Suche."

Und dann hätte er sich noch weiter verstrickt, statt einfach zuzustimmen, hatte er geantwortet, er wolle rücksichtsvoll sein, wolle sie nicht zu sehr verletzen, er würde ihr das lieber ganz vorsichtig kundtun.

"Das klang für mich realistischer und ehrlicher, und ich wollte auch nicht, dass Monika meint, ich wäre so ein rücksichtsloser Arsch, der die Frauen ganz kühl abserviert, wenn er sie nicht mehr braucht."

Monika hätte dann nicht mehr weitergebohrt, sie kamen auf ein anderes Thema zu sprechen, doch in Gabriel hatte es weiter gebrodelt, an seinem Gewissen genagt, denn der Vorfall hatte ihm mehr als deutlich gezeigt, dass er sich endlich entscheiden musste, nicht weiter auf zwei Hochzeiten zugleich tanzen konnte.

„Du bist ja sonst ein schlauer Kopf in anderen Dingen", warf ich ein, „aber was du da machst, ist wirklich ziemlich dumm, einfach völlig unvernünftig, das kann nicht auf Dauer gut gehen."

„In Liebesdingen hat die Vernunft aber nichts zu melden, da zählen rationale Überlegungen kein bisschen", gab Gabriel zurück.

„Die Bibliotheken der Welt wären zur Hälfte leer, wenn es in den Angelegenheiten der Liebe nur darum ginge, wie Menschen nach reiflicher Überlegung und Abwägung der Vor- und Nachteile zueinanderfinden. Das wären todlangweilige Geschichten, die würde niemand lesen wollen, ja nicht einmal schreiben."

Ich musste ihm recht geben und gleichzeitig kontern, dass er eben nicht in einem Buch leben würde, riet ihm daher dennoch zu einer Entscheidung, weniger aus moralischen Bedenken als vielmehr aus praktischen Gründen. Wenn er so weiter machte, würde er am Ende beide verlieren. Abwechselnd Sex mit zwei Frauen zu haben, das möge ja großartig sein, aber ich erinnerte ihn an die Zeiten vor seinem Höhenflug, als er mir erklärt hatte, wie sehr er sich eine Beziehung wünschte, eine Partnerin. Für wen er sich entscheiden solle, könne ich ihm nicht raten, aber er möge sich hüten davor, dass ihm äußere Umstände die Entscheidung abnehmen, damit wäre niemandem geholfen, aber möglicherweise vielen geschadet.

DER TEUFEL SCHLÄFT NICHT

Es war ein Montag-Abend, kaum 21 Uhr, und Gabriel war vor dem Fernseher eingeschlafen, während er eine politische Diskussionssendung verfolgt hatte. Die Müdigkeit der vergangenen Nacht hing ihm noch nach, denn Iris war spätabends zu ihm ins Bett gekrochen. Sie hatte den Großteil des Betts und sogar seines Kopfpolsters in Beschlag genommen und ihn wachgehalten, indem sie ihm im Schlaf immer wieder nachgerückt war, wenn er versucht hatte auf dem ihm verbliebenen Platz irgendwie eine Stellung zu finden, in der er schlafen konnte. Als er sie morgens in die Schule verabschiedete und in die Woche mit ihrer Mutter, hatte er sich vorgenommen zu Mittag etwas Schlaf nachzuholen, aber ein kurzfristiger und dringlicher, aber auch überaus einträglicher Auftrag hatte ihm diesen Plan gründlich durchkreuzt. Die Konzentration während des Schreibens hatte die Müdigkeit über lange Zeit in Schach gehalten, doch als er am frühen Abend den Text mehrmals durchgelesen und schließlich an den Kunden abgeschickt hatte, kam sie in Form völliger Erschöpfung mit ganzer Macht zurück. Mit Überwindung hatte er sich in der Mikrowelle noch ein Tiefkühlgericht warm gemacht, um seinen inzwischen nagenden Hunger zu stillen, und es zum im Fernsehen laufenden Polittalk lustlos verzehrt. Dann musste ihn der Schlaf überwältigt haben, aus dem ihn David Bowie mit dem Refrain von Starman, der aus dem Lautsprecher seines Mobiltelefons erklang, nun wieder heraus riss. Zuerst sah er nur mit einem halben Auge auf das Display des Telefons, doch als Gabriel dort „Regina" aufscheinen sah, war er augenblicklich wach und nahm den Anruf sofort an.

„Ich muss dich um etwas bitten", eröffnete Regina das Telefonat ohne Umschweife, „ich weiß, es ist schon spät, aber ich brauche dich jetzt. Kannst du bitte kommen, jetzt gleich?"

Noch ehe Gabriel antworten konnte, fuhr sie fort: „Ich glaube der Verrückte ist wieder da, er hat mich heute mehrmals angerufen und ich habe Angst, dass er herkommt. Bitte, du musst kommen!"

Gabriel sagte sofort zu, er würde gleich zu ihr fahren, einstweilen möge sie Ruhe bewahren und einfach niemandem die Türe öffnen.

„Ich bin bald bei dir, das wird schon, keine Angst" versuchte er sie zu beruhigen. Sofort rief er ein Taxi, zog sich an und trat vor das Haus, wo das Taxi schon auf ihn wartete. Der Fahrer war bester Laune und äußerst redselig, offenbar beflügelt durch das gute Geschäft, das er mit dieser Fuhre machte, zu einer Tageszeit, in der die meisten ähnlich lange Strecken mit einem der wenigen noch verkehrenden Busse oder S-Bahnen zurücklegen würden. Gabriel gab ihm sogar noch gutes Trinkgeld dazu, einfach weil er nicht auf die Herausgabe warten wollte, er eilte sofort vom Taxi zur Haustüre, welche Regina schon einen Spaltbreit geöffnet hatte, sie hatte seine Ankunft bereits aus dem Fenster erspäht. Sie umarmte ihn fest und geleitete ihn ins Wohnzimmer, wo sie sich nebeneinander auf die Couch niederließen.

„Max schläft heute bei einem Freund", begann Regina, wieder würde Gabriel den 15-jährigen Sohn nicht kennen lernen, aber das schien im Moment völlig nebensächlich, „ich bin heute ganz allein hier. Und ausgerechnet heute bekomme ich diese entsetzlichen Anrufe."

Regina rückte eng an Gabriel heran, nahm seine linke Hand und hielt sie mit beiden Händen fest.

„Was hat er gesagt, hat er dich bedroht?" fragte Gabriel.

„Nein, er hat gar nichts gesagt. Ich weiß ja im Grunde gar nicht sicher, ob er es wirklich ist, aber ich glaube, dass er es ist. Schon in den letzten Tagen bekam ich mehrere Anrufe und heute waren es bereits zwei. Wenn ich abhebe, meldet sich niemand, aber er legt auch nicht auf, wie jemand, der sich bloß verwählt hat, ich höre nur wie jemand atmet oder irgendwelche Hintergrund-geräusche."

Regina machte eine kurze Pause, holte tief Luft und sah Gabriel in die Augen.

„Ich bin sicher, dass er es ist, wer sollte es sonst sein? Und ich hatte Angst, dass er irgendwann herkommt, plötzlich vor der Tür steht und läutet! Kannst du heute Nacht bei mir bleiben?"

Sie besprachen was zu tun sein würde und Gabriel versprach letztendlich am nächsten Tag mit der Polizei zu sprechen, sich zu erkundigen, was man machen könnte, um diesen Spuk zu beenden.

Dann schauten sie sich gemeinsam einen Spielfilm an, eine Komödie, die sie ablenken sollte von den Ereignissen. Regina hielt Gabriel unentwegt eng umschlungen und unterbrach den Film anfangs mehrmals, um noch die eine und andere Bemerkung loszuwerden. Aber langsam wurde sie ruhiger, und auch wenn die Komödie unsinnig war und keinen von beiden wirklich zum Lachen brachte, erfüllte sie ihren Zweck und entspannte die Lage ein wenig. Als sie sich danach im Schlafzimmer gemeinsam ins Bett legten, war an Sex dennoch nicht zu denken, Regina schmiegte sich wieder fest an Gabriel und war nach wenigen Minuten, offenbar erschöpft ob der anhaltenden Anspannung, eingeschlafen. Eine Weile später schlief auch Gabriel ein, trotz der für ihn ungemütlichen Stellung, sein aufgestautes Schlafdefizit half ihm dabei.

Als Regina Gabriel einen gefühlten Augenblick später schon wieder weckte, um ihren Frühdienst anzutreten, fühlte er sich wie gerädert und noch genau so müde wie am Morgen zuvor. Für ein Frühstück blieb keine Zeit, wenn sie Frühdienst hatte, verschob Regina das ihre auf die erste Pause am Vormittag, und so saßen sie schon nach kurzer Zeit gemeinsam im Bus, der in die Stadt fuhr. Wiederholt betonte Regina wie unendlich dankbar sie Gabriel war, bevor sie sich an der Haltestelle mit einem schüchternen Kuss voneinander verabschiedeten. Und als Gabriel zu Hause schließlich erschöpft ins Bett fiel, ging ihm noch durch den Kopf, dass sie damit einer echten Beziehung wieder einen Schritt näher gekommen waren, ohne dass er noch eine Entscheidung getroffen hatte, bei welcher der beiden Frauen er bleiben wollte.

Als er am frühen Nachmittag bei der Polizei anrief, erfuhr er, dass nur Regina selbst weiteres würde veranlassen können, er hatte schon damit gerechnet, sich ihr aber im Wort gefühlt, es wenigstens zu versuchen. Zu seiner Überraschung nahm sie das überaus gefasst auf, als er ihr die Information weitergab, und besuchte am Tag darauf das zuständige Revier. Ein unterschriebenes Protokoll und einige Formulare später entließ man sie wieder mit der Zusage, sich darum zu kümmern. Nach wenigen Tagen erfuhr sie, dass es tatsächlich der Stalker gewesen war, man mit ihm ein ernstes Wort gesprochen hätte und nunmehr guter Dinge wäre, die Sache zu einem Ende gebracht zu haben. Für eine echte Strafe wäre das Vergehen, sie wortlos anzurufen, einfach zu gering, doch die ihm angedrohten Konsequenzen im Wiederholungsfall sollten sie nunmehr vor weiterer Belästigung schützen.

DAS ERSTE MAL

Nachdem mich Darwins Manuskript und seine letztlich nur kurzwährende Karriere als Flacherdler zu diesem Job geführt hatten, hatte ich diese Vatikan-Diebstahlstory immer im Hinterkopf gehabt, als eine Geschichte für magere Zeiten, irgendwie würde ich sie eines Tages schon noch verwenden können. Aber nun, wo auch Herder mit seinem enzyklopädischen Wissen der nutzlosen Dinge jegliche Möglichkeit, dass diese Geschichte wahr sein könnte, für völlig ausgeschlossen erklärt hatte, verwarf ich diesen Gedanken, ich wollte mich nicht selbst auch noch schuldig machen, Fake News über unsere kugelige Erde zu verbreiten. Und so fand ich mich eines Tages plötzlich zum ersten Mal in meinem neuen Job damit konfrontiert, dass ich keine Geschichte parat hatte, nicht wusste, wie ich die Seiten für den kommenden Tag füllen sollte. Faul, wie ich es manchmal durchaus sein konnte, hatte ich nämlich nach und nach, weil ich an diesem oder jenem Tag einfach keine Lust gehabt hatte, meine Reserve-Stories verbraten, eine nach der anderen, hatte gezehrt von den Früchten meiner fleißigen und kreativen Phase, als mich Neues noch geradezu angesprungen hatte. Nun hatte ich nicht die geringste Idee, was ich als nächstes machen sollte, es war das erste Mal, dass mir nur noch ein Tag blieb meine Geschichte zu liefern und ich mit einem völlig leeren Kopf auf einen völlig leeren Bildschirm starrte. Das erste Mal, dass mir gar nichts einzufallen schien, das erste Mal, dass ich leicht panisch wurde, das erste Mal....

„Warum eigentlich nicht?" ging es mir durch den Kopf. „Das erste Mal", das wäre doch etwas, das jeden betrifft. Oder wenigstens fast jeden, und jene, die es noch nicht betraf, würden sich ja trotzdem dafür interessieren. Vielleicht sollte ich einfach über das erste Mal schreiben. Und vielleicht könnte ich sogar mein eigenes erstes Mal verwenden, zur Einleitung sozusagen, eine klassische Mrs. Robinson-Geschichte. Die war so bilderbuchmäßig, dass sie sowieso erfunden klingen würde, nur „Mrs. Robinson" und ich wüssten, dass sie tatsächlich wahr wäre. Oder wer würde das schon ernst nehmen, der junge Feriengärtner und Pool Boy, der ausgerechnet im Schoß der Nachbarin sein erstes Glück gefunden hatte. Einerseits begierig mit Freunden im Sommer zu verreisen, aber zugleich arm wie eine Kirchenmaus, war mir damals der Job ideal erschienen, ich hatte keine weite Anreise, die Arbeitszeit war ziemlich flexibel, und die Arbeit selbst recht anspruchslos. Ein wenig den Rasen mähen, die Pflanzen gießen, mich um den Pool kümmern. Und dann kam noch hinzu, einmal am Tag mit der Dame des Hauses schlafen, was allerdings nicht in der Jobbeschreibung gestanden hatte. Die Nachbarn waren überaus wohlhabende Leute, wie man schon an der teuren Mercedes-Limousine vor dem Haus erkennen konnte. Zugleich war aber der Erbringer des Reichtums kaum fähig diesen selbst zu genießen, wie es die seltenen Gelegenheiten verrieten, bei denen das Auto tatsächlich vor dem Haus geparkt stand. Und weil ich ganz gut in Form war und gut gebräunt, meist in Shorts und oben ohne meiner Arbeit nachging, und weil die Nachbarin Langeweile hatte, aber auch gewisse Bedürfnisse, wie sie es nannte, kam bald eines zum anderen und der Ferialjob hatte für beide Seiten eine erfreuliche Erweiterung erfahren.

Das Ganze entsprach völlig dem Klischee, das es dazu gibt, aber schließlich sind viele Klischees ja bloß kristallisierte Wahrheiten, zuverlässiger noch als jedes Vorurteil. Einfach, weil sich alle Beteiligten redlich darum bemühen, sie wahr werden zu lassen, weil sich das so gehört. Das gilt etwas nicht für Blondinen, die bemühen sich ja keineswegs doof zu sein, nur um dem Vorurteil zu entsprechen, deshalb sind derartige Vorurteile oft der blanke Unsinn. Aber reiche Hausfrauen, zu Beispiel, die werfen beim sinnlosen Shopping ganz bewusst mit dem Geld ihrer Männer um sich, einfach, weil das von ihnen erwartet wird, und weil sie so sein wollen, wie sie es in Filmen gesehen oder in Zeitschriften gelesen haben. Klischees werden somit zu sich selbst erfüllenden Prophezeiungen, wie man das nennt, und dienen der eigenen Verfestigung, weil dann letztlich jeder jemanden kennt, der genau so...usw. So kam ich also in den Genuss meine Jungfräulichkeit zu verlieren und mir nebenbei Geld für meinen Urlaub zu verdienen. Und mit dem Selbstbewusstsein des frisch Initiierten war es mir im Urlaub dann leichtgefallen auch eher meinem Alter gemäße Frauen ins Bett zu bekommen und mit diesen meine erworbenen Liebeskünste gleich zu vertiefen.

Aber nachdem ich dies einleitend beschrieben hatte, wurde ich plötzlich unsicher, ich war ja kein Doktor Sommer, schrieb keine Sexberaterkolumne. Sollte ich daher wirklich über so etwas schreiben? Oder vielleicht müsste ich es eher wissenschaftlich aufziehen, möglicherweise würde es jemanden interessieren, dass das Wann des ersten Mals regional so verschieden war, dass man in Südamerika die Jungfräulichkeit mit knapp 17 ½ verliert, während man in Asien fast 22 werden muss. Oder dass in Österreich, den Weltmeistern des frühen Sex, es die Mädchen besonders eilig damit haben, 7 Monate früher dran sind als die Jungs und um 1 ½ Jahre früher als es ihre Omas noch waren.

Nein, beschloss ich, ich würde das erste Mal einfach erweitern, mir nur den Titel als Blickfang, als Clickbait zunutze machen. Beim ersten Mal konnte es ja um vieles gehen, zum Beispiel den ersten Hund im Weltraum, Laika. Viele wissen davon, vom Sputnik-Schock, aber nur selten wird erwähnt, dass Laika auf einem One-Way-Ticket saß, die Kapsel konnte nicht zurückkehren und die Hündin ist letztlich irgendwo im Erdorbit verendet. Und noch weniger Menschen wissen von den Schipansen Albert 1 und Albert 2, die schon Jahre früher von der NASA in die Luft geschossen wurden. Albert 1 erstickte 63 Kilometer über der Erde, noch nicht ausreichend weit oben um als erstes Weltraumopfer Geschichte zu machen, und Albert 2 schaffte es zwar kurz auf die geforderte Höhe, blieb aber nicht lange genug oben und starb bei der Rückkehr der Kapsel beim Aufprall. Auch über die Ersten in quasi entgegengesetzter Richtung konnte ich berichten, über Piccard und Walsh, die 1960 in ihrer Tauchkapsel als Erste am Grunde des fast 11.000 Meter tiefen Marianengrabens waren. Der Ausflug dauerte fast fünf Stunden und die Entdeckung von Lebewesen da unten soll verhindert haben, dass man dort später Atommüll lagerte, ein seltenes Beispiel des praktischen Nutzens solcher Aktionen. Für die Erfindung von Teflon als Nebenprodukt der Weltraumforschung stimmt ja schließlich genau das nicht, die Pfannen gab es schon vor den Raumflügen zu kaufen. Dafür stimmt es für den Klettverschluss und ein paar andere Sachen, aber das war nicht Teil meines Beitrags.

Ich berichtete dann auch noch vom Isländer Leif Eriksson, dem ersten Europäer, der amerikanisches Festland betrat. Aber nicht um ihn ging es mir dabei, ihn kennt man ohnehin weithin, im Gegensatz zu seinem Landsmann Bjarni Herjólfsson. Wäre dieser nämlich, schon 15 Jahre früher, etwas wagemutiger gewesen und hätte er auf seine offenbar entdeckungsfreudigere Besatzung gehört, dann würde man ihn und nicht Leif heute noch kennen. So aber erzählte Bjarni daheim nur von bewaldeten Bergen im Westen, an denen er vorbeigesegelt war, so wird man nicht berühmt, Herr Herjólfsson!

Und auch noch ein paar andere erste Male waren ein Thema, der Mann am Mond und was seine wirklich ersten Worte waren (Houston, hier Tranquility Base. Der Adler ist gelandet), die erste weibliche Präsidentin (Vigdís Finnbogadóttir, 1980 Island, schon wieder Island!), die ersten Worte am Telefon (Das Pferd frisst keinen Gurkensalat) und auf dem ersten Telegramm (Was hat Gott bewirkt?), die erste „Single" (Mary had a little lamb) und die erste Langspielplatte (Mendelssohn Violinkonzert in E Moll).

Und zum ersten Mal war ich wirklich erleichtert, als ich die Seiten endlich voll hatte und den Beitrag abgeschlossen. Es gibt für alles ein erstes Mal.

PRETTY SICK ASSHOLE (DOKTOR HARTBACHERS KUNST DER ÜBERREDUNG)

Doktor Frederike Hartbacher war eine Überredungskünstlerin der subtilen Art. Sie war genau jene Sorte Ärztin, die Gabriel brauchte. Sie fragte gründlich nach, hörte zu, erklärte unaufgeregt Testergebnisse, stellte laut Vermutungen an, um den Patienten in ihre Überlegungen mit einzubeziehen, und anstatt Lösungen schlicht mit der Autorität einer Ärztin zu verordnen, machte sie dem Patienten einen Vorschlag, unterbreitete sie ihm ein Angebot. Wenn sie aber durchaus eine ganz bestimmte Lösung herbeiführen wollte, so vermittelte sie dies dem Patienten so, dass er am Ende das Gefühl haben konnte, selbst darauf gekommen zu sein oder wenigstens aus ganz im Herzen zustimmen zu können. Gabriel glaubte diesen Mechanismus zu durchschauen, war letztlich aber doch immer zufrieden mit den von ihr vorgeschlagenen Lösungen und fühlte sich vor allem ernstgenommen, etwas, was ihm sehr wichtig war. Aber für das nun vorliegende Problem war Überredung gar nicht nötig, Gabriel war immer schon ein vernünftiger Patient gewesen, hatte sich stets bereitwillig dem nötig Scheinenden gefügt. Noch hatte ihn jener Altersstarrsinn nicht befallen, dem sein Vater zum Opfer gefallen war, der eine Untersuchung seiner Beschwerden so lange hinausgezögert hatte, bis eine wirkungsvolle Behandlung des dann viel zu spät diagnostizierten Darmkrebses nicht mehr möglich war.

„Es ist nur eine Korrelation, man hat das immer wieder gefunden, aber wo genau die Grenze liegt, ab wann der Wert wirklich auf Krebs hindeutet, das kann man nicht so einfach sagen."

Doktor Hartbacher hielt den Kopf leicht schief und blickte Gabriel über den Rand ihrer Brille an, die Hände auf den Schreibtisch gelegt, beinahe wie zum Gebet gefaltet. Sie mochte Ende fünfzig sein, Gabriel hatte sie nie nach ihrem Alter gefragt, hatte langes blondes Haar, war noch immer attraktiv, wenigstens für ihr Alter, und musste früher wohl ein wirklicher Feger gewesen sein, wie Gabriel fand.

„Man nennt das ‚abwartendes Beobachten', was wir bislang gemacht haben, wir haben den Blutwert bestimmt und geschaut, wie er sich entwickelt und ob sich sonst irgendetwas ergibt. Aber dieser jüngste Wert, der ist jetzt schon sehr hoch. Wenn sie wollen, können wir weiter beobachten, aber davon würde ich jetzt abraten."

Schon vor längerer Zeit hatten sie bei der jährlichen Gesunden-Untersuchung festgestellt, dass der Wert eines bestimmten Proteins im Blut stark erhöht war, eines Markers für Prostatakrebs, wie sie ihm erklärt hatte. Wie stets hatte sie ihm einen kurzen wissenschaftlichen Abriss darüber gegeben, ihn, den Naturwissenschaftler, mit einbezogen in die Erkenntnisse der Spezialisten. So wie es aussah, war die Erhöhung des Wertes inzwischen eine Konstante, ja er war sogar etwas weiter angestiegen.

„Ich würde daher zur Abklärung eine Biopsie vorschlagen. Das machen die in der Klinik routinemäßig, sie werden betäubt, spüren gar nichts davon, aber danach hat man eine gewisse Sicherheit, was es auf sich hat mit dem Befund."

Gabriel nickte zustimmend, auch wenn ihn schauderte bei der Vorstellung, dass man ihm an dieser Stelle Gewebe aus dem Leib stanzen würde, und er wusste von Freunden, die wieder von anderen Freunden gehört hatten, dass man auch Tage danach noch angeschlagen sein konnte, sie berichten von Fieber, ja sogar Blutungen schienen möglich.

„Wenn sie wirklich glauben, dass es nötig ist, dann muss ich da wohl durch, denn Ungewissheit wäre noch viel schlimmer für mich. Aber ich habe da noch zwei Fragen, eine mag vielleicht etwas seltsam klingen. Die weniger seltsame zuerst: wenn es nicht Krebs ist, was könnte es dann sein?"

Dafür kämen eine Reihe von Gründen in Frage, erklärte Doktor Hartbacher, es könnte eine einfache Alterserscheinung sein, oder eine Prostataentzündung, das ließe sich leicht behandeln, oder auch die Folge eines kürzlich erfolgten Samenergusses.

„Was heißt hier kürzlich", unterbrach sie Gabriel, „kurz vor der Blutabnahme oder in den letzten Wochen?"

„Man soll bis zu drei Tage warten nach einem Samenerguss, wenn man sicher gehen will. Aber selbst, wenn man früher dran ist, ist es unwahrscheinlich, dass der Wert so hoch ist, wie es hier der Fall ist."

„Und wenn es doch Krebs ist, was dann?"

„Wenn man ihn früh genug entdeckt, und ich denke das wäre hier der Fall, dann kann man im Allgemeinen mit einer Operation das betroffene Gewebe vollständig entfernen, das heißt, die Chancen auf eine vollständige Heilung sind dann sehr groß. War das die seltsame Frage?"

„Nein", gab Gabriel lachend zu, „das war nicht die seltsame Frage. Die seltsame Frage ist: kann durch besonders häufigen Sex der PSA-Wert so hoch steigen? Kann ich bis zur OP weiterhin Sex haben? Und kann ich danach wieder ganz normal Sex haben? Das war jetzt mehr als eine Frage, ich weiß ja, und das mag so klingen, als wäre ich von Sex besessen, aber ganz so unwichtig ist es dann andererseits ja auch nicht."

„Nein, es ist völlig legitim, das alles zu fragen", gab Doktor Hartbacher freundlich zurück, „und die Antwort auf die erste Frage ist, das weiß ich nicht, ich denke das hat man nie so genau untersucht, ob besonders häufiger Sex den Wert stark erhöhen kann. Aber sie können auf jeden Fall bis zur OP weiterhin Sex haben und danach ebenfalls, eine kurze Pause, ich denke so etwa zwei bis drei Tage, müssen sie allerdings schon einlegen, werden sie das schaffen?"

Doktor Hartbacher blickte Gabriel zwar mit ernstem Blick in die Augen, schien aber ein Grinsen zu unterdrücken. Lachend bejahte Gabriel die Frage, und weil er ihr zu verstehen gab, dass das Schlimmste an alledem für ihn die Aussicht auf längere Ungewissheit über eine doch manchmal bedrohliche Erkrankung wäre, ließ die Ärztin noch ehe Gabriel ging ihre Beziehungen spielen und besorgte ihm per Telefon einen Termin in schon wenigen Tagen, welcher durch die Absage eines anderen Patienten aus unbekannten Gründen gerade frei geworden war.

Als Gabriel die Praxis von Doktor Hartbacher wieder verließ, hatte er eine Sorge mehr, aber auch schon Aussicht auf eine rasche Lösung. Gabriel hatte ihr nicht erklärt, dass häufiger Sex mit gleich zwei Frauen hinter seiner Befürchtung gestanden hatte. Zwar hatten sie immer wieder auch über private Dinge viel geredet, auch Gabriels Liebesleben war eines der Themen gewesen, als er sich noch einsam auf der Suche befunden hatte, doch seine Probleme mit der Entscheidung zwischen zwei Frauen und die Tatsache, dass er mit beiden zur selben Zeit schlief, das schien ihm doch zu persönlich, und vor allem hat er Angst, vor ihren Augen moralisch in Ungnade zu fallen.

Jetzt habe ich also das Sexleben eines jungen Skilehrers, aber die Prostata eines Opas, dachte er bei sich, alt zu werden ist wirklich nicht sehr zuträglich für mich, wo ist nur meine Zeitmaschine...

DER INFORMANT

Es war später Sonntagvormittag, im Radio rekapitulierte der „Joker" gerade die vielen Rollen, die er zu verkörpern vorgab, und ließ die Besungene wissen: „I really love your peaches, wanna shake your tree", als das Mobiltelefon läutete. Ein ausgedehntes und gemächliches, mit dem Verzehr von Gebäck mit Käse und mehreren Tassen Kaffee verbundenes Frühstück gehört zu den genussvollsten Zeiten meiner Routinewoche, dazu am Tablet die Zeitung und im Radio ein Oldie-Sender ohne viel Gerede. Weil ich die Nummer des Anrufers nicht kannte, reagierte ich nicht, widmete mich weiter dem Artikel über den Untergang der Sozialdemokratie. Die Menschen wären satt, war da zu lesen, könnten sich mit dem Viertel eines Monatsgehalts ein TV-Gerät mit den Maßen eines Jumbojets kaufen, wo sie früher noch ein Jahr für den 20-Zoll Röhrenfernseher sparen mussten. Man hatte alles, und für die Zukunft bot der Markt einfach die größere Verlockung im Vergleich zum Versprechen abstrakter arbeitsrechtlicher Sicherheiten, oft geäußert von abgehoben wirkenden Nadelstreifgewerkschaftern. Aber was macht man mit den vielen Fernsehern und den 500 zu empfangenden Kanälen, fragte ich mich, wenn die noch leistbaren Wohnungen so klein sind, dass man ins Nachbarzimmer gehen muss, um den für das optimale Bilderlebnis empfohlenen Abstand vom Bildschirm zu wahren? Warum, dachte ich weiter, interessiert die Menschen nicht, wie... und wieder unterbrach mich Steve Earle mit Way Down In The Hole, mein Klingelton, seit ich binnen Wochen alle Staffeln von The Wire verschlungen hatte, und wieder gab der Anrufer so lange nicht auf, bis sich mein Anrufbeantworter meldete. Beim dritten Versuch schließlich konnte ich „den Teufel nicht mehr länger in seinem Loch behalten" und nahm den Anruf entgegen.

„Was ist mit dem Foto, haben Sie schon etwas herausgefunden, werden Sie etwas dazu schreiben?"

Eine männliche Stimme, das Alter war nicht herauszuhören, aber offenbar jemand aus der Umgebung.

„Wie bitte? Wer sind Sie, worum geht es?"

Ich brauchte einen Moment, war noch dabei mir über das Wahlverhalten der Arbeiterschicht Gedanken zu machen, verstand nicht gleich, was der Anrufer wollte.

„Sie sind Journalist, Sie sind doch verpflichtet dem nachzugehen, zu klären was da los ist. Es geht um das Foto. Das Foto vom Überfall."

Endlich hatte ich verstanden, fühlte mich im Moment aber noch überrumpelt, verstand noch immer nicht, was der Anrufer von mir erwartete.

„Haben Sie mir das Foto geschickt? Vom Überfall? Was soll ich dazu herausfinden können? Und wie sind Sie an das Foto gekommen?"

„Ich arbeite in der Bank, aber wenn Sie mich verpfeifen, werde ich alles leugnen, keiner weiß, dass ich das Foto habe. Am Tag des Überfalls war ich nicht mehr da, aber am nächsten Tag, als der Polizist nochmal kam. Da hat er mit meinem Kollegen nochmal das Foto angeschaut, in einem Zimmer hinten, weil da ein alter Computer steht, wo man die Chipkarte der Kamera direkt einschieben kann. In unseren Bürocomputern gibt es ja gar keine Anschlüsse mehr, der Sicherheit wegen. Und als sie dann zur weiteren Vernehmung ins

Büro meines Kollegen gewechselt haben, habe ich mir schnell das Foto auf einen Stick kopiert, dache es wäre cool, ein Foto von einem Überfall zu haben, mit echten Bankräubern drauf."

„Verstehe", stimmte ich zu, als der Anrufer eine Pause machte, „und was soll ich da jetzt sehen, was soll ich da herausfinden?"

„Ja das weiß ich auch nicht genau, aber was es mit der Frau auf sich hat, vielleicht. Als mein Kollege nämlich mit dem Polizisten geredet hat, da war noch von Männern und einer Frau die Rede, das konnte ich selbst hören. Und als in der Zeitung dann nur Männer erwähnt wurden, da habe ich ihn gefragt, und da hat er sich plötzlich dumm gestellt, von nichts gewusst. Und als er mir dann sagte, er wäre für Sie, den Typen von der Presse, nicht zu erreichen, falls Sie nochmals anrufen, da dachte ich, da stimmt etwas nicht. Aber wenn Sie eh schon so neugierig sind, dachte ich, dann könnten ja Sie herausfinden, was da nicht passt."

Ich erklärte ihm, dass auch ich nichts von einer Frau wüsste, zwar dankbar wäre für das Foto, aber eher pessimistisch wäre, dass man da viel finden könnte. Falls doch, er würde dann ja davon lesen. Weil er weiter dazu nichts sagen wollte, verabschiedete ich ihn rasch, und versuchte mich wieder der Gleichheit und Brüderlichkeit der sozialdemokratischen Gesellschaft zu widmen und den möglichen Fallstricken, die damit verbunden seien. Aber der Gedanke an die Frau hatte sich in meinem Kopf festgesetzt, vielleicht würde sich die Story doch noch als interessanter entpuppen als ursprünglich gedacht.

INTERLUDIUM

Gabriels Status als halb-alleinerziehender Vater hatte es ihm leicht gemacht Regina und Monika gegenüber eine Ausrede zu finden, warum er eine Weile nicht abkömmlich sein würde für ein Treffen oder gar ein Schäferstündchen. Er erzählte ihnen er müsse sich eine Extrawoche um Iris kümmern, ihre Mutter, die ein Labor in der Klinik leitete, würde einen Kongress besuchen, derlei war tatsächlich schon öfter vorgekommen. In Wahrheit hatte er genau das Gegenteil eingefädelt, Iris würde eine Woche länger bei ihrer Mutter bleiben, damit Gabriel Zeit hätte sich von den Folgen der Biopsie vollständig zu erholen, falls dies nötig wäre.

Die Biopsie und alles rundherum verlief dann ziemlich unspektakulär, relativ früh am Morgen schon hatte er sich im Krankenhaus eingefunden und musste sich als Erstes einen kurzen Vortrag über die möglichen Nebenwirkungen und Nachwehen des Eingriffs anhören. Er war froh zu hören, dass neben etwas Blut im Harn und in der Samenflüssigkeit wenig zu befürchten war, eine Entzündung wäre selten und letztlich gut behandelbar. Bei einer nötigen OP wären die möglichen Nebenwirkungen viel schlimmer, diese reichten von anschließender Unfruchtbarkeit, über vorübergehende bis dauerhafte Harninkontinenz, und könnten im schlimmsten Fall erektile Dysfunktion und völlige Impotenz bedeuten. Vor allem der Gedanke an Letzteres ließ ihn schaudern, gerade jetzt wo der Sex ihm wieder wichtig geworden war, schien ihm der größte Spaß im Leben schon wieder bedroht, was für eine Ironie des Schicksals würde dies sein. Zudem wäre dazu auch eine

Vollnarkose nötig, da seien die meisten seltenen Nebenwirkungen überwiegend vernachlässigbar, nur den Tod, bemerkte der Arzt scherzend, würden die wenigsten Patienten gut vertragen.

Gabriel fragte sich, ob dieser makabre Humor ihn beruhigen sollte, oder selbst eine Nebenwirkung war, eine Nebenwirkung des Arztberufs. Dies ließ ihn an Regina denken, sie hatte auch einen sehr schwarzen Humor, wer viel mit Tod und Elend zu tun hat, versucht die Gedanken daran offenbar mit gesteigerter Geringschätzung zu verscheuchen.

Der Eingriff selbst war rasch geschehen, man schirmte sein Sichtfeld so ab, das er nicht sehen konnte was „da unten" vor sich ging, nach zehn Minuten wurde er in einen anderen Raum geschoben, nach dreißig Minuten durfte er vorsichtig aufstehen und sich ankleiden. Daheim wären viel Ruhe und das Vermeiden körperlicher Anstrengung hilfreich, mit Geschlechtsverkehr sollte er besser einige Tage warten, auch danach wäre Blut im Sperma nichts, worüber er sich sorgen sollte.

Wieder zuhause gab er sich dem völligen Nichtstun hin, er hatte sich „Geister" von Lars von Trier besorgt und schaute die Serie in zwei Tagen durch. Dazwischen las er „Die Zeuginnen" von Atwood und Marias „Berta Isla", diese Bücher seiner Lieblingsautoren hatte er sich für besondere Zeiten aufgespart. Für sein leibliches Wohl sorgte Miriam, die er eingeweiht hatte und die ihm täglich Frischgekochtes, möglichst Gesundes brachte, all das industriell-gefertigte Zeug, das er sich sonst einverleibte, wäre nur noch mehr Futter für den Krebs, vielleicht ja sogar dessen Ursache, wie sie mutmaßte.

Schon am zweiten Tag bekam er eine Nachricht von der Klinik, dass alles gut aussah, man hatte keinen Krebs entdeckt, er müsste sich lediglich zur Nachbesprechung noch einmal im Krankenhaus einfinden. Ihm fiel nicht nur ein Stein vom Herzen, er gewann auch neue Zuversicht, die vertrackte Situation seines Liebeslebens lösen zu können, die irgendwie wiedergewonnene, wenn zuvor auch nie wirklich bedroht gewesene Gesundheit gab ihm neuen Schwung. So beschloss er beiden Frauen per Mail zu beichten, was er „durchgemacht hatte", sie wissen zu lassen, was der echte Grund dieser erschwindelten Pause gewesen war. Er war sich ihres Verständnisses fast gewiss, dachte aber insgeheim, ohne ernsthaft daran zu glauben, es könnte ja eine der beiden Frauen mit einem Mann, dessen Prostata unter Krebsverdacht gestanden hatte, gar nicht Beisammensein wollen, vielleicht würde sich so sein Problem ganz von selbst lösen.

BANKTERMIN

Der Anruf des anonymen Hinweisgebers hatte mein Interesse neu angestachelt, ich beschloss doch noch etwas Energie in die Recherche zu stecken und den Bankbeamten, der das Opfer des Überfalls geworden war, direkt zu befragen, von Angesicht zu Angesicht wäre er vielleicht doch etwas mitteilsamer als am Telefon.

Kurzentschlossen machte ich mich auf den Weg in das kleine Örtchen, ganz ohne Ankündigung, um ihm keine Gelegenheit zur Flucht zu geben. Als ich in die Bank eintrat stand eine junge Frau am Schalter, außer uns beiden war niemand zugegen. Auf die Frage nach ihrem Kollegen, antwortete sie, dass er sich auf Kur befände, erst in einer Woche wieder zurückkehren würde. Enttäuscht den weiten Weg umsonst gemacht zu haben, fragte ich sie, ob vielleicht sie etwas genaueres zum Überfall wisse, irgendetwas von Interesse gehört hätte.

„Nein, darüber weiß eigentlich nur der Kollege Bescheid", gab sie zurück, „aber der spricht auch nicht sehr gerne darüber, das scheint ihn sehr zu stressen".

Nach einem kurzen Blick zum Eingang, sich vergewissernd, dass kein Kunde sich nähern würde, fuhr sie in verschwörerischem Ton fort: „Er ist jetzt schon das zweite Mal auf Kur seit dem Überfall. Er will von dem Überfall überhaupt nichts erzählen, nicht einmal uns, seinen Kollegen! Am Anfang sagte er noch, er dürfe nicht darüber reden, es stehe ohnehin alles in der Zeitung, etwas Neues dazu gäbe es nicht. Aber dass er so gar nicht darüber sprechen will, scheint mir schon eigenartig, das will man doch loswerden, sich von der Seele reden."

Auf meine Frage, ob er je von einer Frau gesprochen hätte im Zusammenhang mit dem Überfall, verneinte sie, sie wisse eben nur das, was in der Zeitung stand, von drei Bankräubern war dort die Rede und ihrem Pech mit dem fahrenden Gefängnis.

„Und dass die Bankräuber eh freundlich waren und behaupteten, nur für Gerechtigkeit sorgen zu wollen, das hat er meinem Kollegen erzählt, das stand nicht in der Zeitung. Das hat sich aber wirklich nicht ausgezahlt für die Typen, wir haben ja nicht einmal viel Geld in unserer Filiale. Wirklich sehr komisch das Ganze."

Mehr war nicht herauszubringen, und von grundlosen weiteren Spekulationen, die zu äußern die gute Frau nur allzu gern bereit gewesen wäre, erwartete ich mir keinen Nutzen. Ich bedankte mich daher für die freundliche Auskunft, schaute mich am „Tatort" und vor der Bank noch einmal gründlich um und macht mich auf den Weg nach Hause. Als Ermittler scheine ich wenig zu taugen, aber es konnte mir niemand vorwerfen, dass ich es nicht wenigstens versucht hätte.

MUTTERLIEBE

Beide Frauen hatten Gabriels Bekenntnis mit einer gewissen Erschütterung aufgenommen, vorgeblich nicht der Erkrankung wegen, sondern weil er sie verschwiegen hatte, beide hätten ihm gerne beigestanden, und beide beteuerten wie erleichtert sie wären, dass es so gut ausgegangen war. Gabriel hatte sich dennoch noch etwas Ruhe ausbedungen, er wollte Zeit mit seiner Tochter nachholen und sich auch wieder mehr um seine Mutter kümmern. Dies konnte Regina verständnisvoll akzeptieren, Monika war im Grunde beinahe froh, sie war sowieso ausgelastet, die jüngste Besprechung ihres neuen Buchs in einer größeren Zeitung hatte eine neue Flut von Interviewanfragen und Einladungen zu Lesungen nach sich gezogen.

Dass sich die Rollen von Kindern und Eltern mit dem Erwachsenwerden der ersteren und dem Altwerden der letzteren oft vertauschen, hatte Gabriel schon des Öfteren gehört und als sich dies für ihn bewahrheitete, war er nicht sehr überrascht. Wenn er seine Mutter, die mittlerweile im Altenheim wohnte, dort besuchte, geschah es manchmal, dass sie von der Toilette zuerst wohl nach einem Pfleger rief, wenn aber keiner in der Nähe war, ihren Sohn bat, ihr behilflich zu sein. Als Vater, der seiner Tochter von klein auf den Hintern abgewischt und die Windel gewechselt hatte, stellte dies für ihn zur eigenen Überraschung keine große Überwindung dar und der Wechsel der windelartigen Einlage ging ihm auch bei der eigenen Mutter leicht von der Hand. Was er nicht geahnt hatte, war, dass sich auch die Liebe der Mutter zu ihrem Kind, mit ihrer ganz eigenen Qualität, gleichsam umkehren sollte, dass nun in ihm seiner Mutter gegenüber diese fürsorgliche und der Entwicklung der Handlungsfähigkeit - nicht ihrer Entfaltung, vielmehr ihrem langsamen Verfall - besonderes Augenmerk schenkende Zuneigung keimen sollte. Nicht, dass er seine Mutter nicht ohnehin immer geliebt hätte, aber diese Liebe war als selbstverständlich hingenommen worden, zumindest von seiner Seite, er hatte ihrer Existenz nie besondere Beachtung geschenkt. Erst jetzt, mit mehr als dreißig Jahren Verspätung, war zum ersten Mal ein Gedanke daran in ihm aufgetaucht, wie es wohl damals gewesen sein mochte, als er als letztes von vier Kindern von zuhause ausgezogen war. Für ihn hatte es sich als ein einziges „Vorwärts" angefühlt, der hoffnungsfrohen Zukunft seines Studienlebens und seiner Eigenständigkeit entgegen, dass es für seine Eltern das gleichzeitige Ende von etwas bedeuten musste, war ihm damals so fern gewesen wie der Mond.

Inzwischen hatte sich dies geändert, die Hilflosigkeit und die Abhängigkeit, die seine Mutter zeigte, wenn er mit ihr etwas unternahm, hatten in Gabriel diese Mutterliebe mit umgekehrten Vorzeichen hervorgebracht und, wie so oft zu spät, wenigstens den Hauch eines Bewusstseins dafür, was die Eltern für ihn geleistet hatten.

Der Umzug seiner Mutter ins Altenheim war die Folge einer Reihe häuslicher Unfälle gewesen - zuletzt hatte sie den Feueralarm ausgelöst, nachdem sie ein Stück Fleisch noch verpackt in die Pfanne gelegt hatte – und schließlich eines Sturzes, bei dem sie sich das Becken brach. Seinen Geschwistern und Gabriel hatten die Geschehnisse deutlich vor Augen geführt, dass die

Mutter allein wohnen zu lassen nicht mehr länger möglich war und sie der ganztägigen Pflege und Betreuung bedurfte. Gedacht als Zwischenlösung kam sie nach dem Krankenhaus vorerst in ein Doppelzimmer, in dem bereits eine vitale Hundertjährige namens Eva logierte. Aber als sich nach wenigen Wochen die Möglichkeit ergab in ein Einzelzimmer umzuziehen, wollte Gabriels Mutter diese nicht ergreifen, sie hatte die Geselligkeit der Mitbewohnerhin zu schätzen gelernt, gab der Gesellschaft von Eva den Vorzug vor der zeitweiligen Einsamkeit.

Für Gabriel stellte dies alles auch einen Umbruch dar, von jetzt an besuchte er seine Mutter im Altenheim und hatte zugleich das Zuhause seiner Kindheit und Jugend verloren, die Wohnung, in der er aufgewachsen war, gelebt, geliebt und gelitten hatte. Seine Besuche in dem Vielparteienhaus waren immer eine Reise in die Vergangenheit gewesen, auch wenn die neben der Eingangstür aufgeklebten Todesnachrichten immer häufiger ihm bekannte, aber gealterte Gesichter aus der Kindheit zeigten und die Nachbarn, die ihm in Fleisch und Blut begegneten, zunehmend ihm fremde Menschen waren. Nun war auch seine Mutter aus dem Haus verschwunden, die Wohnung leergeräumt und übergeben worden, und er würde nie wieder die vertraute Umgebung seines früheren Lebens mit dem Blick vom Balkon oder aus dem Wohnzimmerfenster betrachten können. Ein weiteres Kapitel seines Lebens hatte sich für immer geschlossen.

Wie meist war Gabriels Besuch bei seiner Mutter weniger ein Besuch im Altenheim als vielmehr eine Entführung daraus. Das Leben im Heim war Gabriel zu still, wenn er den Gängen zum Zimmer seiner Mutter folgte, fühlte er sich bisweilen wie in den Fluchten eines Raumschiffs, wo jegliches Geräusch im Vakuum des Weltalls absorbiert wurde. Nur gelegentlich war ein jammervoller Hilferuf aus dem Nachbargang zu vernehmen, hinter der offenen Zimmertür sah Gabriel den alten Mann liegen, der stets nach einer Pflegerin oder einem Pfleger verlangte. Beim ersten Mal hatte Gabriel noch Hilfe geholt, aber seither ließ er die Rufe unerhört verklingen, man hatte ihm versichert, dass es dem Mann gut ginge, er den ganzen Tag riefe, weil er Gesellschafft wollte, nicht weil er der Hilfe bedurfte. Wenn ihm doch Gesellschaft gerade die verlangte Hilfe wäre, dachte Gabriel, aber verdrängte den Gedanken sofort wieder, als er in das Zimmer seiner Mutter eintrat.

Abgesehen davon nämlich schien die Zeit an den Nachmittagen im Heim oft stillzustehen, und um seiner Mutter und sich selbst etwas Aufregung zu bieten, fuhren sie meist ins Stadtzentrum und besuchten ein Café, und zwar jenes, in dem die Mutter schon die letzten Jahre fast täglich gesessen hatte. Bei Schönwetter konnte man dort von der Terrasse aus dem Treiben im Stadtzentrum folgen, bei Schlechtwetter beobachteten sie im Inneren jenes des angeschlossenen Einkaufszentrums. Und zwischendurch, wenn es weniger zu sehen gab, lösten sie gemeinsam ein Kreuzworträtsel, ein langgedientes Hobby der alten Dame und für Gabriel willkommene Abwechslung und zudem Hoffnung ihr Gehirn etwas zu trainieren.

Und nur mehr höchst selten noch entspann sich ein Gespräch zwischen Gabriel und seiner Mutter, zu schnell verlor sie meist den Faden, zu groß waren manche Erinnerungslücken geworden. Nur wenn es

Gabriel gelang, das Gespräch auf die Zeit mit dem Vater zu lenken, kam seine Mutter noch manches Mal in Fahrt, reiste sie noch einmal begeistert durch frühere und wohl auch glücklichere Zeiten.

„Da sind wir überall gewesen, das hat er geliebt, der Vater, in den hintersten Tälern sind wir da manchmal gewandert."

Gabriels Mutter unterbrach sich kurz, schob sich gierig ein Stück Kuchen in den Mund,

„Und stundenlang sind wir durch den Wald gehirscht, er wollte unbedingt noch ein paar Schwammerl finden. Aber nur die Eierschwammerl, was anderes hätten wir uns gar nicht getraut, da waren wir vorsichtig."

Sie hob mahnend den Zeigefinger und sah ihn nickend und mit großen Augen an.

„Oder wir haben Moosbeeren, Brombeeren oder Himbeeren gesammelt, wir kamen manchmal ganz zerschunden und zerkratzt wieder heim, aber dafür mit ein paar Litern Beeren im Kübel."

Gabriel dachte wehmütig an die Moosbeernocken, die es dann gelegentlich gab, auch das eine wohl unwiederbringlich verlorene Erinnerung, er hielt es für unwahrscheinlich je wieder im Leben Moosbeernocken essen zu können. „You don´t know what you got until you lose it", die alte Lebensweisheit aus John Lennons Song war ihm nie wahrer erschienen.

Und schon nach kurzer Zeit war die Energie der Erinnerung, die seine Mutter beflügelt hatte, wieder verpufft und sie verlor sich wieder im Kuchen, den sie bearbeitete, oft schon das zweite Stück. Mehr denn je hatte sie im Alter eine Vorliebe für das Süße entwickelt, war aber trotzdem klein und verletzlich geblieben. Und wenn Gabriel sie schließlich wieder in ihr neues Zuhause brachte, sie schien manchmal erstaunt über den Ort, an den sie gelangt waren, und erst wirklich angekommen, wenn sie Eva im Zimmer wieder sah und begrüßte, dann schien sie ihm jedes Mal noch ein wenig geschrumpft zu sein, noch leichter und verletzlicher geworden. Und Gabriel fürchtet den Tag, an dem sie ganz verschwunden sein würde, wenn auch nur kurz, und dann kehrte er wieder zurück in sein Leben mit Iris und den anderen, neuen Frauen seines Herzens.

WUNDER DES GESTERN, WUNDEN DES HEUTE

Ich las gerade in meiner Zeitung online über den Paternoster, diese seltsamen, aus einer anderen Epoche stammenden Aufzüge, von denen es laut dem Artikel nur mehr fünf intakte Modelle gäbe in der Hauptstadt. Gleich nahm ich mir vor, bei meinem nächsten Besuch in der Stadt den einen oder anderen davon aufzusuchen und nach Möglichkeit zu benutzen, ehe auch diese verschwunden sein würden. Noch nie in meinem Leben war ich mit einem solchen Konstrukt gefahren, ich war daher neugierig, wie jedermann, was sich am oberen oder unteren Ende befinden würde, wenn man nicht rechtzeitig ausstiege.

Plötzlich erscholl ein stürmisches, ungeduldiges Läuten an meiner Wohnungstür, wahrscheinlich der Paketdienst, war mein erster Gedanke, die Lieferanten wussten bereits, dass ich wegen meines Jobs immer zu Hause war und waren eifrig bestrebt, wenigstens dieses eine Paket schnell an den Mann zu bringen. Ich ging daher fast immer an die Tür, egal ob ich gerade konzentriert arbeitete, geschlafen hatte, und sogar, wenn ich auf der Toilette saß und es irgendwie managen konnte. Ich betätigte den Türöffner, hörte die Haustüre sich öffnen, und nach wenigen Sekunden schielte ein dunkelhäutiger Mann mit einem Kind im Arm um die Ecke. In meiner Kindheit noch hätte ich ihn ohne Scham einen Zigeuner genannt, jetzt war er ein Roma oder Sinti, ich wusste nicht ob und wie man die beiden Gruppen unterscheiden könnte und auch nicht, ob diese

Bezeichnungen alle ehemaligen Zigeuner umfassen würden.

Schon wieder, dachte ich, meist kam ein einzelner Mann mit einem offensichtlich schon alten Exemplar der Obdachlosenzeitung im Arm, das er irgendwo auf der Straße aufgelesen hatte. Nun war es ein junger Mann mit einem sehr kleinen Kind auf dem Arm. Er streckte mir seine freie Hand entgegen, die Handfläche geöffnet, wohl um eine Spende entgegenzunehmen, er sah mich kaum an dabei und warf zugleich neugierige Blicke in die Wohnung hinter mir. „Bitte, bitte" sagte er, dann setzte er an, einen Schritt nach vorne zu tun, als wollte er eintreten, ich sagte: „Nein, das geht so nicht!", schüttelte den Kopf und schloss rasch die Tür. Was ich gelesen hatte über die Bettelei in der Stadt hatte mir den leichten Ausweg eröffnet hartherzig zu sein, ohne ein allzu schlechtes Gewissen zu bekommen. Der Mann und das Kind würden das Geld ja sowieso nicht behalten können, würde den größten Teil davon ihrem Boss abliefern müssen, jenem gewissenlosen Kerl, der ihre Notlage auszunutzen verstand, oder, nicht weniger schlimm, jenem Unterläufel, der wiederum seinem Boss gegenüber verantwortlich wäre. Nein, sie bekamen nichts von mir, wenigstens diesen für mich sichtbaren Teil des modernen Sklaventums wollte ich nicht unterstützen.

Noch ehe ich dies zu Ende gedacht hatte, hörte ich bereits die schwere Haustür ins Schloss fallen und wunderte mich darüber, dass ich offenbar das einzige „Opfer" seiner versuchten Bettelei geworden war, dass er die anderen Parteien im Haus verschonte, wo er schon einmal die erste Hürde ins Haus überwunden hatte. Ich trat ans Wohnzimmerfenster und sah ihn auf die andere

Straßenseite wechseln, auf der er sich entlang des Gehsteigs vom Haus entfernte. Als ich mich schon wegdrehen wollte, kurz bevor er aus meinem Sichtfeld verloren gehen würde, sah ich wie er vor einem anderen Mann stehen blieb. Der Mann sah nicht aus wie ein weiterer Bettler, war gut gekleidet und mochte durchaus ein Einheimischer sein. Er schien dem Bettler bloß zuzuhören, seltsam geduldig und zwischendurch nickend, dann übergab er dem Bettler etwas, ein Stück Papier oder Geld, das konnte ich nicht erkennen, drehte sich um und entfernte sich. Ich konnte mir keinen Reim darauf machen und meine Gedanken kehrten zurück zum Wesen der Bettelei. Nur dem stummen, einheimischen Bettler, der meist in der Mitte der Fußgängerbrücke saß und dort einen Kaffeebecher neben sich aufgestellt schweigsam bettelte, ihm gab ich ab und zu etwas Geld. Ihn verdächtigte ich nicht das Geld weitergeben zu müssen, er würde es für sich selbst verwenden. Ob für Essen oder Alkohol, das war mir einerlei, beides würde ihm sein Leben für ein paar flüchtige Momente verschönern, und die Gabe der paar Euro das meine nicht im Mindesten verschlechtern. Du kannst die Welt nicht ändern, du kannst diese Menschen nicht retten, sagte ich mir einmal mehr. Ich ging zurück an meinen Computer und setzte meine Lektüre fort.

Am Nachmittag desselben Tages hatte ich ein weiteres kurioses Erlebnis, wieder bekam ich eine anonyme Nachricht auf mein Mobiltelefon geschickt, diesmal eine SMS. „Ein gutgemeinter Rat: Wahren Sie das Bankgeheimnis! Curiosity killed the cat!" Ich kannte die Redewendung wegen eines alten Songs, von wem wusste ich nicht mehr. Genauso wenig wusste ich, was ich mit diesem gut gemeinten Rat anfangen solle, war das Bankgeheimnis nicht ohnehin abgeschafft worden? Wie auch immer, ich fühlte mich jedenfalls nicht angesprochen und dachte nicht weiter darüber nach.

MEIN FREUND FRANCOIS

Schon nach dem Besuch bei Herder war mir klar geworden, dass ich nur anhand des Fotos keine Fortschritte erzielen würde, was die Aufklärung des Falls um die mysteriöse Frau betraf, da mochte der anonyme Anrufer fordern so viel er wollte. Der Fehlschlag mit dem Bankbeamten hatte auch den Weg über einen unmittelbaren Zeugen scheitern lassen, ich kam daher zum Schluss, dass ich einen anderen, noch direkteren Zugang wählen musste, gezwungen war, mich wie ein echter Ermittler in „Verbrecherkreisen" umzuhören. Mein Problem war, dass ich selbst keine Verbrecher kannte und kein Verbrecher mit mir würde sprechen wollen, zumindest nicht über ein echtes Verbrechen. Was dem am nächsten kam, was ich brauchte, jemand mit einem Zugang zu kriminellen Kreisen, das war mein Freund Francois. Ob Francois selbst jemals ein Verbrechen begangen hatte, wusste ich nicht mit Sicherheit, aber ich hatte davon gehört, dass er einst zwei Jahre von der Bildfläche verschwunden war, und ein gemeinsamer Freund, der ihn noch besser kannte als ich, hatte angedeutet, dass er diese Zeit im Gefängnis verbracht hatte. Aber auch falls er kein echter Ex-Knacki wäre, war er zweifellos derjenige unter all meinen Freunden und Bekannten, die in zwielichtigen Dingen am besten Bescheid wussten, der, den ich auch dann kontaktiert hätte, wenn ich eine Waffe, Drogen oder gar einen Schlägertrupp gebraucht hätte. Denn auch wenn er selbst nicht hätte liefern können, er hätte jemanden gekannt, der jemanden kennt, und er hätte dies als einen heiligen Auftrag betrachtet, den es unter allen Umständen zu erfüllen gelte.

Ein Problem war, dass Francois seit langem in der Hauptstadt wohnte und ich daher nur mehr selten Kontakt zu ihm hatte. Ich rief ihn trotzdem an, schilderte ihm meinen Fall, und bat ihn um Rat. Auch wenn er lange nichts mehr von mir gehört hatte, freute er sich merklich über meinen Anruf und machte aus der Geschichte auf seine unvergleichliche Art gleich ein eigenes Projekt, bei dem er mich unterstützen würde, er wüsste schon, wie das anzugehen wäre, da wüsste sicher jemand genauer Bescheid, er hätte da schon eine Idee. Und zudem wäre es sowieso wieder einmal an der Zeit seine Mutter zu besuchen, sie lebte nicht sehr weit von da, wo ich wohnte und auch nahe am Ort des Banküberfalls, wir sollten uns bei ihr treffen, von dort könnten wir unsere Recherche starten und den Fall in Windeseile lösen.

Als ich mich eine Woche später nach kurzer Zugfahrt auf den Weg vom Bahnhof zur Wohnung von Francois' Mutter machte, hörte ich Glocken bimmeln, was ungewöhnlich schien, es war halb neun am Abend. Als ich an einer kleinen Kirche vorbeikam, eilte eine alte Frau aufgeregt die Stufen vor dem Eingang herab, kreuzte die Straße, schaute zu mir auf, als sie mir am Gehsteig begegnete, und rief: „Franz, er ist da, der Neue ist da und er heißt Franz!" Erst als ich zu Francois kam und er mich ins Wohnzimmer bat, wo der Fernseher lief, verstand ich was vorgefallen war. Eine Sondermeldung hatte das reguläre Programm unterbrochen, am Bildschirm berichtete ein Reporter vom weißen Rauch, der aufgestiegen war aus dem Schornstein der Sixtinischen Kapelle, die Papstwahl war entschieden und der neue Papst hatte beschlossen sich Franziskus zu nennen, um jenen Heiligen zu würdigen, der wie kein anderer für die Schöpfung, die Armen und den Frieden stehe.

Francois war ein alter Freund, der eigentlich ebenso Franz hieß wie der neue Papst, doch seit der ersten gemeinsamen Stunde Französischunterricht, in der wir alle einen französischen Namen erhielten, Francois genannt wurde. Er war als „Sitzenbleiber" zu uns in die Klasse gestoßen, und als oft renitenter und zum Widerspruch aus Prinzip bereiter Schüler war ich, quasi zur Bestrafung, zu seinem Banknachbarn auserkoren worden. Es dauerte nicht lange bis unser Klassenvorstand dies bedauerte und uns wieder trennte, doch da waren wir bereits Freunde und er hatte mich in seine Welt voll wunderlicher Menschen und Dinge eingeführt.

Richtig kennen gelernt hatten wir uns an einem Rodelnachmittag im Rahmen des Turnunterrichts, er hatte als einziger keine Rodel mitgebracht und ich einen Doppelsitzer, der zwar nur mehr durch fromme Wünsche zusammengehalten wurde, aber Platz für zwei bot. Als Banknachbar war ich mehr oder weniger gezwungen Francois den Platz anzubieten, auch wenn ich bereits ahnte, dass die Rodel dem nicht gewachsen sein würde. Und tatsächlich, als wir wieder im Tal angekommen waren, war sie nur mehr ein Bündel aus Holzlatten und Stoffbahnen, das wir gleich vor Ort im Wald entsorgten. Danach, durchnässt, schlug er vor nicht gleich nach Hause zu gehen, sondern sich in „seiner Stadtwohnung" ein wenig aufzuwärmen. Diese befände sich mitten in der Stadt, lag also ohnehin auf meinem Nachhauseweg, neugierig geworden sagt ich daher zu, „Zeig mir Deine Wohnung". Als wir in eine eher vernachlässigte Seitengasse bogen, wo es meines Wissens kaum mehr zu sehen gab als halbverfallene Häuser und eine Schotterfläche, auf der einst wohl etwas gestanden hatte, das nunmehr nicht mehr dort war und wo in der Folge ein ungeregelter Parkplatz entstanden war, auf dem jene, die davon wussten ihr Auto parkten, war ich im ersten Moment verwundert. Tatsächlich steuerte Francois genau auf diesen Parkplatz zu, auf die rechte hintere Ecke, wo der Platz durch die Außenwand zweier benachbarter Häuser begrenzt war und wo ein großer Busch der grauen Umgebung ein wenig Grün verlieh und mit einigen seiner langen ausladenden Zweige einen alten, rostigen VW Käfer halb verdeckte und ihm zugleich halb ein natürliches Garagendach angedeihen ließ. „Das ist es, das ist meine innerstädtische Wohnung, nicht gerade groß, das muss ich zugeben, aber für eine Person durchaus ausreichend und exklusiv gelegen. Mal schauen, ob mein derzeitiger Untermieter gerade da ist. Weil ich selbst derzeit keinen dringenden Bedarf habe hier zu wohnen, habe ich sie meinem Freund Gustl vermietet. Das heißt, er muss nichts dafür zahlen, aber er muss das Auto ab und zu bewegen. Der Käfer ist zwar kein Pferd, aber es tut dem Motor trotzdem gut, wenn er ab und zu läuft, und zwar nicht nur im Standgas, das ist sowieso nötig, wenn man heizen will, sondern auch in Bewegung, mit ein wenig Gas, kuppeln, schalten, alles, was dazu gehört."

Zu den weiteren Pflichten Gustls gehörte, dass er den Wagen ab und zu an anderer Stelle parkte, damit niemand auf die Idee käme, er wäre dort deponiert und vergessen und ihn eines Tages abschleppen ließ.

Tatsächlich war Gustl da, schlief zusammengestaucht auf der viel zu kurzen Rückbank in einem Schlafsack.

„Ja, das ist schon etwas eng", gab Francois auf meine entsprechende Bemerkung zurück, „aber wenigstens ist es eine durchgehende Fläche. Bei den neueren Modellen ist das oft nicht mehr der Fall. Und Gustl ist da auch Schlimmeres gewohnt."

Als Francois leicht an die Scheibe des Seitenfensters klopfte, blinzelte Gustl uns an, schälte sich umständlich aus dem Schlafsack, und als er Francois erkannte, lachte er und sagte: „Ah, ich bekomme Besuch, wie nett. Hallo Francois und Besucher, ich bin der Gustl".

Gustl lernte ich in der Folge auch noch besser kennen, aus seinem nur für kurze Zeit geplanten Abstecher in die kleine Stadt, wo er hoffte, mit seiner kleinen Invalidenpension auf der Straße ein besseres Leben führen zu können als in seiner größeren Heimatstadt, wurden viele Jahre, in denen Francois, Gustl und ich uns ab und zu gemeinsam betranken, und alte Häuser erkundeten, in denen Gustl bei manchen Gelegenheiten schlief. Und einmal veranstalteten wir drei sogar einen Protest gegen die Langeweile in der öden Kleinstadt, indem wir uns zu Mitternacht auf die Kreuzung am Hauptplatz setzten und dort unser Bier tranken. Irgendwann kam eine nächtliche Polizeistreife, war aber gnädig mit uns und vertrieb uns bloß zur eigenen Sicherheit, drohte uns aber keine Strafe an.

Natürlich war die Aktion einer Idee von Francois entsprungen, geradezu typisch für ihn. Und jetzt sollte er mir helfen, mehr über den Überfall herauszufinden, ein Unternehmen mit ungewissem Ausgang in mehr als einer Hinsicht.

Francois hatte sich optimistisch gezeigt mehr über die Identität der Bankräuber herausfinden. Zwar kenne er persönlich keine Bankräuber, meinte, die meisten seiner Bekannten wären viel eher auf Einbrüche spezialisiert. Aber der geschilderte Überfall klänge ja ohnehin nicht nach einer Aktion von Profis, er vermutete viel mehr verzweifelte Süchtige hinter der Sache zu stehen, und über diese Leute sollten wir am ehesten im Kulturladen etwas in Erfahrung bringen können.

Der Kulturladen war ein Relikt der 80er, als Heroinsucht und Punk endlich auch die Provinz erreichten und in alternativen Veranstaltungszentren ihr Substrat fanden, Orte an denen die Ablehnung der als repressiv empfundenen Staatsmacht kristallisieren und den Nachwuchs mit Ideen und Süchten infizieren konnte. Inzwischen glich das Lokal mehr einer vergessenen Welt, einem soziologischen Jurassic Park. Ähnlich wie man in jenem Film die Saurier aus ihrem Blut geklont hatte, das aus dem Saugrüssel eines in Bernstein konservierten Moskito gewonnen worden war, würde man hier die alten Giftler wiederbeleben können aus den Hautfetzen und Blutresten, die man an den ins Gebüsch vor dem Lokal geworfenen Nadeln finden konnte, oder aus der DNS der im Laufe der Jahre versteinerten Kotze, die sich hinter den Flügeltüren am Eingang angesammelt hatte.

Als wir diese Türen am Abend passierten, begrüßte uns Frank Zappa mit den letzten Takten einer Liveversion seiner Warnung „Don´t Eat The Yellow Snow", bevor er abgelöst wurde von Jim Morrisons düsterem Gesang, man wurde akustisch sofort um Jahrzehnte in die Vergangenheit geschleudert. Etwas anders war der optische Eindruck, ich war früher erst zwei- dreimal dort gewesen, immer wenn ich Francois besuchte, und da war mir das Lokal viel kleiner erschienen.

„Das liegt am Rauchverbot", erklärte mir Francois, „früher war hier immer ein Nebel zum Schneiden, da hat man kaum drei Meter weit gesehen, das hat alles ein bisschen kuscheliger wirken lassen."

Diese neue Klarheit machte die Schäbigkeit der Einrichtung erbarmungslos sichtbar, die abgewetzten Tische und Stühle, die von den Wänden abbröckelnde Farbe, und nicht zuletzt das Verlebte und Verbrauchte in den Gesichtern der noch wenigen Lokalbesucher. Wir bestellten an der Bar zwei große Bier und sofort entspann sich ein kurzes Gespräch zwischen dem Barkeeper und Francois, man kannte ihn, er war einst häufiger Gast gewesen und noch immer regelmäßiger Kunde, wenn er seine Mutter besuchte. Nach dem kurzen und freundlichen Austausch stellten wir uns an eines der großen Fässer, die als Stehtische dienten, und es dauerte kaum eine Minute bis sich ein dicker, pausbäckiger Typ näherte. Mit dem Schlafzimmerblick eines schon Betrunkenen wankte er leicht und hielt sich am Fass fest als er sich zu uns stellte. Sein dicker Bauch wölbte sich unter einem zu kleinen Hemd vor, bedingt durch das Fehlen zweier Knöpfe war darunter ein weißes Feinripp-Unterhemd zu sehen. Eine fleckige Jeans, geziert durch einige eher nicht aus Modebewusstsein gesetzte Risse, vervollständigte den Eindruck einer gewissen Verwahrlosung, war doch die Annahme einen Modeverweigerer aus Überzeugung vor sich zu haben, wenig naheliegend. Ohne uns anzusehen, fragte er, leicht lallend: „Hey, zahlt ihr mir ein Bier?" Es klang tatsächlich weniger nach einer Frage als nach einer Aufforderung, und erst als Francois antwortete „Na klar, für den Reini habe ich immer ein Bier übrig" blickte der Dicke auf und wurde plötzlich freundlicher. Er zeigte ein überraschtes und zugleich erfreutes Gesicht und umarmte Francois, hieß ihn mit kräftigen Klopfern auf den Rücken willkommen und ließ uns wissen, wie sehr er sich freue seinen alten Kumpel wieder zu sehen. Rasch holte er sich ein Bier auf unsere Rechnung und stellte sich wieder zu uns und betonte erneut, wie erfreut er wäre, „Es ist immer so langweilig hier, nie tut sich etwas, jeden Tag das Gleiche".

Francois nutzte die Vorlage, hakte ein: „Das stimmt so aber nicht, würde ich sagen. Gerade kürzlich habe ich von einem kuriosen Banküberfall gelesen, der nicht weit von hier vor einer Weile abgezogen wurde, davon hast du sicher auch gehört", Francois blickte den Dicken herausfordernd an, „wahrscheinlich weißt du sogar, wer das war, nicht wahr?"

„Was? Wie soll ich das wissen?" Der Dicke trat empört einen Schritt zurück, sein Gesicht hatte sich verfinstert. „Ich kenne doch keine Verbrecher, wofür hältst du mich?"

„Das meine ich ja gar nicht", versuchte ihn Francoise zu beruhigen, „aber manchmal hört man halt Dinge."

„Ich höre gar nichts", gab der Dicke noch mehr verärgert zurück, „überhaupt nichts", und er stieß mit beiden Händen gegen das Fass, sodass mein Bier, das ich darauf abgestellt hatte, kippte, herabfiel und am Boden in tausend Scherben zersprang. Daraufhin trat ein kleiner, drahtiger Typ an den Tisch, legte dem wesentlich größeren Dicken eine Hand auf die Schulter und sagte: „Jetzt beruhige dich, Reini, was regst du dich immer so auf?"

Aber Reini wollte sich nicht beruhigen, schüttelte die Hand des Kleinen ab, und wir waren froh als der Barkeeper einschritt, Reini zur Bar bugsierte mit den Worten „Wenn du dich nicht zusammenreißen kannst, muss ich dich hinauswerfen" und dann zu uns herüberrief: „Ihr zahlt dem Reini sicher noch ein Bier, nicht wahr?", was wir bejahten, froh, dass die Situation nicht eskaliert war.

Ganz anders als Reini, bevor er ausflippte, schien der Kleine, der erfolglos Reini zu beruhigen versucht hatte, nicht im Geringsten gedämpft, im Gegenteil, er wirkte fahrig, unruhig, konnte keine Sekunde stillstehen.

„Der Reini ist immer so leicht erregt, fährt immer gleich aus der Haut, das dürft ihr nicht persönlich nehmen. Ich bin der Erwin", stellte er sich vor und hielt uns sein Glas hin, irgendeine dunkle Flüssigkeit, ich tippte auf eine Mischung aus Energydrink und hochprozentigem Alkohol.

„Ich habe zufällig gehört, was ihr den Reini gefragt habt. Das stimmt wirklich, was er sagt, die kennt keiner, das war keiner von hier. So deppert sind die Leute von hier ja auch nicht, eine Bank und dann so stümperhaft."

Etwas später bestätigte uns das auch noch ein weiterer Bekannter von Francois, „Der hat schon mehr Schmalz ausgefasst als wir beide in der Schule waren, in seiner Zeit im Häf'n hätten wir dreimal maturiert" waren die Worte, mit denen er den Bekannten charakterisierte,

„wenn der nicht weiß, wer die Bankräuber waren, dann weiß es keiner."

An diesem Abend erfuhren wir wirklich nichts Neues über den Überfall, aber der Bekannte versprach sich umzuhören, vordergründig hatte er sich für ein paar Drinks dazu verpflichten lassen. In Wahrheit hatte Francois wohl irgendein Geschäft mit ihm abgeschlossen, denn beide waren zwischendurch auffällig lange auf der Toilette verschwunden und Francois wirkte den Rest der noch langen Nacht ähnlich aufgedreht wie der dünne Erwin zuvor. Mit Hingabe erzählte er mir von seinem momentanen Job, er würde ein geerbtes Grundstück an Projektentwickler verkaufen wollen, wäre schon in Gesprächen, wenn es nach seinen Vorstellungen klappen würde, müsste er nie mehr regulär arbeiten gehen, dann hätte er ausgesorgt. Auf meine Frage was er denn „regulär arbeiten" nannte und ob er das wirklich schon jemals gemacht hatte, ging er nicht ein und ich empfand kurz Scham, weil ich ja selbst kaum je wirklich gearbeitet hatte und ihm gegenüber auf gutbürgerlich machte.

Francois wurde jedenfalls zunehmend überdrehter, bestellte Getränk um Getränk, während ich langsam immer nur betrunkener wurde und müde, und als ich am nächsten Morgen in Francois Zimmer auf einer Matratze am Boden aufwachte, konnte ich mich nicht erinnern, wie ich dort hingekommen war.

DER MIT DEM SCHAFSBOCK
TANZT

Als Gabriel sich wieder besser fühlte, teilte er dies „seinen Frauen" mit, wie er sie halb im Scherz und halb beschämt im Gedanken manchmal nannte, und sehr rasch hatte sich eine neue alte Routine wieder eingestellt, er besuchte Regina zweimal in der Woche in ihrem Heim und wurde umgekehrt von Monika mit nachmittäglichen Kurzbesuchen bedacht.

Damit verbunden war auch eine vorsichtige Rückkehr zum Sex mit beiden Frauen, wobei ihm die Nachwirkungen der Untersuchung, die er im Grunde schon lange nicht mehr wahrnahm, eine willkommene Ausrede boten zur Mäßigung, was er besonders Monika gegenüber zum Einsatz brachte, sie war wilder und ungestümer und wohl auch angesichts der selteneren Gelegenheiten viel fordernder. Es hatte Gabriel große Überwindung gekostet den anfangs von beiden Frauen offerierten Oralverkehr, den er durchaus schätzte und der ihn schonen sollte, abzulehnen, zu unangenehm war ihm die Vorstellung seines mit Blut durchmengten Samens, zumindest in dieser Hinsicht bewahrte sein Anstand die Oberhand im Kampf gegen seine Triebe.

Aber schon in der Woche darauf war alles wieder beim Alten, nur seine Arbeit kam nun vermehrt dazwischen. Wie so oft kamen die Aufträge in Schüben und jeder war der dringendste und wichtigste, und um all den Wünschen vor allem seiner Stammkunden nachzukommen, hatte er viel zu tun. Für einige Wochen am Stück fiel ihm das relativ leicht, vor allem, weil er wusste, dass dies nötig war, um die restliche Zeit des

Jahres einen eher gemächlichen Arbeitsstil zu pflegen, der ihm ausreichend Freizeit für die diversen Vergnügungen seines Lebens bot.

Als sein jüngerer Kollege und Freund ihn per Mail nach seinen Genesungsfortschritten und den neuen Entwicklungen in seinen „Frauengeschichten" fragte, gab er nur eine kurze Antwort und schrieb, dass er ihn darum manchmal beneidete, wie unernst sein Metier sei, wie locker er immer alles nehmen konnte. Während ihm, Gabriel, die Themen vorgegeben würden und er streng darauf achten müsse, jeglichen Fehler zu vermeiden, könne sein Freund sich aussuchen, worüber er schrieb, und Fehler würden wohl kaum je auffallen oder zumindest keine ernsthafte Kritik nach sich ziehen. Im Übrigen hätte er eine thematische Idee, kurios und lehrreich zugleich, er hätte etwas über Kondome gelesen, das wäre doch was, das könnte viele interessieren.

„Ausgerechnet Kondome", schrieb sein Freund zurück, „darüber steht doch wenigstens einmal im Jahr etwas in all den Frauenzeitschriften, zu ich weiß nicht welchen speziellen Gelegenheiten. Hat dich dein exzessives Sexleben jetzt darauf gebracht, bekommst du schon Schwielen auf der Vorhaut? Das Thema ist schon so verbraucht, dass ich dir aus dem Kopf ein paar interessante Aspekte nennen kann, ohne der weiteren Recherche zu bedürfen. Erstens gibt es sie schon ewig, manche glauben, dass man auf Höhlenmalereien schon Kondome sehen kann, ein paar Tausend Jahre her. Zweitens wurden sie anfänglich aus Tierblasen und Darmhäuten gemacht, am englischen Königshof, ich glaube es war im 17. Jahrhundert, waren das Hammeldärme. Einer der Ärzte, die sich für ihren Gebrauch einsetzten, soll Dr. Condom geheißen haben, von dem her kommt der Name. Aber man muss sich das vorstellen, Hammeldärme, letztlich muss der Mann bereit sein, seinen Schwanz in einen Schafsbock zu stecken, und die Frau umgekehrt muss ein Stück vom Hammel in sich aufnehmen. Wie man es auch nimmt, eine tierische Angelegenheit (zugegeben, das war billig). Ach ja, und vorher noch haben spanische Seefahrer von den Indianern die Syphilis nach Europa eingeschleppt, die einzig ernsthafte ‚Rache der Indianer' am weißen Mann. Deshalb hat dann ein Italiener mit Quecksilber imprägnierte Leinensäcke zur Verwendung als Kondome propagiert, damit sollte die Ausbreitung der Seuche gestoppt werden. Zwischendurch waren Kondome für den Adel gefüttert mit Samt und Seide, aber wie man da noch etwas spüren soll, ist mir schleierhaft. Und dann, um 1850 oder so, kam das Gummikondom. Und alle Männer, oder wenigstens alle Formel 1-Fans wissen, wer der Entwickler dieser Neuerung im Verhütungssektor war: Charles Goodyear! Die Dinger waren dick wie eine Badehaube und hatten eine Längsnaht. Ich habe Fotos gesehen, glaub mir, ich wäre eher abstinent geblieben und ins Kloster gegangen, als mir diese Dinge überzustülpen. Und heute gibt es Kondome in allen Farben und Geschmackssorten, mit Rippen und Noppen, in Groß und Klein, in länderspezifischen Größen (den längsten haben die Franzosen!), und in einer amerikanischen Komödie haben sie sogar im Dunkeln geleuchtet, man glaubt es kaum.

Aber vielleicht hast du ja doch recht, diese kurze Rückschau hat mich daran erinnert, was alles drinsteckt in diesem Thema, ich muss mir nur einen passenden Aufhänger für die Geschichte überlegen."

Gabriel war amüsiert und froh im Heute zu leben, er verwendete Kondome beim Sex mit Regina, Monika nahm die Pille und hatte ihm die Verwendung eines Gummis verboten. „Ich mag das nicht und ich vertraue dir ja". Wenn Gabriel daran dachte, wie er dieses Vertrauen missbrauchte, fühlte er sich schlecht und dachte: „Was bin ich nur für ein Arschloch!"

BESUCH VON JACK

Ich hatte mich gerade angezogen, wollte mich auf den Weg zu Herder machen und ihm die neuesten Entwicklungen schildern, als diesmal nicht mein Mobiltelefon losging, sondern die Türglocke läutete. Als ich die Tür öffnete, stand da Jack, unangekündigt, unerwartet, aber trotzdem eine sehr erfreuliche Überraschung. Im Gegensatz zum Fall von Franz, aus dem der Französischunterricht Francois gemacht hatte, weiß ich von Jack nicht genau wie er zu seinem Namen kam, aber vielleicht war ihm Jakob einfach zu langweilig. Egal, ich freute mich sehr, wir umarmten uns und klopften uns gegenseitig auf den Rücken, und mit einem breiten Grinsen im Gesicht trat er schließlich in meine Wohnung ein.

Ich kannte Jack aus unserer gemeinsamen Zeit in einer Vierer-WG, als ich mit meinem Geld noch gut haushalten musste und zum Glück ohnehin noch viel geselliger war. Er wohnte bereits dort, als ich einzog, und binnen kurzer Zeit verstanden wir uns gut und wurden Freunde. Das blieben wir auch, als er sein Studium beendet hatte und in die Hauptstadt zog. Er hatte Biologie studiert, aber bloß seiner Eltern wegen bis zum Schluss durchgehalten, sein Interesse daran hatte er schon lange verloren und auch nicht vorgehabt einen Beruf daraus zu machen. In der großen Stadt hoffte er daher leichter irgendeinen Job zu finden, er wäre offen für alles, wie er meinte, irgendetwas würde sich schon ergeben. Tatsächlich war er dann seinem Namen alle Ehre machend der „Jack of all trades", schöpfte im Winter auf Abruf Schnee, stand im Sommer als Mozart verkleidet in der Innenstadt und verkaufte Konzerttickets für Klassikabende an Touristen, oder versuchte sich, in Zusammenarbeit mit Francois, den ich ihm als nützlichen Kontakt vorgestellt hatte, im Import/Exportgeschäft aus den ehemaligen Ostblockstaaten. In einem alten Opel Admiral hatten die beiden schon eine Weile erfolgreich Zigaretten und billigen Alkohol aus der Tschechei geschmuggelt, einmal auch in einem Transporter billige Planen, die sie einem Eventveranstalter verkauften. Nur ihre Idee, sich als Importeure billiger Särge aus dem Osten eine goldene Nase zu verdienen, die scheiterte an Gebietsschutzbestimmungen, der Staat hielt da seine schützende Hand drüber, wollte das Gewerbe der Totengräber und Sargbauer nicht dem freien Markt überlassen, und zum Schmuggeln in nennenswerten Mengen waren die Holzkisten einfach zu groß.

Letztlich fand Jack seine Bestimmung im Beherbergungsgewerbe, er eröffnete mitten in Bukarest die erste Jugendherberge Rumäniens, wurde zum Geschäftsmann und Touristiker. Im Zuge seiner seltsamen Gelegenheitsarbeiten, die vor allem Studenten anzogen, „Herumtreiber" wie ihn und Ausländer, denen andere Jobs nicht zugänglich waren, hatte er viele Menschen aus dem Osten kennengelernt, und immer wieder hatte ihm der eine oder andere von goldenen Osten vorgeschwärmt und wie leicht man dort Geld machen könnte, wenn man nur etwas Startkapital hätte. So tat er sich zusammen mit einem rumänischen Strohmann, der für ihn billig ein Haus in Bukarest erwerben konnte - als Ausländer hätte er ein Vielfaches bezahlt – und machte aus einem alten, abgewohnten Einfamilienhaus die „Villa Helga". Er bot kaum mehr als ein Bett und ein Dach über dem Kopf, aber er war konkurrenzlos billig und in der Backpackerszene schnell bekannt und ständig ausgebucht. Als Alternative standen nur Hotels für Geschäftsreisende zur Verfügung, und die nahmen sogar die Rucksacktouristen aus dem Westen nach Strich und Faden aus, man wollte die Kuh melken, solange sie noch Milch geben würde. Jack bot mit dem vollkommenen Mangel jeglichen Komforts auch so etwas wie ein authentisches rumänisches Flair, und die Übernachtung bei ihm inkludierte sogar Gratiszigaretten, die billigste rumänische Sorte, bei der man den Lungenkrebs förmlich schmecken konnte. Nur als ein Werbegag gedacht, machte er dennoch damit von sich reden, die Villa Helga wurde rasch in neue Auflagen alternativer Reiseführer aufgenommen und hatte sich nach zwei Saisonen bereits fest etabliert.

„Aber es ist so mühsam, dass man immer alles selbst regeln muss, die Rumänen sind so unzuverlässig. Wenn ich in zwei Wochen wieder hinfahre, kann ich nicht sicher sein, ob es die Herberge noch gibt, oder ob sie dann noch mir gehört."

Er erzählte von echten Schikanen auf Ämtern und von versuchten Schikanen durch rumänische Beamte, die unangemeldet aufgetaucht waren und irgendwelche erfundenen Gebühren einforderten. Als er ihre Dienstausweise sehen wollte, waren sie schimpfend und mit Vergeltungsmaßnahmen drohend abgezogen, aber als sie ein andermal wieder auftauchten und er nicht vor Ort war, ließ sich der rumänische Angestellte, der ihn an der Rezeption vertrat, zur Zahlung einer beträchtlichen Summe erpressen, vielleicht hatte er einen Teil des Geldes auch selbst abgezweigt, das ließ sich leider auch nicht ausschließen. Jack hatte daraus seine Lehren gezogen, machte nur mehr kleine Beträge an Bargeld verfügbar und stellte vor allem Touristen aus dem Westen an, die ihn für Kost und Logis vertraten, wenn er außer Haus war oder gar außer Landes, so wie derzeit.

„Jetzt habe ich langsam die Schnauze voll, jetzt gibt es auch schon Konkurrenz, und manche Touristen beschweren sich, dass ihnen dieses oder jenes fehlt, es ist nicht mehr, was es einmal war."

Jack sah zwar fit aus, war sonnengebräunt, aber auch unrasiert, und er trug ein fadenscheiniges Hemd, so wie er es immer schon getragen hatte. Ich wusste, das war kein Zugeständnis an rumänische Verhältnisse, das war sein Stil, und diese fehlende Eitelkeit und die Selbstverständlichkeit, mit der er diesen Stil zur Schau stellte, hatte ich immer schon an ihm geschätzt. Jetzt kramte er in dem Rucksack, den er mitgebracht hatte und zog eine grüne Flasche heraus, hielt sie mir hin und sagte: „Und diese Spezialität habe ich extra für dich den weiten Weg mitgebracht. Das ist bester rumänischer Industrielalkohol, den man für fast kein Geld bekommen kann, direkt von der Tankstelle, 500 Milliliter purer Genuss mit Erblindungsgarantie."

Ich holte zwei Gläser und wir verkosteten sein Mitbringsel sofort, und weil es so furchtbar schmeckte, wie es billig war und roch, mussten wir auch gleich noch ein zweites Glas kippen und ein drittes. Zwischendurch rief ich Herder an und erklärte, warum ich nicht kommen konnte, und er machte sich seinerseits sofort auf den Weg zu mir, wir müssten ihm unbedingt etwas übrig lassen, eine solcher Spezialität würde er sich nicht entgehen lassen wollen.

Als Herder ankam, hatten wir ihm tatsächlich noch etwas von dem furchtbaren Gesöff aufgespart und er selbst kam mit zwei Flaschen Wein ausgestattet. „Ihr seid ja Biertrinker, das hat keinen Stil". Irgendwann wurde auch der Banküberfall zum Thema, Jack konnte es kaum glauben, erst als ich ihm das Foto zeigte, ließ er sich überzeugen, dass ich mir die Geschichte nicht ausgedacht hatte. Neue Erkenntnisse ergaben sich aus dem Abend allerdings nicht, und dass der rumänische Fusel zwar nicht blind machte, aber gewaltige Kopfschmerzen verursachte, kam am nächsten Morgen nicht wirklich unerwartet.

DER TURM DER KATHEDRALE

An das Lenken eines Autos werde ich mich nie gewöhnen, ich hatte noch nie auch nur die entfernteste Faszination für Autos verspürt und daher erst sehr spät einen Führerschein erworben, weil ich dachte, dass es beruflich wichtig sein könnte. Mit Ach und Krach war ich durch die Fahrprüfung gekommen, aber weil ich über all die Jahre nie ein eigenes Auto besessen und nur ganz selten eines gelenkt hatte, war es immer wieder wie ein Neubeginn für mich, wenn ich mich hinter das Steuer setzte. Trotzdem hatte mir Herder ohne Zögern die Schlüssel seiner alten Karre gegeben, nicht ganz so ein Wrack wie der alte Käfer von Francois seinerzeit, der war schon längst im Autohimmel, um dort vor seinen Nachfolgern mit seinem coolen Aussehen anzugeben, aber auch schon ein Halbwrack, für das er wundersamerweise noch ein Pickerl bekommen hatte. Über Umwege hatte ich letztlich doch noch die Identität eines der Bankräuber herausgefunden, der Bekannte von Francois, der im Gefängnis ja so oft Gast gewesen war, hatte dort einfach angerufen. Er kannte sie ja alle, alle Dauergäste und jeden Wachbeamten, und die hätten gleich gewusst, von wem die Rede war, als er den Bankraub erwähnte. Das „Frischfleisch" wäre ja ganz untypische Klientel, wie sein Informant ihn wissen ließ, solche Leute würden sonst nie hier einsitzen, auf die müssten sie gut aufpassen, so etwas könne Unruhe erzeugen.

Mit dem Namen eines der Möchtegern-Bankräuber, als dessen alter Freund ich mich ausgab, holte ich mir dann bei Gericht eine Besuchserlaubnis, fünfzehn Minuten, mehr wäre das nicht, aber ich hoffte, dass mir der Mann wenigstens Klarheit verschaffen könnte, was die Frau betraf, und vielleicht auch sonst noch irgendwas erzählen würde. Dafür aber musste ich einen weiten Weg auf mich nehmen, das Gefängnis lag etwas außerhalb, praktisch, dass Herder mir seinen Wagen leihen konnte.

Ein paar Kilometer hatte ich schon hinter mich gebracht, erfolgreich, begleitet von einem leichten Gefühl des Triumphs, weil ich das Fahren doch noch nicht ganz verlernt hatte, dann am Straßenrand hinter einem anderen Auto geparkt, vor einem kleinen Laden, in dem ich noch rasch einige Packungen Zigaretten erstand. Das ist immer noch eine gültige Gefängniswährung, hatte mir Francois kürzlich versichert, auch wenn den meisten inzwischen Instant-Nudeln lieber wären. Nichtrauchen wird nämlich auch bei Kriminellen immer häufiger, aber hauptsächlich läge das am Fraß, den man im Gefängnis bekommt, da wäre jede Nudelsuppe aus der Dose schon ein Fortschritt. Ich war schon wieder am Ausparken, schaute vorschriftsmäßig auf Seiten- und Rückspiegel. Kurz war ich abgelenkt, weil am Gehsteig gerade ein dunkelhäutiger Mann mit einem Kleinkind an der Hand vorbeispazierte, sein schmutziger Jogginganzug kam mir bekannt vor und ich überlegte kurz, ob es wohl derselbe Mann war, der vor kurzem an meiner Tür geläutet hatte. Tatsächlich schien er mir zu winken und auf mich zuzugehen. Ich schüttelte den Kopf, dafür hatte ich jetzt wirklich keine Zeit. Irritiert warf ich einen kurzen Blick über die Schulter, setze zurück, blickte aus dem Seitenfenster und dachte: „Das geht sich eher nicht mehr aus."

Und während wir uns drehten, inmitten der Menge herumwirbelnder Paare bald hier und bald dort einen gar zu heftigen Zusammenstoß zu vermeiden suchten, überkam mich ein leichter Schwindel, so als würde der Boden schwanken oder gar zurückweichen vor meinen Füßen. Es mochte die Drehung sein, dachte ich, ich war mit zunehmendem Alter empfindlicher geworden (wieder, es gab eine Zeit, da hatte ich dies gänzlich verloren), doch irgendwie fühlte sich das nicht stimmig an, es entsprach eher einem Schweben, einer Schwerelosigkeit, die mich meine Orientierung verlieren ließ. Mit jedem weiteren Tanzschritt, den wir ausführten – Schritte, die schließlich tatsächlich keinen Boden mehr fanden, im Irrealen ihren Halt fanden – stiegen wir langsam ein wenig höher und höher. Ich fühlte mich in eine Szene bei Kundera versetzt, ich wusste nicht mehr in welchem seiner Romane ich sie gelesen hatte, bei der ein tanzendes Paar ebenso plötzlich und für mich als Leser unerwartet zu schweben begonnen hatte und in die Höhe gestiegen war. Ich erinnerte mich auch nicht mehr, wie sich die Situation klärte, ob die Geschichte eine Fortsetzung im Stil des magischen Realismus fand, oder ob sich der Autor einmischte und die Szene zum Scherz erklärte, wie es bei Kundera ja auch vorkommen kann. In meinem Hier und Jetzt schien diese Levitation – wo hatte ich denn diesen Begriff gelesen, ich konnte mich momentan auch daran nicht mehr erinnern – tatsächlich statt zu finden, mittlerweile waren wir bereits deutlich emporgehoben über die tanzende Masse und einige der benachbarten Tänzer waren schon verblüfft zurückgewichen, um zu sehen, was hier vor sich ging, was der Grund sein möge dafür, dass diese beiden Tänzer allmählich über allen anderen schwebten, wo die

Plattform sein könnte, auf der sie emporstiegen oder das Seil, das sie nach oben zöge. Aber da war nichts, keine Plattform, die schob, und keine Seile, die zogen, das tanzende Paar schwebte wie von Zauberhand bewegt immer höher und höher, begleitet von einer Kakophonie von Instrumenten, immer lauter wurden schrille Geigen im Walzertakt, oder waren es Trompeten, ich konnte die Töne nicht mehr voneinander unterscheiden, ein Gurgeln und Brummen mischte sich dazu und dann blinzelte ich, konnte aber nichts sehen, nichts erkennen. Das Gurgeln schien aus mir selbst zu kommen, aus meinem Rachen, der sich seltsam wund anfühlte, aber ich konnte mir keinen Reim darauf machen. Der Tanz schien plötzlich beendet, aber wieder hörte ich die hohen Töne, doch jetzt waren es keine Instrumente mehr, es klang wie ein Piepsen, vor dem Hintergrund des Gurgelns und Brummens, eigenartig, unerklärlich. Ich versuchte nachzusehen, woher all die Töne und Geräusche kämen, aber da wurde das Piepsen schneller, was in mir Panik auslöste, und das Piepsen wurde noch schneller, und erst als die Anstrengung zu groß geworden schien und ich beschlossen hatte mich dem einfach hinzugeben, da wurde das Piepsen wieder langsamer und regelmäßig. Irgendwann wurde es dann doch hell, ich sah zuerst eine beige Zimmerdecke mit kleinen, eingelassenen Lichtern, als ich den Blick zur Seite richtete, nur ein wenig, mein Kopf wollte meinen Augen nicht so recht folgen, da sah ich jemanden in blauer Kleidung, eine Frau mit zwei Köpfen, die sich kurz drauf zu einem vereinten, wieder auseinanderdrifteten und dann doch wieder einer wurden. Die Frau sagte irgendwas zu mir, aber ich konnte nichts verstehen. Und dann wurde es wieder hell, und jetzt war das Gurgeln weg, und eine Frau – die gleiche, eine andere? – stand jetzt vor mir und redete wieder, und langsam dämmerte es mir, oder vielleicht hatte sie es einfach auch ausgesprochen, ich war im Krankenhaus, wachte gerade auf und schlief sogleich wieder weg.

Als ich wieder zu mir kam, befand ich mich in einem anderen Zimmer, neben mir ein leeres Bett und neben diesem ein weiteres, in dem jemand lag oder, besser, halb lag und halb schwebte. Albert, als welcher er sich bald vorstellte, dessen linkes Bein, dick eingebunden oder eingegipst, in einer Schlinge von einem Galgen baumelnd befestigt war, sein linker Arm lag, im rechten Winkel gegipst, auf seinem Bauch und schon von der Ferne war erkennbar, dass zwei Finger seiner Hand dunkel, beinahe schwarz waren. Mir der schließlich wiedergewonnenen, kratzigen Stimme, man hatte mich eine Weile intubiert, weil ich beim Aufprall des anderen Autos eine Lungenquetschung erlitten hatte, fragte ich neugierig nach und er erzähle mir seine Geschichte und jene seiner schwarzen Finger. Er arbeitete als Holzarbeiter, der erste Holzarbeiter meines Lebens, es klang für mich wie ein Beruf aus einer anderen Zeit, und er zog mit einem Kollegen mit Hilfe von Schnüren und Rollen einen schweren Baumstamm von einem Forstweg, als ein Bolzen einer Umlenkrolle brach und der Stamm auf ihn zurollte und ihm das Bein zertrümmerte und seine Hand einklemmte.

„Zum Glück konnte ich noch aufstehen, wollte wegspringen, aber links hat er mich schon gehabt, hat mir das Bein fast zermalmt, haben die Ärzte gesagt."

Albert zeigte auf den schwebenden Gips, ehe er fortsetzte: „Kompliziert, aber der wird wieder, ein Wunder, hat der Doktor gemeint. Da habe ich meine

Hand gar nicht gespürt in dem Moment, habe mich nur geärgert, dass sie eingeklemmt war. Mit den zwei Fingern", er deutet mit seiner gesunden rechten auf die eingegipste linke Hand, „und die haben mir ehrlich gesagt auch dann nicht wehgetan, als sie mich wieder befreit hatten. Die Hand schon, ja, aber die Finger nicht. Die haben sich da schon verabschiedet gehabt, die Nerven hin, die Blutgefäße, alles."

„Was heißt „verabschiedet", was wird jetzt aus den Fingern?", fragte ich zurück, „bleiben die jetzt schwarz? Wirst du die wieder bewegen können?"

Albert schüttelte den Kopf, sagte: „Nein, die werden nicht mehr. Der Doktor hat gemeint ich soll froh sein, dass es nur die zwei sind, auf die kann man am leichtesten verzichten. Der Daumen oder Zeigefinger wäre blöder gewesen."

„Was heißt, die werden nicht mehr", warf ich ein, „was passiert dann jetzt mit den beiden Fingern?"

„Die werden amputiert" antwortete Albert lapidar. „Aber davor müssen sie noch endgültig sterben, in den Fingerhimmel kommen, dann geht das irgendwie leichter. Ich spüre da eh nichts mehr, und nächste Woche sehe ich sie dann auch nicht mehr. Eh komisch, ich werde sie vermissen. Und mit Ziehharmonikaspielen wird es dann auch eine Umstellung. Der Doktor hat gemeint ich werde der Django Reinhardt der Ziachorgel. Der Django war ein Gitarrenspieler mit auch nur drei Fingern an der linken Hand, und trotzdem war der ein Weltstar, hat der Doktor gemeint."

In den folgenden Tagen unterhielten wir uns immer wieder, wenn nicht gerade Besuch da war, für uns beide war der jeweils andere ein Wesen aus einer anderen Welt, der Eine dem Anderen Attraktion und

Kuriosum. Bei Albert kam täglich ein Arbeitskollege, einmal auch seine Mutter, im Staubmantel, einem altmodisch geblümten Kleid und mit festen Schuhen, so wie man sich – oder wenigstens ich mir - eine ältere Frau vom Land vorstellt. Einmal kam seine Schwester, ich hätte weder die Verwandtschaft noch die gemeinsame Herkunft erraten, sie war schick und modern gekleidet, zeigte Bein und Dekolletee und hatte für mich keinen Blick und für ihren Bruder nur sehr wenig Zeit übrig. Sie war wieder verschwunden ehe sie ganz da gewesen war, und nur der Duft des Parfums, den sie zurückließ und die Reaktion ihres Bruders, gaben mir Gewissheit, dass ich sie mir nicht nur eingebildet hatte.

„Die Eva lebt schon lange da in der Stadt, hat sich selbst mit dem Kellnern ihr Studium finanziert, irgendwas mit Management. Die Mama ist eh stolz, aber wie sie sich manchmal anzieht und dass sie jedes Mal mit einem anderen Mannsbild daherkommt, das gefällt der Mama gar nicht."

Ich selbst bekam weit weniger Besuch, aber die ersten Tage war ich sogar froh darüber, es strengte mich an, den Eltern und dem Buder und den Freunden die immer gleiche Geschichte zu erzählen oder umgekehrt, davon erzählt zu bekommen. Viel wussten weder sie noch ich, jemand hatte mich mit seinem oder ihrem Auto gerammt und dann das Weite gesucht, Fahrerflucht. Es gab ein paar Splitter vom Scheinwerfer des Wagens, aber zu wenig, um das Auto genau zu bestimmen, mehr war nicht bekannt, die Ermittlungen seien am Laufen.

Ich sah viel Fern, surfte auf einem Laptop, den mir ein Freund geliehen hatte, und ab dem dritten Tag war ich fit genug ein Buch zu lesen, „Schande" von

Coetzee. Der Banküberfall beschäftigte mich keine Sekunde, das konnte warten.

BESUCH UND IRRTUM

Am fünften Tag im Krankenhaus erhielt ich Besuch von Gabriel. Ich hatte ihm ein kurzes SMS geschrieben, weil ich ein Treffen mit ihm versäumt hatte, ihm darin erklärt, dass ein kleiner Unfall dazwischen gekommen war und ich ein paar Tage im Krankenhaus liegen würde. Weil es mir schon wesentlich besser ging und man mir das wohl ansehen konnte, tauschten wir die üblichen halblustigen Sprüche aus. Auf seinen Hinweis, dass es jetzt ein Vorteil wäre, dass mich meine Kunden nicht sehen müssten, gab ich zurück, dass ich selbst lädiert attraktiver aussähe als er, der alte Mann mit der fragwürdigen Prostata.

„Warum die Frauen so auf dich stehen, ist mir ein Rätsel", legte ich nach. „Vielleicht, weil sie selbst alt sind, in der Not frisst der Teufel Fliegen."

Auch ihm musste ich erzählen, was ich über den Unfall wusste oder eben nicht wusste, dann kamen wir vom Thema ab und sprachen über unsere Geschäfte. Er erkundigte sich, ob mein Ausfall ein Problem wäre, für mich selbst finanziell, für die Zeitung oder für die Website. Ich erklärte ihm, dass Bernhard, der Redakteur sich vorübergehend wieder darum kümmern würde und zudem ein paar meiner vorbereiteten Geschichten verwenden würde, von meinem eisernen Vorrat für die Saure-Gurken-Zeit, den ich nach meiner letzten Flaute nach und nach wieder aufgefüllt hatte.

„Brauchst du eigentlich irgendwas, kann ich dir irgendetwas besorgen?", fragte Gabriel und wechselte die Sitzhaltung, der Besucherstuhl war ihm offenbar nicht bequem auf Dauer. Plötzlich huschte ein Ausdruck des

Erstaunens über sein Gesicht, gefolgt von einem Stirnrunzeln. Sein Blick war auf mein rollendes Nachtkästchen gerichtet, das sich rechts neben meinem Kopf befand. Dort hatte jemand, eine der Krankenschwestern oder ein Pfleger, ein Foto an den Tablettenspender gelehnt, wohl im Glauben, dass es eine besondere Bedeutung für mich hätte, Freunde oder Verwandte von mir zeigen würde.

„Was ist das für ein Foto?", fragte Gabriel, „Was soll das sein?"

Er deutet auf eben dieses Foto auf dem Nachtkästchen, ich stemmte mich ein wenig hoch und sah, dass es das Foto aus der Überwachungskamera war.

„Ach, das hat mit meiner Arbeit zu tun", gab ich zurück, „das haben sie wohl in meiner Hosentasche gefunden, als ich eingeliefert wurde."

„Wie meinst du, mit der Arbeit? Ich glaube ich kenne da jemanden", sagte Gabriel, „ich bin mir eigentlich sogar sicher."

Ich schüttelte den Kopf, lachte und sagte: „Das kann wohl nicht sein, man kann ja fast nicht erkennen, ob das Männer oder Frauen sind. Und wie viele Bankräuber kennst du eigentlich? Mehr als keinen?"

„Bankräuber? Wieso.... Ja aber diesen Hintern, den würde ich immer und überall erkennen", er deutete auf die Person rechts im Hintergrund, „ich habe ihn bekleidet und nackt gesehen, geküsst und gestreichelt, es gibt wenige Hinterteile, die ich besser kenne!"

Gabriel war zunehmend ernster geworden, seine Stimme hatte die Leichtigkeit des gegenseitigen Beflegelns verloren, war ein paar Töne tiefer Richtung Bass gerutscht und zu einem Flüstern geworden.

„I WANT TO BE DIFFERENT,
LIKE EVERYBODY ELSE"

Selbst am Anfang, als sie sich noch auf Lesungen getroffen hatten und dann im Alkoholrausch zusammen im Bett gelandet waren, hatten sie vor allem über Literatur, ihre Vorbilder und ihre Bücher gesprochen, aber woher sie kamen, ihre persönliche Geschichte und wie ihre Hintergründe beschaffen waren, das hatten Gabriel und Monika stets nur oberflächlich gestreift. Stets war die Gegenwart ihnen näher gewesen, die Vergangenheit blieb etwas für die Zukunft. Und später, als nahegelegen wäre, dass sie Persönliches hätte mehr interessieren können, in jener Phase, in der sich normale Paare langsam einander annähern und ergründen, was den anderen zu dem gemacht haben könnte, was sie oder er geworden ist, da ging es fast nur mehr um Sex. Die meist kurz bemessene Zeit verbrachten sie auf- und ineinander, wenn sie doch einmal Gelegenheit für anderes hatten, waren vor allem Monikas Lesereise und andere mit dem erfolgreichen Buch verknüpften Aktivitäten und letztlich ihre übergroßen Ambitionen als Schriftstellerin das Thema ihrer Gespräche. Letzteres empfand Gabriel oft als überzogen, konnte sich kaum erklären, wie die ernsthafte Autorin ihrer Bücher zugleich so maßlos an den Oberflächlichkeiten von Erfolg und Ruhm interessiert sein konnte.

Die mit dem Foto verbundene Geschichte passte zuerst auch nicht in das Bild, das er von ihr hatte, aber als er sie endlich zur Rede stellen konnte, er hatte sich kurzentschlossen zu einem Besuch bei ihr angekündigt, ohne vorerst noch einen Grund dafür anzudeuten, da wurde ihm einiges klar. Doch selbst wenn das Ergebnis seiner Nachfrage seine Neugierde zufrieden stellen konnte, machte es ihn nicht glücklicher, ganz im Gegenteil.

„Wenn man immer alles nachgeschmissen bekommt, sich nie etwas verdienen muss, nie um etwas kämpfen, dann nimmt einen nie jemand ernst, immer ist man nur die Tochter, die es halt leicht hat, das verwöhnte Püppchen."

Monikas Tränen hatten ihr einen angedeuteten Alice Cooper-Look verliehen, der verwaschene Eyeliner bildete ein skurriles Muster auf ihren Wangen, eine leichte Rotzspur unter der Nase machte sie auch nicht gerade attraktiver.

„Meine Schwester genießt das, sie ist genau das, was jeder erwartet, aber im Grunde ist sie gar nichts und das weiß sie auch. Deshalb braucht sie den ganzen Glamour zur Ablenkung, immer die jungen Männer, die sie hofieren und ihr Geschenke machen."

Sie zupfte ein Taschentuch aus dem Spender und schnäuzte sich, dann ein weiteres, mit dem sie ihre Tränen trocknete.

„Und genau das wollte ich nicht, deshalb habe ich mich von dem Zirkus abgesetzt und versucht auf eigenen Beinen zu stehen. Und das ist mir auch gelungen, ich habe anfangs brav im Hintergrund gearbeitet, habe als Redakteurin beim Radio die Drecksarbeit gemacht. Aber eigentlich wollte ich schreiben, und als das auch funktioniert hat, wollte ich nur mehr das."

Noch einmal schnäuzte sie sich und schien sich langsam ein wenig zu beruhigen. Gabriel blieb die ganze

Zeit über völlig regungslos, verzog keine Miene, noch kannte er nicht die ganze Geschichte.

„Aber du weißt ja selbst, wie das ist, mit nur ein bisschen Erfolg kann man davon nicht leben, nicht einmal annähernd. Und da ist es egal, wie großartig die Kritiken sind und was für ein großes Talent du attestiert bekommst. Man muss einen wirklichen Bestseller haben, am besten in fünf Sprachen übersetzt werden, mit Verfilmung hinten dran und all dem Zeug."

Und dann wiederholte sie, was sie schon einmal erklärt hatte, dass sie daran glaubte, nur mit Sex, Crime oder am besten beidem wirklich erfolgreich sein zu können. Aber dass sie keine Ahnung hatte von dem Metier und ahnte, dass sie keine Chance haben würde gegen die vielen, die das schon machen, es müsste etwas Eigenes sein, etwas, das es so nicht gibt, oder wenigstens kaum je gegeben hat.

Als es dann auf einer WG-Party zu einer Diskussion kam über die Globalisierung, die Steuerhinterziehung der Konzerne und Reichen, und als ein linker Studentenvertreter davon phantasierte, dass es eine Robin-Hood-Bewegung bräuchte, die den Reichen ihr Geld einfach wegnimmt und es den Armen zurückgibt, da kam ihr eine Idee.

„Ich weiß, jetzt wo alles schiefgegangen ist, klingt die Idee nur mehr dumm, aber das ist sie nicht, wir waren nur zu naiv und zu schlecht vorbereitet."

Anfangs äußerte sie die Idee nur zögerlich, warf ein, dass es dabei mehr um die Symbolik ginge, so viel Geld könne ja niemand stehlen, dass es einen Unterschied machen würde. Aber man könnte zum Beispiel eine kleine Bank ausrauben und das Geld dann anonym, aber öffentlichkeitswirksam verteilen, sodass es niemand zurückverlangen könnte. Zum Beispiel es von einem Gebäudedach in die Fußgängerzone werfen, das hätte sie in einem Film gesehen, das würde sicher funktionieren. Es ginge nur darum, ein Zeichen zu setzen, dass es reicht und dass sich etwas ändern müsste. Vielleicht würde man ja Nachfolger animieren und das Ganze zu einer Welle werden, die sich ausbreitet, wer weiß.

Anfangs erntete sie nur heitere Zustimmung, ja das wäre was, das würden die Dümmsten verstehen, aber dann wurde einer der Gesprächspartner gleich sehr konkret, sagte er wüsste sogar die ideale Bank, dort wäre das sicher ungefährlich. Und ein anderer warf ein, man müsste dabei Donald-Trump-Masken tragen, er wäre zwar ein Idiot und Lügner, aber die Leute sehen ihn als Anti-Establishment Vertreter, und so ging es weiter und immer weiter. Am Ende der Party wären nur mehr vier Leute übriggeblieben und da diskutierten sie schon über Details, dass sie es jedenfalls ohne Waffen machen müssten, es dürfte auf keinen Fall jemand zu Schaden kommen.

„Darüber wollte ich dann schreiben, aus erster Hand, von der Planung bis zum Abschluss. Es wäre total authentisch, so wie Capotes ,Kaltblütig'", mehr noch sogar, das hatte sie ja schon früher erwähnt. Oder wie Naipaul, der durch seine Reisereportagen berühmt wurde, oder wie Chatwin, wichtig wäre, dass es echt ist, nicht ausgedacht, das würde sie von der Masse der Krimiautoren hervorheben. Zudem wäre sie fähig, über die sozialen Aspekte authentisch zu schreiben, sie kenne ja sogar die Seite der Reichen gut, auch diese aus erster Hand, sie wusste, wie die Reichen ticken und würde sich nach dem Überfall sogar genau dort umhören, würde erfahren, wie die Reichen diese Bedrohung aufnehmen.

Sie hatten geglaubt, sie hätten alles gut geplant, es wäre im Moment, als es geschehen würde, völlig unspektakulär, aber einer von ihnen sollte mitfilmen, das würden sie bearbeiten und online stellen, und danach würde die Aktion mit der Geldverteilung mehr als genug Publicity verursachen. Für die Sachen im Web hätten sie jemanden bezahlt, der sonst nichts mit der Aktion zu tun hatte, der sie nicht verraten könnte.

„Rainer hat nur den Zeigefinger ausgestreckt unter der Jacke, der Bankmensch war total aufgeregt, hat sofort die Hände in die Höhe gerissen, ‚Nehmen sie alles, ich werde keinen Widerstand leisten' gerufen, wir mussten ihn sogar beruhigen, versicherten ihm, dass ihm nichts geschehen würde. Dann stopfte er das Bargeld in unsere Tasche, entschuldigte sich, dass es nicht mehr war, aber in den Tresor könne er nicht so einfach, das ginge erst am nächsten Tag wieder, wenn ein Kollege da wäre, er war total aufgeregt, es war echt irre. Das musst du dir vorstellen, es war so wenig Geld, viel zu wenig für einen Banküberfall, aber das konnten wir jetzt auch nicht mehr ändern. Dann haben wir ihn gefesselt und sind raus aus der Bank, wollten eigentlich zu Fuß zur S-Bahn, je zwei und zwei, das wäre unauffälliger, aber dann sahen wir den BMW stehen, direkt vor der Bank, unverschlossen, der Schlüssel steckte, und Milan meinte das wäre doch wenigstens etwas, mit diesem Kapitalistenauto zu flüchten, das war ganz spontan, unüberlegt."

Den Rest würde Gabriel kennen, man hatte sie so schnell geschnappt, dass es geradezu ein Witz war. Die Männer wären fast übergeschnappt, als diese verdammte Autotür sich nicht öffnen ließ, sie hingegen hätte Angst bekommen, ihr wäre langsam klar geworden, dass es schief gehen konnte, und dann war es schließlich auch schief gegangen. Darüber, was dann geschah, wollte sie nicht mehr sprechen, erklärte nur, dass man ihren Vater kontaktiert hatte, dessen Anwalt hätte dann einen Deal eingefädelt, sie würde nirgend offiziell aufscheinen, und vor Gericht wohl eine bedingte Strafe bekommen, schließlich wäre die Wiederholungsgefahr gering. Schließlich hätte sie ja nicht aus Not gehandelt, sondern wohl aus Übermut, die verzogene Tochter reicher Eltern eben, davon hätte man schon anderswo gehört.

„Aber es stimmt doch, wie kann man schreiben über Dinge, die man nicht kennt? Wir haben darüber gesprochen, erinnerst du dich? Und es klang wirklich so einfach, aufregend, aber trotzdem einfach."

Monika schloss kurz die Augen, atmete tief durch.

„Am allerbesten", wiederholte sie ihr Argument und plötzlich schluchzte sie erneut kurz auf, eine Träne floss über ihre Wange, „am besten kann man doch über das schreiben, was man selbst erlebt hat."

Ihr Drang unbedingt herauszustechen, etwas Besonderes zu sein und dabei doch nur die Wirkung auf andere im Kopf zu haben, ließ in Gabriel den Song „It's Saturday" von King Missile ertönen, jene Stelle, wo der Sprecher erklärt, wie er unbedingt anders sein will, anders, so wie alle anderen eben, „I want to be different, like everybody else".

ALLES, WAS WIR JETZT NOCH BRAUCHEN

Am frühen Abend stand plötzlich Gabriel vor der Tür, er hatte sich spontan entschlossen mich zu besuchen, wollte mir keine Möglichkeit geben eine Ausrede vorzuschieben oder eine Verschiebung des Treffens zu erwirken, falls ich gerade keine Lust hätte. Er war am Boden zerstört und musste sich unbedingt jemandem mitteilen. Ich hätte recht gehabt, er gratuliere sehr herzlich, doch der zynische Tonfall bedeutete mir das genaue Gegenteil des Gesagten.

„Regina hat mich abserviert, in die Wüste geschickt. Und ich darf nicht mal ehrlich traurig sein, denn schließlich habe ich mich wie ein Arsch benommen, ihr das Herz gebrochen, ich verdiene nichts Besseres."

Gabriel ließ sich ohne lange Nachfrage auf das Sofa plumpsen, seinen Bewegungen fehlte jede innere Spannung, er ließ sich hängen wie eine Aufblasfigur, der die Luft ausgegangen war.

„Diesmal war es umgekehrt, Monika hat mir eine SMS geschrieben und Regina hat sie gelesen. Ich war auf der Toilette, als es daherkam, und es hat die ersten Worte ja gleich angezeigt, und da stand ‚Unser Sexleben...'. Das hat Regina natürlich neugierig gemacht, und nachher konnte ich ja kaum auf meiner Privatsphäre bestehen, das wäre einfach lächerlich gewesen."

Gabriel legte seine Jacke ab, fragte nach etwas zu trinken, es dürfe ruhig auch etwas Stärkeres sein, wie er meinte, und fuhr fort: „Monika wollte sich offenbar nicht abfinden damit, dass es vorbei ist. Ich habe ihr ja erklärt, dass mir diese Fernbeziehung zu stressig ist, und dass ich sie bei all ihren ehrgeizigen Plänen vielleicht ohnehin nur behindern würde. Eigentlich war sie mir inzwischen richtig unheimlich geworden, wer so verdammt ehrgeizig ist, wie sie, da sah ich mich schon als künftiges Opfer, wenn sie mal von Regina erfahren würde. Du weißt schon, ich sah sie vor mir wie ein Racheengel, wie Glen Close in ‚Eine verhängnisvolle Affäre‘.

Also in dem SMS stand ‚Unser Sexleben wäre doch eh ziemlich perfekt, wenn sie an das letzte Mal dächte vor einer Woche noch’, und so weiter, jedenfalls schlug sie vor, dass wir uns weiter zum Sex treffen könnten, viel mehr hätten wir ja eh selten gehabt, das wäre dafür umso besser gewesen, auch unsere Gespräche über Literatur hätten ihr immer Spaß gemacht, ich solle mir das überlegen, sie käme gerne wieder auf einen Besuch zu mir.“

Regina war völlig verzweifelt, da half keine Beschwichtigung, kein ‚Das war eh nur Sex, ich liebe nur dich’, sie wollte nichts mehr hören. Sie ließ mich die paar Sachen, die sich im Laufe der Zeit bei ihr angesammelt hatten, zusammenklauben und hieß mich gehen, und zwar sofort, ich möge mich nie mehr sehen lassen, mit uns sei es aus und vorbei.“

Ich konnte nur langsam den Kopf schütteln und „Scheiße“ murmeln, holte eine Flasche Ouzo, eine Karaffe kaltes Wasser und zwei Gläser, ich wusste, dass Gabriel Ouzo mochte.

Wir tranken relativ rasch zwei Gläser, dann hielt er seine Hand über sein Glas, um anzudeuten, dass ich nicht weiter nachschenken sollte.

„Ich liebe Ouzo, aber er macht mich viel zu schnell betrunken, und ich muss jetzt ausführlich leiden und hoffe du leidest mit mir."

Ich bejahte, versicherte, dass ich ihm jetzt beistehen würde und er fuhr fort: „Alles, was wir jetzt noch brauchen, sind eine Kiste Bier und ein paar Joints, dann können wir angemessen auf meinen Untergang anstoßen."

Ich hatte Bier, aber kein Gras, was ihm letztlich ohnehin recht war, manchmal bekäme ihm die Kombination letztlich eh nicht und ihm würde übel, und so tranken wir Bier, redeten, und zwischendurch gingen wir auf den Balkon und pafften zwei Zigarillos, die ich noch in einer Schublade gefunden hatte. Irgendwann ging ich ins Bett, er schlief im Wohnzimmer auf der Couch zu Musik von Morrissey, genau dessen Jammerstimme wäre jetzt gerade recht, und Morrissey wäre ja auch so ein Unverstandener wie er. „And if a double-decker bus crashes into us..."

Demnächst will ich den Artikel zum Banküberfall endlich veröffentlichen. Nach langer Zeit wieder einmal habe ich eine Geschichte, bevor ich sie online stellte, Bernhard vorgelegt, meinem Chef. Er war begeistert, meinte, dass das viele Klicks generieren würde, die Geschichte wäre wirklich ganz hervorragend, Verbrechen, Technik und am Ende siegt das Gute. Kurz hatte ich beim Schreiben noch überlegt, ob ich auch die mysteriöse Frau in die Geschichte einbauen sollte, die so plötzlich verschwunden war, entschied mich aber letztlich dagegen. Zum einen wollte ich Monika keine Schwierigkeiten bereiten und ihr vielleicht auf dem Weg zum Ruhm hinderlich werden. Genauso wenig aber wollte ich mich der möglichen Rache einer unberechenbaren Irren aussetzen, die sie nach allem, was ich von ihr wusste, ja durchaus auch sein könnte. In meinem Hinterkopf kam mir sogar kurz der Gedanke, dass mein Unfall kein Zufall gewesen sein könnte, dass die Vertuschung von Monikas Beteiligung an dem ganzen so ernst genommen wurde, dass man meine Neugier als Bedrohung empfunden hatte. Ich glaubte das nicht wirklich, entschied mich aber dennoch dagegen, den Besuch im Gefängnis später noch nachzuholen, denn mit Gewissheit ausschließen konnte ich es auch nicht. Und schließlich wusste ich nicht, was mein Freund Gabriel davon gehalten hätte, es hätte ihm vielleicht auch nicht gefallen. Und wer weiß, vielleicht denkt er irgendwann um, was das Angebot von Monika für eine „Freundschaft plus" betrifft, da kenne ich uns Männer schließlich gut genug. Jetzt, wo er keine von beiden mehr hat, mag das Angebot plötzlich wieder interessant erscheinen.

Derzeit leidet er aber noch still vor sich hin und lenkt sich vor allem mit Arbeit ab, sagt, er sammle nebenbei Ideen für ein zweites Buch, und er sei viel mit Iris unterwegs. Neulich hätte er Sabrina noch einmal getroffen und obwohl er eigentlich schlecht drauf war, erwiderte er ihre Anmache ein bisschen, flirtete mit ihr. Im Grunde würden sie wirklich nicht zusammenpassen, nach den beiden intelligenten Frauen mit ihren liberalen Ansichten würden sich die Gespräche mit Sabrina irgendwie surreal anfühlen. Ihm sei schon klar, er redete sexistischen Unsinn und das alles wäre schäbiger Chauvinismus, aber genau das zum Beispiel würde er im Gespräch gar nicht sagen können, denn es bestünde die Gefahr, dass sie es für eine körperliche Krankheit hielte, er würde jedenfalls wetten, dass sie das Wort nicht kennt, oder wenigstens nicht seine richtige Bedeutung. Andererseits wäre sie wirklich sehr nett und äußerst hübsch und zudem zehn Jahre jünger als er, der Sex mit ihr könnte umso besser sein, gerade zu viel Intellekt wäre da doch oft hinderlich (er kann wirklich ein sexistischer Arsch sein). Außerdem hatte sie ein Kind, und ja, auch bei diesem zeigte sich eine intellektuelle Lücke zum eigenen Kind, aber vielleicht würden gerade diese Gegensätze sie zu einer liebenswerten Familie machen.

Ich bin ja ziemlich sicher, dass das alles nicht klappt, und zumindest mittelfristig zum Scheitern verurteilt ist, aber ich wage nicht auszuschließen, dass er es wenigstens auf eine sexuelle Beziehung anlegt, nach dem Hoch der letzten Zeit muss ihm diese Abstinenz sehr schwer fallen. Davon kann ich selbst ja auch ein Lied singen, ich hatte selbst schon länger keinen Sex mehr mit anderen Menschen, und das ganz gewiss nicht, weil mir keine Frau gefiele. Vielleicht sollte ich mir von Gabriel ein paar Tipps geben lassen für diese Website, über die für ihn ja alles angefangen hat. Zumindest in sexueller Hinsicht hat sich das ja letztlich gelohnt für ihn, er wurde halt einfach zu gierig. Aber wer weiß, vielleicht ziehe ich da gerade die völlig falschen Schlüsse aus dem Ganzen, vielleicht sollte es mehr um Liebe gehen, darum jemanden zu finden, den man von Herzen mag, jemanden der einen ergänzt, der... aber halt, was steht da, „Enthaftung des Kannibalen von Rotenburg abgelehnt". Interessant, das klingt so, als ließe sich daraus eine Story machen, ich glaube mein Liebes- und Sexleben muss doch noch etwas zurückstehen.

EPILOG

Die Erfindung der Schwerkraft ist mittlerweile beinahe universell verbreitet und so fest in unseren Alltag integriert, dass die Tatsache ihrer Existenz und ihrer im Allgemeinen als segensreich wahrgenommenen Wirkung kaum jemals mehr zum Gegenstand unserer Überlegungen werden. Dabei werden nach wie vor gelegentlich Fälle bekannt, und Experten vermuten eine um ein Vielfaches höhere Dunkelziffer nicht bekanntgewordener Begebenheiten, bei denen die zeitweilige Abwesenheit der Schwerkraft zu äußerst ungewöhnlichen Ereignissen und manches Mal gar nicht unerheblichen Problemen führt. Das jüngste Ereignis mit einem entsprechenden Hintergrund stammt aus dem Jahr 2018, und trug sich in der im polnischen Schlesien gelegenen Stadt Czestochowa zu im Rahmen eines Pfingstgottesdienstes in einer katholischen Kirche. Dabei kam es, mutmaßlich in Folge einer als Scherz gedachten Cyberattacke durch eine bis dato unbekannte Gruppe von Internetaktivisten auf die sich unter den Fundamenten der Kirche befindliche digitale Steuerung eines Schwerkraftmoduls, das dort wie schon fast überall die alten analogen Modelle ersetzt hat, zum plötzlichen und gleichzeitigen Schweben von 27 den Gottesdienst zelebrierenden Menschen, man nimmt an, dass all jene Kirchgänger betroffen waren, die sich zum Zeitpunkt der kurzzeitigen Abschaltung der Schwerkraft gerade in einer Aufwärtsbewegung befanden. Das Backupsystem hat sich den Zeugenaussagen gemäß wie vorgesehen binnen weniger als einer Minute eingeschaltet, und die plötzliche Wiederherstellung der

Schwerkraftverhältnisse resultierte in mehreren Knochenbrüchen, Prellungen und Abschürfungen, es wird allgemein als ein Wunder im Wunder betrachtet, dass schwerere Verletzungen trotz des im Durchschnitt sehr gehobenen Alters der Betroffenen ausgeblieben sind. Entsprechend hätten die Geschehnisse beinahe Kirchengeschichte geschrieben, als Wunder von Czestochowa, perfekt passend zur Feier des Heilige Geistes zu Pfingsten. Doch als Resultat nichtöffentlicher Absprachen zwischen der Kirche und den offiziellen Behörden konnte der Vorfall weitgehend vertuscht, beziehungsweise eine dem Anlass entsprechende Aufmerksamkeit in den öffentlichen Medien vermieden werden. So wurde anfangs weder in Zeitungen noch im Fernsehen und auch nicht auf offiziellen Nachrichtenportalen im Web von dem Vorfall berichtet. Dass die Ereignisse schließlich dennoch bekannt wurden und in so vielen Details so weite Verbreitung fanden, ist wie so oft dem Internet zu verdanken, da jugendliche Teilnehmer einen mit einem Smartphone aufgenommenen Mitschnitt des Geschehens noch vor dem Eintreffen staatlicher Sicherheitskräfte auf einschlägigen Plattformen geteilt und damit publik gemacht hatten. Versuche die Verbreitung der Inhalte zu unterdrücken und die Filme im Internet zu löschen scheiterten angesichts raschen vieltausendfachen Teilens in sozialen Netzwerken. Von offizieller Seite wurde der Mitschnitt daher anfangs rasch als plumpe Fälschung denunziert, nach kurzer Zeit schon enthielt man sich aber gänzlich weiterer offizieller Kommentare zu dem „offensichtlich manipulierten Machwerk".

Viel mehr noch als die im Web kursierenden Filmaufnahmen haben dem Vergessen des Vorfalls aber verschiedene Gerüchte entgegengewirkt, denen zufolge es im Anschluss an die Ereignisse zum Verschwinden einzelner Personen und einer ungewöhnlichen Häufung von Todesfällen in der Region um Czestochowa gekommen sei, vor allem ältere Mitbürger der katholischen Glaubensgemeinschaft wären davon betroffen. Halboffizielle Stellen merken dazu nur an, dass alte Menschen eben sterben, das gälte auch für Katholiken, nur dass deren Ziel vielleicht lohnender wäre als jenes ihrer gottlosen Mitbürger. Mehrere Reporter sowie Filmteams, die diesen Geschehnissen auf den Grund zu gehen versuchten, trafen auf eine Mauer des Schweigens, eine höchst spekulative Kurzdokumentation auf einem kleinen Privatsender wurde wie schon andere Berichte zuvor von offizieller Stelle nicht näher kommentiert.

Aber auch wenn uns derartige Vorfälle die Schattenseiten der Erfindung nicht völlig vergessen lassen, dürften sie das Urteil über ihre in Summe überaus positive Wirkung kaum ernsthaft trüben. Das Haar in der Suppe wird ja auch nur dann wirklich störend, wenn es einem in die Kehle rutscht, den Geschmack und der Nährwert der warmen Flüssigkeit vermag es nicht zu beeinträchtigen. Und ganz ähnlich hilft uns die Schwerkraft, bei allen Blessuren, die wir uns stolpernd gelegentlich zuziehen mögen, letztlich doch zu dem geordneten und gedeihlichen Zusammenleben, ermöglicht es eine Ordnung der Zustände herzustellen, die wir in ihrer Abwesenheit allzu schmerzlich vermissen würden.

Dank

Das Buch ist dem Andenken meiner Eltern gewidmet, an die ich täglich denke.

Mein großer Dank gilt meinen Testlesern Hans-Jörg, Iris, Boris, Martin, Gertraud und Annemaria. Ihre aufmunternde Kritik und viele Hinweise waren sehr hilfreich, auch wenn ich sturköpfig immer nur das berücksichtigt habe, was mir gerade in den Kram passte.

Gerhard Krumschnabel, geboren 1965 in Kufstein, lebt in Innsbruck und arbeitet als freiberuflicher Schreiber wissenschaftlicher Texte. Dies ist sein zweiter Roman.